光文社文庫

侵略者《アグレッサー》

福田和代

KOBUNSHA

光　文　社

目次

侵略者《アグレッサー》　5

解説　千街晶之《せんがいあきゆき》　444

F－15Jイーグルのコックピットは、電子機器の殻に包まれた卵のようだ。

ずしりと重く足を締めつける耐Gスーツや、各種の装備品を収納したベストを着用し、ヘルメットをかぶってもぐりこみ、ハーネスで座席とつなぐと、自分も「卵」の一部になる。

足の間に挟む操縦桿《スティック》や、左手で握るスロットル・レバー、びっしりと周囲を埋めるスイッチや計器類は、パイロットの手足が届く範囲に機能的にまとめられている。スイッチの形状が異なるのは、指先の感覚だけで操作できるようにするためだ。ぴったりと身体《からだ》を包む、F－15Jという服を着たように、機体と一体化する。身体の大きな人間なら窮屈にも感じそうだが、F－15Jのコックピットは、他の戦闘機に比べればまだ余裕がある。

「――じゃ、始めるか」

小さく呟《つぶや》き、二基あるうちの片方ずつ、エンジンをかける。

『クロウ、こちらも準備OKです』

後部座席に同乗している〈カイト〉が、自分に話しかけたと思ったのか、答えた。

ジ《J》ェット・フ《F》ュエル・ス《S》ターターのスイッチオン。

ヒュウウウンと鋭い音を立てて、エンジンを始動させるための小型のエンジンが回転を始める。数秒後に準備ができたことを知らせるランプが点《つ》けば、右側のエンジンのスロットル・レバーにあるフィンガーリフトを持ち上げる。JFSと右のエンジンがつながる。

JFSの高音域の笛に、最初は低くぶっきらぼうなエンジンの回転音が絡みつく。暴れ牛の獰猛《どうもう》な唸《うな》り声だ。後ろ足を何度も蹴り上げながら、荒い息を吐く牛だ。

エンジンの出力が十八パーセントまで上がれば、スロットル・レバーを最低出力状態《アイドル》へ押し出す。エンジンが発する音は、キーンと耳をつんざくような高音域に入っていく。いつの間にか牛の姿は消え、鋭いくちばしを持つ大鷲《おおわし》が、滑空前に獲物を探して目を光らせているようになる。右エンジンのスタート完了だ。

続いて左のエンジンを同様の手順でスタートさせ、その間に燃料や酸素、スピードブレーキのチェックなど、離陸までに必要なさまざまな確認を手早く入念にすませる。

一番機は、すべてのチェックを終えたようだ。百里《ひゃくり》タワーと交信し、地上走行の許可を得ようとしている。一番機の〈ルパン〉は、こちらの視線を感じたのか、「行くよ」と言いたげに腕を上げ、涼しげにちょいちょいと手首を折り返した。

三番機の〈ライム〉、四番機の〈チアア〉も、準備は整っている。

一番機の識別塗装は白黒グレー、通称クロマダラだ。地上走行の許可が下りると、ルパンの一番機がすべるように動きだす。八月の熱気で、ランウェイから陽炎《かげろう》が立ちのぼる。

クロマダラの垂直尾翼のコブラマークも、ゆらゆらと揺らいで見える。

ブレーキを外し、スロットル・レバーをわずかに押してエンジンの出力を足してやると、二番機のこちらも前進を始めた。戦闘機は、エンジンの推力で地上走行を行うのだ。

ライムとチアも、距離をおいてついてくる。時刻は一一〇〇《ヒトヒトマルマル》、ぴったりスケジュール通りだ。

百里飛行場は、民間と航空自衛隊の共用だ。民間機の離着陸がないタイミングを狙い、自衛隊の訓練機が飛ぶ。

『マスター、ウインド　ツリーツリーゼロ　アット　ファイフ、クリアード　フォー　テイクオフ』

『マスター、クリアード　フォー　テイクオフ』

風は三百三十度から五ノット、管制官の離陸許可が出た。

一番機のエンジンが、轟音《ごうおん》とともに離陸滑走に入る。ルパンはきっと、端然とスロットル・レバーに手をかけ、ちょっとそこまで散歩に出かけるような顔で、操縦桿《かん》を引いている。

クロマダラが豪快にバンクを取り、東に旋回しながら高度を上げていくのを見つつ、スロットル・レバーをミリタリー《MIL》推力に入れた。轟音を上げ、機体が猛然と駆けだす。今まで溜《た》めに溜めていたパワーを、解き放つ時だ。

機体が浮くまで数秒、戦闘機の離陸は速い。エンジンが安定するのを確認し、アフターバーナーに点火すると、ドカンと身体がシートに押しつけられ、加速を感じた。目に映る景色が、みるみる変わる。滑走路とその向こうの素朴な日本の田園風景は眼下に消え、濃い青空に飛び込んでいく。

――たとえ何千回と飛んだとしても、この空に飽きることはない。

東に旋回し、リーダーのクロマダラを追う。百里基地における教導訓練の最終日は、鹿《か》島灘《しまなだ》の沖合で行う予定だ。訓練の相手は、第301飛行隊から、F－4EJ改ファントムの四機編隊が出る。こちらは先に上がって、彼らを待つのだ。

飛行教導群、またの名をアグレッサー。戦闘機パイロットの技量向上を目的とし、格闘戦訓練の敵役をつとめる。

部隊旗は、「敗北は死」を意味するドクロのマーク。垂直尾翼には、背後の警戒を意味するコブラを描く。

――警戒せよ。

技量を磨き、知識を新たにし、感覚を鋭敏に研ぎ澄ますのだ。

前方にルパン、後方にライムとチア。編隊はいま、訓練空域に向かっている。

1

「あいつだな」

レーダーに機影がひとつ映った。

『二時の方向』

二番機の〈クロウ〉こと深浦紬《ふかうらつむぎ》三等空佐が知らせるより早く、ルパンが言う。じきに相手も気づくだろう。

――一機のはずはない。

戦闘機は二機をひとつの単位として動く。もう一機、近くにいるはずだ。

四対四の格闘戦訓練だった。相手は、中部航空方面隊第七航空団隷下の第３０１飛行隊。黄色いスカーフをたなびかせたカエルがマークの戦闘機部隊だ。本日のコールサインは〈エポック〉。こちらも二機ずつに分かれて飛んでいるが、エポック隊も二手に分かれたようだ。

第３０１飛行隊は、今年度からF－35に機種更新される予定で、これがF－４EJ改での最後の教導訓練になる。

最終日の今日、第３０１飛行隊のなかでも、とびきりイキのいいパイロットが訓練に参加していた。以前、新田原《にゅうたばる》で深浦と同じ部隊にいた〈ボルト〉こと、川村《かわむら》だ。名簿をチェックして気づいた。

川村は、相手方の二番機、エポック2に搭乗している。

――あいつ、あれから腕を上げたかな。

こんなに早く、川村と空で再会するとは思わなかった。今日の訓練内容を見て、使えそうならルパンがスカウトに動くだろう。

相手が二機になった。

はるか上方のエポック1と、すれ違う。F－4EJ改の、ずんぐりしたシルエットだ。自分より上方にいる戦闘機は目視できるが、エポック1からこちらは見えない。まだ、こちらの出方を窺《うかが》っている。

深浦の前方で、ルパンが動いた。

こちらは、海上から低高度で飛来した侵入機という設定だ。ルパンがスピードを充分に上げ、スロットル・レバーを引く。アフターバーナー推力で、四十度のバンクを取りながら速度を高度に変換し、いっきにエポック1の背後に回りこむ。斜め方向のインメルマン・ターン――ピッチ・バックだ。

（ブレイク！　ブレイクしろ！）

エポック2が無線で叫ぶ声が、聞こえる気がする。エポック1が左にブレイクする。ルパンは姿勢を水平に戻し、エポック1の追撃に移った。ルパンが涼しい顔でヘッド《H》アップ《U》ディスプレイ《D》を覗《のぞ》く様子が、目に浮かぶようだ。エポック1をロックオンできる瞬間があったが、ルパンはそうしなかった。あっさり仕留めてしまっては、訓練にならない。

相手に対抗機動を行うための旋回の余地を与えないよう、常にエポック1の後方、一定の範囲にぴたりと張りつき、プレッシャーを与え続ける。獲物のレイヨウを狙うライオンのように、相手が弱るのを待つ。時には誘いの隙を見せ、エポック1の技量を測る。

訓練の模様は、それぞれの機に設置されたカメラで撮影されている。終了後、映像を見ながら教導隊が指導を行うためだ。

僚機《ウィングマン》の深浦は、ルパンの援護役だった。エポック1の援護に向かおうとするエポック2を妨害し、まずは二機を引き離すつもりだ。

『マスター3、エンゲージ！』

三番機のライムから無線が入る。ライムとチアも、接敵《せってき》したようだ。

考える暇はない。速度を足す。ルパンを追うため左に旋回するエポック2に、お前の相手はこっちだと教えてやらねばならない。

——ボルト、俺が相手だ！

深浦は右にバンクしながら、高度を上げた。正面にあった、深い群青色の鹿島灘の海と、夏空との境界が消える。目に映るのは、すべて青、青、青——と綿菓子のような白い雲の世界だ。自分がどこに向かっているのか、何もかもあいまいになる。

——青に囚《とら》われるな。

自機の姿勢と高度をヘッドアップディスプレイ《HUD》で確認する。視界から入る情報に頼らず、深浦の脳はHUDの姿勢情報から、自動的に感覚を修整する。慣れだ。

追い越し《オーバーシュート》てエポック2の前に飛び出さないよう間合いを測る。Gにより、身体が強い力でシートに押しつけられる。

高いGがかかると、血液は下肢に集まろうとする。足に血液が溜まり、脳が虚血状態になると失神するため、耐Gスーツで押し戻す。特殊な呼吸法で、酸素を効率よく摂《と》りこむ。それでも、人間の身体が耐えられるのは9Gまでとされる。9Gに耐えられるのも、わずかな間だけだ。どれだけ機体の性能を上げても、生身の人間が乗る以上、人体の性能以上のことはできない。

戦闘機の格闘戦には、機体の性能や、格闘センスだけではなく、パイロットの強靭《きょうじん》な肉体そのものも、要求されるのだ。

エポック2が、こちらの機動《マニューバ》に気づいたようだ。ルパンを追うのを中止し、そのまま左旋回を続けてブレイクを試みている。だが、高いGをかけ続けると機体の持つエネルギーが失われる。そろそろエネルギーをキャッチアップしたくなるはずだ。

あと少しで、エポック2がこちらの有効射程範囲に入る。

――よし、捉えた！

突然、エポック2が視界から消えた。

――スリップか！

機体を意図的に横滑りさせ、そのまま高度を下げて、エネルギーを回復しようとしている。深浦は翼を振り、下方に離脱したエポック2を確認した。とりあえず、ルパンとエポック1から引き離す作戦は成功だ。ルパンは、まだエポック1の息の根を止めずに追い込んでいる。

深浦は、エポック2を追う。だがその前に、水平飛行《レベルオフ》に戻して機体を安定させ、次の接敵に備えようとした。

『マスター1、キルした。エポック1、戦闘中止《ターミネイト》だ』

ルパンがエポック1を仕留めたらしい。今ごろ、エポック1の乗員は天を仰いでいるだろう。模擬戦闘なので、実弾は積んでいない。空対空赤外線ミサイルや二十ミリ機関砲で相手をロックオンし、射撃操作を行えば、相手を撃墜《キル》したこととする。

キルされたエポック1は、模擬戦闘の対象から外れ、帰還する。

『クロウ、レフトバック！』

ルパンの声にハッとしてブレイクした。逃げたと思ったエポック2は、エポック1がキルされたのを知って、イチかバチかの勝負に出たらしい。スリップして離脱からの、ボルトらしいすばやい戦線復帰だ。

——危なかった！

一瞬、冷や汗が出た。もしもこんな場面でキルされていたら、面目ないにもほどがある。

飛行教導群は、戦闘機部隊の手本になるべき存在だ。教導訓練の前には、入念なシナリオも作成する。格闘戦訓練とはいえ、ただむやみに相手をキルするわけじゃない。わざと見せたこちらの隙を的確に見抜き、攻撃につなげることができるかどうかを見たり、攻撃と防御の多様なパターンを体得させたり。相手の機動から次の動きを予見し、お釈迦《しゃか》様の手のひらの上で舞わせるように、自在に掌《たなごころ》の上で転がさねばならない。

——ボルトの奴《やつ》、やるな。

エポック2が有効射程範囲に入る前に、エポック2を見ながら最大Gでブレイクターンする。Gに耐えるための特殊な呼吸法で、血流をコントロールしながら、深浦は半ば相手の腕に感心し、半ば己れを叱咤《しった》した。

飛行教導群に呼ばれて半年。

その前は新田原基地の第305飛行隊にいた。自分でも、そこそこ飛べると自信を持っていた。まさかアグレッサーに呼ばれるとは思わなかったが、呼ばれたことで、さらなる自信にもつながった。

しかし、飛行教導群で要求されるレベルは、これまでとは格段の差がある。理屈以上にセンスで飛んでいた深浦は、いざ理屈と数字で飛ぼうとすると、今まで楽にできていたことさえ、急におぼつかなくなった。

自分の脳が、身体と切り離されたようにも感じる。夢中で飛んで身につけた格闘センスが、役に立たないのだ。そうなると、急に自信が目減りする。

天狗《てんぐ》になっていたわけではない。謙虚にひとの意見を聞き入れてきたし、自分の腕は改善の余地があり、未熟だとも感じていた。

――だが、こんな苦しさは初めてだ。

しかも、それを素直に表に出すのは、沽券《こけん》に関わると思うのが、深浦紬の性格だ。だから、いつも胸の内に悩みを秘め、明るくふるまっている。

エポック2が交差角を解消しきれず、追尾していたはずのこちらをオーバーシュートしたのを確認し、深浦は次の機動にそなえてアンロード加速を行った。短時間でスピードを戻す。

時々、眠れずにベッドから起き出し、居間でスマホをいじりながら、気づくとぼんやりしていることがある。考えるともなく、その日の機動を考えている。牛が同じ草を何度も吐き戻して噛《か》むように、何度も、何度も自分の機動を思い返す。隣に寝ている妻が、気づいていないわけがない。

――どうして、こんな状態になってしまったのか――。

果敢に攻撃するエポック2のパイロットが、新田原時代の自分に重なる。あのころの自分は、幸せだった。

——そろそろ、終わらせるぞ。

ぐずぐずしている場合じゃない。深浦が、撃墜の意志を固めた時だ。

レーダーに、新たな光点がふたつ現れた。

「ルパン、七時に二機！」

『——なんだこれは』

「民間機か？」

ライムとチアは、それぞれエポックの三番機、四番機と交戦中だ。エポック2は目の前におり、撃墜されたエポック1は離れて待機している。

これは、ここにいるはずのない航空機だ。訓練空域に、民間機が間違って飛び込んだのだろうか。みるみる、近づいてくる。

『マスター1より、コブラ！　七時方向から何か接近中だ』

入間《いるま》基地の入間防空指揮所《DC》に置かれた、飛行教導群の管制官に、ルパンが問い合わせている。

やや、間が空いた。どうも奇妙なことが起きているようだ。

『コブラよりマスターへ！』

飛行教導群の管制官のコールサインは、隊のマークと同じコブラだ。管制官の口調がきびきびしている。

『訓練は中止だ！　不明機《アンノウン》が二機、訓練空域に侵入した。ただちに撤収せよ』

——どういう意味だよ。

そんなことはありえない。たしかに、わが国周辺の空には近隣諸国の軍用機がたびたび接近し、航空自衛隊の戦闘機が、年に千回前後の緊急発進《スクランブル》を行っている。だが、そういうケースは、レーダーでアンノウンの動きを監視し、早くから異常を察知しているものだ。いきなり、領空に飛び込んでくるわけじゃない。

『百里からスクランブルで上がった。訓練は中止だ』

『マスター全機、撤収だ。合流しろ』

ルパンの指示は速い。

『マスターよりコブラ、万一に備えて、エポックにこちらの周波数に合わせるよう言ってくれ』

『了解した』

本来、訓練では「敵」の通信内容は聞かないが、異常事態発生とあってはやむをえない。

深浦はエポック2を探した。もう、肉眼では見えない。エポック隊にも撤収命令が出たはずだ。

ルパンのクロマダラの斜め後ろにつく。

『アンノウン二機だって？』

ライムが不可解そうに唸っている。ライムとチアの機も、すぐ合流してきた。

ライムの三番機は、識別塗装が茶系の通称サファリ、チアの四番機は、青のグラデーション。「迷彩」は、機体などを背景に溶け込ませるために行うが、飛行教導隊が使用する機体の塗装は、ひと目で「アグレッサーが来た」と識別させるためのものなので、識別塗装と呼ばれる。深浦の二番機は、緑と黒の通称ガメラだ。飛行教導群に着任したばかりのカイトが同乗している。操縦はせず、先輩の機動を後ろで見て学ぶのだ。

『とにかく帰るぞ。こっちは丸腰だ』

ルパンの涼しい声が、疑問を断ち切った。今ここで、憶測を並べてもしかたがない。

その時だ。

『エポック1、エンゲージ！』

先ほどまで模擬戦闘の相手だったエポック隊の一番機から、接敵の通報が入った。

レーダーに、エポック1に急接近するアンノウン二機の光点が映っている。目を疑う光景だった。これは、迷い込んだ民間機の動きなどでは決してない。

『レフトブレイクしろ！』

『やってる！』

エポック1と2の生々しいやりとりが、無線に入る。エポック1は、息が上がっている。レーダー上では、左旋回してアンノウンの追撃をかわそうとするエポック1が光点として映っている。

——逃げろ！　エポック1、逃げろ！

操縦桿を握る手に汗が滲《にじ》んだ。深浦は、心の中でエポック1の搭乗員に成り代わり、アンノウンと戦っていた。

『くそ！　やられる！』

『逃げろ！』

工事現場のドリルのような音が、立て続けに入った。

——今のは。

『どうした！　返事しろ！』

自分の耳が信じられない。間違いなく機関砲の音だった。エポック1は沈黙し、エポック2が必死に呼びかける声が、空《むな》しく続いている。エポック1の光点が、レーダーから消失した。海に墜落したのだ。

「まさか——撃墜されたのか」

『撃墜？　アンノウンに撃墜された？』

ライムが唸っている。信じられない。事態についていけない。深浦も同じ気持ちだった。

『まずいな』

いかなる時も冷静なルパンが、エポック2に呼びかけた。

『マスター1よりエポック2、アンノウンがそっちに向かった。すみやかに離脱せよ』

『――了解』

こちらは四機編隊だが、エポック隊はまだ合流できていなかった。アンノウンは容赦なくそちらを狙ったのだ。

すでにアンノウンの目標は、エポック1から数キロ離れた位置にいたエポック2へと移ったようだ。エポック2は全速力で逃げようとしているが――逃げきれるか。

『このままではエポック2もやられるぞ。スクランブルした機は、まだ到着しないのかよ』

ライムが歯ぎしりしている。訓練用に模擬弾しか積んでいないエポック隊など、実弾を積んだアンノウンにとってはただの「標的」に過ぎない。縁日の射的の「まと」のようなもので、撃ち放題だ。

――ボルトのやつ、逃げ切れるかな。

川村の腕は信用している。スクランブルで上がった時の川村なら、何も心配しない。

だが、今回は――。

深浦は顔をしかめた。このまま帰還するのは、川村を見捨てて逃げるようだ。

——加勢に行くべきじゃないのか。

ボルトとは、何度も組んで飛んだことがある。スクランブルも経験した。彼の考え方ならだいたい読める。教導隊に移ってから我ながら冴《さ》えない飛び方をしていたが、それは訓練だったからかもしれない。自分は、実戦で追い込まれて実力を発揮するタイプだ。

だが、後部座席に乗っているのも大事な後輩だった。カイトは、この騒ぎの中でも、落ち着いて事態を観察している。自分が勝手な真似《まね》をするわけにはいかない。

『エポック2は、ボルトでしたね』

カイトが呟いた。

「——そうだ」

『防府《ほうふ》で——航空学生のころの仲間です。ちゃんと逃げきれるかな、あいつ』

カイトの憂いを含む声を聞きながら、深浦はまだ考えていた。自分の機も、実弾は積んでいない。丸腰のエポック2と装備の上で同じだ。だが——。

「なあ、カイト。ものは相談だが」

『なんです』

「ボルトのやつ、エポック1が落とされて単機だし、今ごろ困ってるかもしれない。少しだけ、助けに行ってやろうか」

しばし、間が空いた。

『――クロウ、気持ちは嬉《うれ》しいですが、そんなことやってると長生きできませんよ』

「いや、俺はこのままクソジジイになって、子どもや孫に早く死んでくれと祈られながら、百歳まで生きる予定だ」

『それじゃしかたがない。クロウの強運に賭けますか』

「よし」

深浦は微笑《ほほえ》んだ。

「ルパン、先に帰っててくれ」

バンクして隊列を離れた。こちらも丸腰だが、このまま放ってはおけない。これから実戦だと思うと、急に気が軽くなった。そもそも自分は、眉間に皺《しわ》を寄せて、くよくよと悩んでいるタイプではないのだ。

『クロウ、戻れ！　離脱は許さん』

「ちょっと行ってくるよ、ルパン。あいつ、後輩なんだ」

『だめだ。おまえひとりじゃない。カイトも乗ってるんだぞ』

「カイトは一緒に来るそうだ」

『クロウ！』

みるみるうちに、ルパンのクロマダラが後ろに消える。ルパンの鋭い舌打ちが、無線を通じて聞こえた。

『チア、ライム！　全速で基地に帰る。万が一の場合は、実弾を積んで戻るぞ』

『了解！』

心強い言葉を残し、彼らは飛び去った。

深浦とて、第305飛行隊に所属していたころには、実弾を積み、何度もスクランブルに対処していたのだ。だが、実際にミサイルや機銃を撃ってくる奴はいなかった。

――これまでは。

鹿島灘沖が、突如として血の気配に包まれたようだ。


「後で文句を言うなよ、カイト」

クロウ――深浦紬三等空佐がキャノピーの内側に貼った鏡越しに見ると、後部座席のカイトこと安田直人《やすだなおと》一等空尉が頷《うなず》いた。ヘルメットのバイザーと、口元をすっぽり覆う酸素マスクのせいで、表情は読めない。

『クロウの腕を信じてます』

スロットル・レバーを最大推力に入れる。ぐんとシートに押しつけられながら、エポック2に向かうアンノウン二機のさらに背後を取ろうとしている。ここまでの模擬空戦で、かなり燃料を消費した。スピードを上げれば上げるほど、戦闘機は燃料を食う。基地まで戻る燃料を残さねばならない。

――こんなところでは死ねないからな。

深浦は小鼻をふくらませた。

昨年の冬、長男が生まれたばかりだ。健太《けんた》の、ふくふくと柔らかい頬《ほ》っぺたを思うと、自分がとっさに選んだ行動が、間違いだったかなと考え直す気にもなる。だが健太のためにも、後悔だけはしたくない。

『ところで、作戦は？　相手は実弾積んでて、こっちは丸腰だけど』

カイトが尋ねる。

「作戦は――ない」

『――』

「心配するな。向こうは、こっちが丸腰だとは思わないから」

実弾を積んでいるように「装う」つもりだった。ミサイルがないのは外から見てもバレバレだが、機関砲は見ただけではわからない。

――ケンカは気迫だ。

こらこらこら違うだろ、とルパンが例の涼しい顔で、眉間に軽く皺を寄せ、意見しようとするのが目に浮かぶ。飛行教導群にいながら、格闘戦をケンカなどと呼べば、顰蹙《ひんしゅく》を買いそうだ。

――だが、気持ちで負けて、ドッグファイトに勝てるはずないだろ！

自分の気持ちをかきたてる。

「――いたぞ」

視界に飛び込んできた。二機のアンノウンが、エポック2を有効射程範囲に入れようと、追いすがっている。

右のアンノウンの機首の機銃が、立て続けに火を噴いた。次の瞬間、二機のアンノウンが左右にブレイクした。こちらの接近に気づいて、射程に入る前に慌ててぶっ放したのだ。まさか丸腰の戦闘機が背後から近付いたとは思わず、迎撃機が到着して形勢が逆転したと誤解したのだろう。外から見る限り、エポック2のF－4EJ改に傷はなさそうだ。

「ボルト！　大丈夫か！」

『クロウ？』

驚いている。

「連中が戻ってくる前に、全速で逃げろ！」

『はい！　ありがとうございました！　クロウもご無事で！』

エポック2が、機敏に離脱する。今度はこちらの番だ。例のアンノウンが、そうかんたんに諦めるとは思えない。

奴らをこちらに引きつけ、スクランブル発進した百里の迎撃機が戦闘空域に到着するまで、とにかく落とされずに逃げきるのだ。あと数分もすれば、実弾を積んだ味方が来る。

F－4EJ改ファントムは、一九六〇年代から飛び、ベトナム戦争で活躍した老兵だ。現在も自衛隊で使用している機体は各種の近代化を行い、F－15Jにも遜色のない働きをするとはいえ、こんな状況なら、こちらのほうがいくらか有利ではあるだろう。

『来ましたよ』

カイトがレーダーを確認し、キャノピーに手をついて四周を見回し、アンノウンを視認しようとしている。高いGがかかる戦闘機で、身体をひねって敵機を探すと、腰や首に負担がかかる。戦闘機パイロットが、腰や首を痛めやすい理由だ。

『一機、ヴィジュアル真上！』

「よし！」

真上に来たのは、たぶん囮《おとり》だ。もう一機は、いったん距離をおき、こちらが追撃に夢中になっている隙に、背後から接近するつもりだろう。自分ならそうする。

派手な識別塗装のガメラが実弾を積んでいないことなど、こちらがアグレッサーだと知らなければ区別がつかない。実弾を積んでいると相手に誤解させるのだ。

操縦桿を引き、機首を上げながらアフターバーナーのスイッチを入れた。この姿勢でアフターバーナーを焚《た》いたF－15Jは、ロケットみたいなものだ。闘志を剝《む》き出しに襲いかかると、真上にいたアンノウン1が、ぎょっとした風情でブレイクした。

深浦はそちらにかまわず、ぐいぐいとそのまま高度を上げた。アフターバーナーを使い続けて心配なのは、燃料だ。燃料計をちらちらと見る。

——追わないんですか。

黙っているが、カイトが聞きたがっている。全身に高いGがかかり、呼吸法で耐えているので、口を開くのが辛《つら》いのだ。

——追わないいんだよ。

推力が落ちてくる。四万五千フィート（約一万三千七百メートル）で姿勢をレベルオフにし、レーダーでアンノウンを探した。

ブレイクのタイミングから見て、アンノウン1はかなり焦っていた。遊ばれたような気もしたことだろう。

「——そら、見つけた」

レーダー上で輝くふたつの光点を見て、深浦は舌なめずりした。

『まさか、体当たりとか——』

カイトが不安そうに尋ねる。

「しない、そんな真似」

それは策として下の下だ。

だが実際、航空機が戦争の道具として使われ始めた初期のころ、体当たりが行われたこともある。まだ機銃もなく、空中戦と言えばパイロットが互いに拳銃で撃ちあったりしていた、のどかな時代の話だ。

一九一四年、第一次世界大戦の東部戦線では、ロシアのパイロット、ピョートル・ネステロフが、レシプロ機の降着装置をオーストリア軍の航空機にぶつけようと試みて、両機ともに墜落死している。

また、ソビエトは破壊鎚《タラーン》と呼ばれる体当たり攻撃を軍が主導して実施したし、ドイツはエルベ特別攻撃隊を組織して、爆撃機に体当たりさせた。

ただし、これらの体当たり攻撃は、攻撃機が生還することを前提としている。ネステロフは自殺行為だったが、やむにやまれぬ事情があったか、とっさの読みが甘くて、自機もともに墜落するとは思わなかったのだろう。

だが、F－15Jのスピードで体当たりして、生きて帰れるわけがない。

「まあ見てろ」

たぶんこっちが、アンノウン2だ。

そう思える位置にいる光点に向かって、まっしぐらに落ちていった。

＊

「くそっ、どこだ！　どこ行った！」

「落ち着けよ、ルシィ。レーダー見ろ」

「なんだよ、あいつ！　舐《な》めてんのか！　垂直上昇して向かってきて、そのまま機関砲も撃たずに真上にぶっ飛んでいった」

「遊ばれてるな。だが、今のがF－15だぞ。さっきお前が落としたのは、F－4だったからな。よく見ろよ、全然、形が違うだろ」

「ちきしょう！　派手な迷彩塗りやがって」

「――派手？　見たのか？」

「緑と黒の――。変な模様だった」

「はっはあ！　ガメラだ。なんだ、そいつはアグレッサーだよ」

「何だと？」

「こっちに来そうだ。見てろ」

2

四万五千フィートの位置エネルギーを、速度に変える。光の矢のように落ちていく。

アンノウン2の尻が目前だった。

「そら、逃げろ！」

さっきのアンノウン1と同じように、じたばた慌てて逃げ出すはずだ。

だが、当てが外れた。

アンノウン2は、悠々と飛んでいる。まるで、深浦の機を僚機として従えているように、有効射程範囲に入っても、いまだ落ち着き払っている。

——しまった。

「バレてるな」

なぜかは知らないが、こっちが実弾を積んでいないことに気づかれてしまったようだ。

『逃げましょう』

「いや、慌てて逃げると、こっちの弱みをさらすようなもんだ」

後ろについている限り、アンノウン2はこちらを撃てない。深浦はレーダーを見た。アンノウン1が後方から来るはずだ。

——来た。

左後方から、もうひとつの光点が接近する。タイミングを見計らう。

「ライトブレイク！」

曲がりきれず、アンノウン1がオーバーシュートした。だが、アンノウン2がインメルマン・ターンで戻ってくる。

『ビンゴゥ！　ビンゴゥ！　ビンゴゥ！』

最悪のタイミングで、燃料計が電子音声で訴え始めた。あらかじめ、基地に戻る分の燃料を割り出し、残量がそれだけになれば鳴るよう設定したものだ。

とにかく、基地の方向に飛ぶ。じき、頼みの綱の迎撃機が来るはずだ。

『レフトバック！』

カイトはキャノピーに手をつき、苦労して背後のアンノウン2を視認しようとしている。こんな場面になっても、まだ冷静さを保っている。頼もしいやつだ。

『――変だな』

ふいに、カイトが呟いた。

「なにが」

『向こうのコックピット。空《から》だ』

「ハ？」

『シートはある。でも、誰も座ってない』

まさか、自分たちは無人機を相手に戦っているということか。

「ちきしょう、ふざけんなよ！」

――エポック1は、無人機に撃墜されたというのか。

無人機でドッグファイトを行った例は、聞いたことがない。しかも、カイトが向こうのコックピットを観察できる距離にまで近づいているのに、アンノウン2は撃ってこない。

楽しんでいるのだ。

さっきの深浦と同じだった。相手の反応を見て、面白がっている。そんなことをするのは、ロボットじゃない。人間だ。

それに、先ほどのアンノウン1の逃げ方からは、生身の人間の恐怖をはっきり感じた。

実際に乗りこんではいないかもしれないが、誰かが遠隔操作しているのだ。そいつらは、こちらが身体を張って戦っている時に、どこかの快適なコントロールルームにこもり、激しいGに身体を痛めつけられることもなく、テレビゲーム感覚でドッグファイトを行っている。ひょっとすると、傍らではコーヒーが湯気を上げているかもしれない。

——バカにしやがって！

ここにミサイルの一発もあれば、相手をぎゃふんと言わせてやれるのだが。それもない今はただ、相手が照準を合わせせられないよう、ランダムにロールし、ひたすら逃げ回るだけだ。今ごろアンノウン2は、ちょっと苛《いら》つきながらも、獲物を追う喜びにかられ、興奮しているだろう。

ダダダッと機銃の音がした。

弾着の衝撃で、激しく機体が揺れる。パネルのあちこちに赤いランプが点灯し、電子音が派手にピーピーと鳴り始めた。燃料が漏れているようだ。燃料計の数字が、見る間に減っていく。

――すまん、カイト！

ボルトを逃がすため、カイトを巻き込んでしまった。自分の責任だ。

「怪我《けが》はないか？」

『大丈夫！』

姿勢制御が困難になった機体が、ぐらりと斜めにかしいだ。それを、どうにか水平に戻す。

――この機はもう、基地まで飛び続けられない。

「カイト！　緊急脱出《ベイルアウト》する！」

『了解！』

飛行中の戦闘機からベイルアウトすると、人間の身体にかかる負荷は想像を超える。進んでやりたくはない。

姿勢を正し、射出《しゃしゅつ》レバーを引いた。キャノピーが開き、ズバンと吹き飛ぶように後ろに消えていく。

後部座席のカイトがまず射出される。次に深浦の番だ。

シートごと、ロケットのようにF－15Jから射出された。身体がシートに押しつけられ、風がじかに吹きつけてきて、息が詰まりそうだ。海が、身体の真下にある。

下方を見やれば、ガメラが煙を吐きながらゆっくりと高度を下げ、群青色の海に飛び込んでいく。まるで自分たちの身代わりになったような気がした。

——すまない。

心の中でガメラに詫《わ》びる。

いつも機体に守られ、キャノピー越しに見ている空と海が、今は手で触れそうな近さだ。

丸裸で空に投げ出されたようだった。

*

「クロウはどうなった！」

エンジンを止め、キャノピーを開くとすぐ、地上要員が駆け寄ってくる。チアこと森近《もりちか》徹《とおる》三等空佐はヘルメットを取り、彼らに尋ねた。

「レーダーから消えました！　敵機もです」

「なんだと」

消えたとはどういうことか。クロウの機と、敵が二機。すべて墜落したのか。

先に着陸したルパンのクロマダラの周囲に、人が集まっている。その中に、飛行教導群司令の郷内《ごうない》一馬《かずま》一等空佐の姿を見つけて、森近は急いでタラップを下りた。滑走路から地上走行してきたばかりのライムも、こちらの動きに気づいたようだ。

「このまま、放っておけません」

ルパンこと内永智久《うちながともひさ》二等空佐が、ヘルメットを小脇に抱え、低い声で郷内一佐に語りかけている。森近は、教導隊長のルパンが慌てたり、興奮したりするところを見たことがない。端整な男で、常に冷静沈着、声は低くもの静かだ。

対する郷内一佐は、そろそろ五十二歳になる、飛行教導群のトップだ。小柄な彼は、腕組みして厳しい視線を空港内の動きに配っている。非常事態の発生で、現在は茨城《いばらき》空港の民間機の発着も見合わせている。着陸機は、羽田《はねだ》や成田《なりた》など、関東一円の空港に誘導されているようだ。

「待て。捜索隊は出す。スクランブルで出た機は、アンノウンを見つけられなかった」

森近とライムも、ルパンのそばで郷内一佐の説明を受けた。今日、搭乗予定のない教導隊のメンバーも、みな集まり、静かな怒りと不安のないまぜになった表情で、郷内の声に耳を傾けている。

クロウは、百里のエポック2を救ったそうだ。危ないところだった。エポック2は、クロウの指示通り、その場からすぐ離脱し、ぶじに百里基地に帰還した。

その直後、クロウの機はアンノウン二機と交戦し、レーダーから消えた。撃墜されたと見られている。

「スクランブル機が、先に撃墜されたエポック1の残骸らしいものを見つけたそうだ。パイロットの生死は不明だ」

ふだんは明るい郷内の表情が、沈痛だ。パイロットが見つかってほしいと森近も思う。

「スクランブル機が接近する前に、アンノウン二機は北東に向かい、レーダーから消えた」

「落ちたんでしょうか」

「わからん。現時点では、わからんとしか言えん」

「自分らは、コンタクトした地点を知っています。せめて機関砲に実弾を積んで、現地に戻らせてください」

「いかん。それは許可できん」

ルパンの申し入れに、郷内一佐は頑として首を縦に振らなかった。目の大きな郷内がぎょろりと睨《にら》むと、さすがのルパンも圧倒されたか黙り込む。

「――いいか。気持ちはわかる。俺だってクロウを捜しに行きたい。だが、それは俺たちの役目じゃない」

郷内が声をやわらげ、ルパンに頷きかける。

「百里が捜索機を出す。きっとふたりを見つけてくれる。俺たちは辛抱強く待つんだ」

これまで、航空自衛隊の戦闘機が、訓練中の事故以外で何者かに撃墜されたことは一度もなかった。郷内が捜索への参加を許可しないのは、部下が珍しく逆上していることを恐れたからだろう。

ルパンが目を細め、首をかしげる。

「そもそも、あのアンノウンはどこから現れたんでしょう。防空識別圏に入った時点で、警告がなかったんですが」

航空自衛隊が保有するレーダーは、わが国の防空識別圏をカバーしている。未確認機を捕捉すれば、その時点でスクランブル発進の命令が下る。それが、なかった。

「アンノウン二機は、わが国の領空に突如として現れた」

郷内の言葉が腹《はら》に落ちるまで、時間がかかった。

——そんな馬鹿な。

航空機が、海上に突然、現れたりはしない。

ステルス性能が高く、領空に達するまでレーダーで捕捉できなかったのだろうか。

「いろんな可能性がある。他国の空母が、わが国の領海を侵犯していた可能性も含めてな」

——空母だと。

森近は、郷内をまじまじと見つめた。

「とにかく、めったなことは言えん。うかつな発言が、有事を招く恐れもある。当面、家族を含めて外部には、起きたことをいっさい話すな。広報に任せろ」

郷内の戒めに、ルパンをはじめ、隊員らがしっかり頷く。隊員たちの視線がある方向に集まり、ざわりと空気が動いた。森近も、つられてそちらを見やった。

パイロット服を着た男が近づいてくる。ヘルメットを脱ぎ、ベストや耐Gスーツも脱いでいる。日焼けした硬い表情を見て、それがエポック2のボルト——川村だと、ピンときた。

「第301飛行隊所属、川村一等空尉です！」

郷内のそばまでたどりつき、川村が敬礼した。緊張と後悔のあまり、目じりが吊《つ》り上がっている。郷内もルパンも、答礼だけして黙って見守っている。

「このたびは、まことに申し訳ありませんでした！」

深々と頭を下げる川村に、郷内が咳払《せきばら》いした。

「——いや。君のせいじゃない。頭を上げなさい」

川村も、クロウが撃墜されたことを聞いたのだ。彼は、郷内が言っても頭を下げ続けていた。かすかに肩が震えている。ルパンが近づき、軽く背中を叩《たた》いて、「いいから顔を上げなさい」と言った。

「——はい」

どうにか顔を上げたものの、真っ赤に充血した目から、今にも血が滲むのではないかと森近は恐れた。

郷内が彼の肩を叩いた。

「いいか、川村一尉。君が責任を感じる必要はない。救出に行ったのは、クロウ——深浦三佐の判断だ。君は、深浦三佐の指示に従い、百里に帰還した。彼の決断を無駄にしなかった。それでいい」

川村は無言で視線を落としている。

ルパンの視線を受けて、教導隊の隊員がふたり、川村を第301飛行隊に連れ戻すために、彼の肩を抱くようにして歩きだした。

——あいつ、しばらく眠れないだろうな。

森近は、悄然《しょうぜん》としおれる川村の後ろ姿を見送り、心の中でクロウに呼びかけた。

おまえ、さっさと無事に帰ってこい。

でなけりゃ、おまえの後輩が心を病むぞ。

＊

飛行教導隊に来てすぐのことだ。

キャノピーを開いてヘルメットを脱いだとたん、後部座席から〈グレイ〉のわざとらしいため息が聞こえた。

「クロウ、お前さ。この仕事、向いてないんじゃないか」

息切れはどうにかおさまったが、ぐうの音《ね》も出ず、深浦は一瞬、言葉に詰まった。

「──いや、できるかぎり頑張りますんで」

「頑張るじゃねえよ。やる気ないんだったら、やめとけ」

グレイは冷然と言い放ち、さっさと窮屈なコックピットを抜け出してタラップを下りて行った。ガミガミ叱られるほうがマシだ。

教導隊の錬成訓練があり、指導を受ける深浦が複座のF－15DJの前席に座り、後ろに教官役のグレイが座った。

以前からグレイと組んで錬成訓練を受けることは多かったし、口の悪い彼が歯に衣《きぬ》着せぬ言葉でこき下ろすのも、聞き慣れたはずだが──。

このまま座っていると立てなくなりそうで、どうにか身体を座席から引きずり出す。腰も、肩も、首も痛い。タラップを下りながら呻《うめ》く。

グレイのTAC《タック》ネームは、灰色という意味ではない。米国でよく目撃情報のある、グレイ型宇宙人から取られている。グレイ型というのは、小柄な身体に、大きな目を持つ宇宙人だ。

顔が似ていると誰かが冗談で言ったのと、本人が宇宙人の存在を信じていると強弁したので、先輩パイロットが面白がって、そんなTACネームを選んだそうだ。

(集中しろ!)

(よけいなことを考えるな!)

(何やってんだ、素人《しろうと》でもこのくらい飛ばせるぞ!)

体力の限界までGに耐えてループしている最中に、後ろからは矢継ぎ早に指示と罵詈雑言《ばりぞうごん》が飛んでくる。何年もF-15Jに乗っているのに、どういうわけか身体が思うように動かない。教導隊に来て、あらためて理論を叩きこまれ、ひとつひとつの機動を理屈で分析するようになったとたん、身体が錆《さ》びついたようになってしまった。まるで、自分の身体なのに、自分のものではないみたいだ。

これまで、目や耳から入った情報がダイレクトに手足に飛んでいたのが、いったん脳に駆け上がり、また手足に駆け下りてくる。その分、これまでよりワンテンポ、遅れる。そんな変化を感じる。

子どものころからクソ度胸で、やんちゃ坊主と呼ばれてきた。「クロウ」というTACネームは、酒場でバーボンのオールド・クロウを好んで飲んだから先輩が名づけてくれたのだが、人を食った雰囲気がカラスに似ているからだとも思っている。

センスがいい、判断力がある、これまでずっと、そう言われることに慣れていた。これでは、習いたての小僧に逆戻りしたようだ。

（センスに頼って感覚で飛べていたのが、ここに来るとあらためて理論で自分の機動を見直すことになるからな。脳のニューロンが、新しい情報を処理するために、いま必死で配線の接続を変えてるんだ。大丈夫だ、時間はかかっても、クロウならきっと乗り切れる）

ルパンは例の通りクールな表情で、そう励ましてくれたが、今までできていたことが、できなくなるのは辛い。この後、着替えてグレイとの訓練後のデブリーフィングが待っているが、またあの調子で完膚なきまでに叩きのめされるのかと思うと、ロッカールームに向かう足取りが重くなる。

グレイとのデブリーフィングは、やはり胃壁がえぐれるくらいの難関だった。

「上がってから下りるまでの流れを、俺が納得いくように説明してみろ」

まるで将棋の感想戦のようだ。グレイの前で、自分が何を考えてどう行動したのか、記憶を探りつつ言葉に置き換えて表現する。時には、グレイのほうが正確に記憶しており、「どうしてそんな肝心なことを覚えてないんだ?」と、こっぴどく叱られた。おまけに、グレイは深浦の思考を、わずかな動作と機動から読み取って、「あの時、こう考えたからこう動いたんだろうが、それは間違いだ」などとシビアに指摘する。自分の腹を見透かされているようで、ひやりとする。

——超能力者かよ。

グレイが見せる能力は、他のパイロットを訓練する立場にある教導隊には必須のものだ。

数字と理詰めで相手に説明し、納得させなければいけないのだ。

「やっぱりお前、鞍数《くらかず》が絶対的に足りんな」

ついには匙《さじ》を投げるように、グレイが言い放った。鞍数とは乗馬の用語で、騎乗した回数のことだ。転じて、戦闘機パイロットの搭乗回数を指して使われる。

「どうすれば――」

「乗って、乗って、乗るしかないだろう、そんなもん」

――乗るしかない、か。

深浦は唇を結び、卓上に目を落とした。

幸いなことに、教導隊にいれば、基地にいた時よりも搭乗時間は延びる。

乗り続ければ、グレイの要求を満たすレベルまで、駆け上がることができるだろうか。

絶対にできる、と確信を持って言えない。無理なんじゃないか、自分はここまでじゃないか、もともと才能なんかなかったんじゃないか。平気な顔をしていても、内心では恐れている――。

深浦の目に入ったのは、丸い光だった。

ぽっかりと目を開き、ぼんやりした頭で太陽がまぶしいと思って、右手を上げて目をかばう。

——あれ、違うな。

あれは天井の照明だ。深浦は何度か瞬きし、頭と視界をクリアにしようと試みた。眠っている間、妙にリアルな夢を見ていたようだ。グレイが登場する、彼には申し訳ないが、正直あまり気分の良くない夢だった。

——なんだ、ここは。

無機質な灰色の天井と壁。背中がごつごつするのは、灰色の床にそのまま転がされているからだ。見回すと、四方の壁がずいぶん近くにある。三畳ほどの小さな部屋だ。

「——カイト？」

隣に横たわる飛行服姿の男を見て、深浦はようやく、何が起きたか思い出した。跳ね起きて、カイトの身体を揺さぶった。

「カイト！　おい、無事か！」

顔をしかめ、唸りながらカイトが目を覚まし、頭を抱えている。ざっと全身を改めたが、飛行服が生乾きなだけで、外傷はないようだ。深浦自身も、どこにも痛みがないところを見ると、怪我はなさそうだ。飛行服は着ているが、ベストは消えていた。ベストに収納していた非常食や携行品の数々も、すっかりなくなっている。代わりに、部屋の隅に小さな箱があった。

「クロウ？　ここは——」

「わからん。俺もいま目が覚めた」

アンノウンに銃撃され、シートを射出して脱出したことは覚えている。パラシュートを開いて海面に着水し、携行品のゴムボートをふくらませて、どうにか乗り込んだ。カイトとは数百メートル離れて着水したようだ。いずれ救難機が近づいた時のために信号筒のスイッチを入れ、スモークが噴き上がるのを確認して——後は待つしかなかった。

真夏だし、携行品の中には非常食もある。体温を奪われたり、逆に熱中症になったりさえしなければ、救難機の到着まで持ちこたえられるはずだ。だが、大海原でゴムボートに乗った自分とカイトを見つけるのは、信号筒があったとしても至難の業《わざ》だろう。長丁場を覚悟していた。

ところが、エンジン音はすぐに近づいてきた。空ではなく、海からだった。

現れたのは五人の外国人が乗り込んだ小型のボートで、Tシャツに短パンを穿《は》いた船員のような服装を見て、てっきり外国船が信号を見かけ、救助に来てくれたのだと思った。肌の色も顔立ちもばらばらで、アフリカからアラブ、アジア系まで、さまざまな人種の男たちだ。

ボートに引き上げられた後、いきなり羽交い締めにされて注射を打たれ、意識が飛んだ。気がついたら、こんな部屋に閉じ込められていた。

——ドアはある。

深浦は立ち上がり、金属製のハンドルを握った。鍵がかかっているようで、びくとも動かない。

――いったい何の真似だ。

突如として現れたアンノウンといい、おかしなことばかり起きる。

「――船の中かな」

カイトも立ち上がり、狭い部屋の壁を隅々まで見て回っている。

ゴムボートに乗っているところを捕まったのだから、まだ海にいるのかもしれない。

「――しっ」

深浦は唇に指を当て、寝そべって床に耳をつけた。低い動力の音が、かすかに聞こえてくる。エンジン音だ。

「どうやら船らしいな」

「みんな外国人だった。助けてくれるのかと思ったのに」

苦々しく言うカイトも、同じ目に遭ったらしい。部屋の隅にある箱を調べ、中身を確認して顔をしかめている。

「水と固形の糧食と、簡易トイレだ」

――まだ生きているだけ、運がいいのか。

機銃で撃たれた時に、身体に当たっていてもおかしくはなかったのだ。

試みに、ドアをノックしてみた。反応はない。激しく拳で叩く。

「おーい！」

ドアの小窓が開いた。浅黒い肌に、白目が目立つ男が顔の一部を覗かせ、無言でじろりと深浦を睨んだ。肩に小銃を掛けていることに驚く。

「ここはどこだ？」

日本語で尋ねても、反応はない。英語で繰り返すと、答えずガシャンと音を立てて、小窓を閉じてしまった。

「――何だよ、今のは！」

がっかりして怒鳴る。

ひょっとして英語が通じないのだろうか。肌や目のあたりの雰囲気からして、中東系の顔立ちにも見えた。それに、銃だ。

「ふつうの商船や漁船ではなさそうだな」

「まさか海賊とか」

「日本の近海にか？」

ありえないと言いたいが、自分たちは今日、アンノウンに撃墜されるという、ありえない体験をしたばかりだ。

――まずいな。

これでは、自衛隊の救難機が付近を捜索していても、自分たちに気づいてもらえない。

再び、小窓が開く音がした。ハッとして振り向くと、今度は色白の、目鼻立ちの整った男の顔が覗いていた。アジア系の顔立ちだ。

「よう。起きたらしいな」

——日本語だ。

深浦はドアに近づき、窓を覗きこんだ。顔が近づくと、相手はにやりと笑って、攻撃を恐れたのか、何歩か後ろに下がった。男が後退したので、胸から上が見えた。どこの国のものかわからないが、迷彩柄の戦闘服に身を包んでいる。だが、海にいるのなら、陸用の緑と茶の迷彩柄は奇妙だ。

「いったい何がどうなってるんだ。あんたは誰だ！」

深浦の問いに、男はにやにやした。

「怪我はなさそうだな。元気そうだ」

「ここは船の中か？　どこに向かってる？　俺たちは日本に戻りたいんだ」

「それはちょっと無理」

あっさり言われたので、一瞬、それが深刻な話だとは思わなかった。

「君たちは我々の捕虜になった。おとなしくしていれば、危害は加えない」

深浦とカイトが呆然《ぼうぜん》として言葉を失った隙に、男はもう一度にっこりして、ドアの小窓かった。

を閉めてしまった。

「おい待て！　開けろ！　ここを開けろ！」

我に返った深浦が慌ててドアを叩いても、もはや応答はなく、再び小窓が開くことはな

3

郷内群司令と教導隊長のルパンは、昼過ぎになって飛行教導群に戻ってきた。

ふたりで足早に司令室に入り、何ごとか話し合う気配がした後、しばらくするとルパンだけが出てきて、隊長室に入った。そのまま、ふたりとも姿を現さない。

「どうなったんだろうな」

ライムが、森近の隣で気づかわしげに囁《ささや》いた。

郷内群司令とルパンは、官舎を訪問し、クロウこと深浦紬三等空佐と、カイトこと安田直人一等空尉の家族に、鹿島灘沖で起きた事件の顚末《てんまつ》を説明してきたところだ。

――あれから丸二日。

クロウが操縦していたガメラは、まだ見つかっていない。クロウとカイトも行方不明のままだ。

正確を期するなら、ガメラの翼の一部と思われるものを、百里基地の捜索救難ヘリが見かけたが、波間に見失った。クロウの機は撃墜されたか、燃料不足で海に不時着したものと見られている。

教導訓練は中止となり、飛行教導群の部隊は、昨日、小松《こまつ》基地に引き揚げてきた。

『――本日、午前十一時二十五分ごろ、鹿島灘の沖合で訓練中の、航空自衛隊百里基地所属のF－4EJ改ファントム一機、ならびに小松基地所属のF－15Jイーグル一機が、消息を絶ちました。百里基地のパイロット一名と、小松基地のパイロット二名が、現在、行方不明となっております』

事件当日、午後四時に行われた定例記者会見での、韮山《にらやま》官房長官の公式発表だ。続いて官房長官の口から飛び出した言葉に、記者たちは息を呑《の》んだ。

『消息不明となる直前に、現場付近で二機の不明機が確認され、百里基地から警戒待機中のF－15J二機が緊急発進しており、因果関係を調査しているところです。現場では、百里救難隊を中心に、鋭意、行方不明のパイロットの捜索にあたっております。なお、行方不明になった二機につきましては、訓練中であり、ミサイル、機関砲など、実弾はいっさい搭載しておりませんでした』

インターネットで配信されている記者会見の模様を確認すれば、ひと呼吸おいて記者たちが騒然となり、次々に手を挙げて、怒濤《どとう》のように質問を始めたのがわかる。

『不明機が確認された直後に消息不明となったと言われましたが、それは交戦があったということですか』

『自衛隊機は撃墜されたのですか』

『行方不明になったのは領空内ですか』

『行方不明になっている、パイロットの氏名を教えていただけますか』

それらの質問に対し、韮山官房長官は、持ち前の頑固な表情で、『そういったことも含めまして、現在、調査中です』『パイロットの氏名は、追ってお知らせします』などと鸚《おう》鵡《む》のように繰り返すのみだった。

――不明機の存在にまで、よく踏み込んで発表したものだ。

現時点ではアンノウンの存在を伏せるのではないかと、森近は想像していた。「撃墜された」などと公表すれば、世論が沸騰し、疑心暗鬼になって国際的な緊張が高まる。

だが、官房長官の発表は、ごく一部の情報を隠した以外は、真実を伝えていた。これだけ情報が拡散しやすい世の中では、真実を伝えることが、手堅いリスク管理になる。嘘《うそ》をついても、必ずどこかにほころびが生じる。そうなると、取り返しがつかない。

現場にいた森近は、アンノウンがエポック1を攻撃する音を、無線を通じて聞いた。接近する様子もレーダーで確認した。エポック2のボルトは、アンノウンに追われたと証言している。クロウ機はエポック2を助けた後、しばらくしてレーダーから消失した。

——二機は、撃墜された。

自分はそう考えているが、公式の発表は、海中からエポック1とクロウ機が引き揚げられ、機銃で撃たれた痕などの証拠が見つかった後になるのだろう。

腑《ふ》に落ちないのは、アンノウン二機の行方だ。あの二機は何者で、どこから現れ、どこに消えたのだろう。ネットでは、すでにさまざまな情報や憶測が飛び交っている。

この日、百里基地で教導訓練が行われていたことは、「基地ウォッチャー」とも言うべき、航空ファンの間ではよく知られていた。

空港駐車場のそばにある写真撮影用のスポットでは、この日も望遠レンズつきのカメラを首から下げ、航空無線を参考にしてシャッターチャンスを狙うファンが鈴なりになっていた。飛行教導隊のF－15Jは、塗装が色彩豊かで写真映えするため、遠方からわざわざ駆けつけるファンも多い。

消息を絶った「小松基地所属のF－15Jイーグル一機」が、飛行教導隊所属のガメラという愛称で呼ばれる機体であることは、帰還しなかったことで一目瞭然だ。衝撃を受けたファンの、悲鳴のような書き込みもネットで散見される。

搭乗員を気づかう声はありがたいが、気がかりなのは、各地で始まった「犯人探し」だ。まだ何も確定しないうちから、ネットの素人探偵がアンノウンの国籍を決めつけ、近隣諸国への嫌悪感を煽《あお》っている。

逆に、憎しみを煽る声への感情的な反発も強く、ネットはあっという間に悪罵《あくば》の応酬で満ち溢《あふ》れた。こんな状況は、クロウが聞いたら決して喜ばないだろう。

マスメディアも例外ではない。テレビの情報番組では、軍事問題に詳しい専門家らが登場し、図表やアニメーションを駆使して、現場で起きた事態を解説している。

『もし、本当に自衛隊機が何者かに撃墜されたのであれば、戦後、自衛隊が設立されて以来、初めての本格的な空戦が行われた可能性があります。自衛隊機は丸腰だったそうですから、公平さを欠きますが』

『今まで一度もなかったんですか』

『わが国の領空に近づく不明機について、警告のために緊急発進を行うことは、たびたび起きています』

そんな会話をテレビで見かけた。

彼らは忘れているか、あえて取り上げなかったようだが、「本格的な空戦」ではないにせよ、一九八七年には当時のソ連機に対する一二・九警告射撃事件が発生している。ソ連の偵察機四機が沖縄に接近したため、航空自衛隊の戦闘機が緊急発進を行い、無線により警告を行ったが、偵察機一機が警告を無視して領空を侵犯したため、自衛隊機として初めて、警告射撃を行ったものだ。

ソ連機が悠然と領空を侵犯したのは、彼らが撃たない限り、自衛隊は撃てないと高をくくっていたからだろう。そんなひそかな駆け引きだって、立派な戦いだ。

「隊長からです。教導隊は、一三三〇《ヒトサンサンマル》、ブリーフィングルームに集合してください」

西川《にしかわ》総括班長が、各部屋を覗いて触れ回っている。一時半まで、あと十分ほどだ。

「なあ、チア。ああするしかなかったよな」

ブリーフィングルームに向かおうと席を立ちながら、ライムが言う。

「俺たちには、どうしようもなかった」

森近は、そっけなく応じた。クロウたちを置いて逃げたわけじゃない。帰還せよと命令されたのに、クロウが聞かなかったのだ。だが、なぜか言いようもなく自分が腹立たしい。正しい行動だったと理屈ではわかっているのに、ライムが迷うのもそのせいだ。

ブリーフィングルームには、既に教導隊メンバーが集合していた。隊長のルパンは、ポーカーフェイスで前に立っていたが、すぐに群司令の郷内一佐が現れ、ドアを閉めると話し始めた。

「先ほど、百里基地から連絡があった。第301飛行隊の阪本《さかもと》一尉が、海上を漂流しているところを発見されたそうだ。軽い熱中症にやられているようだが、命に別状はない」

室内に、喜びの声がどよめきのように満ちた。機体が被弾する音を聞き、エポック1の無線が沈黙したので、最悪の想像をしていたのだ。

「阪本一尉は、敵機を見たんですか」

「いや。いきなり撃たれたので、目視はしていないらしい」

見ていれば機種がわかり、何者の犯行かわかったかもしれないのに、残念なことだ。

「エポック1の機体も、一部が回収された。水平尾翼に、機銃の弾痕があった」

丸腰の機体でアンノウンと遭遇し、銃撃される瞬間を想像して、森近は唇を噛んだ。

戦闘機パイロットという職業に就いてから、アラートを聞いて緊急発進し、アンノウンに対処するのは、森近の〈日常〉だった。

だが、あの日から、〈日常〉が新たなステージに入ったような違和感を覚えている。

「ガメラはまだ発見されていない。ベイルアウトした可能性も考えて、信号筒やゴムボートも捜している。浜松《はままつ》救難隊も出て捜索しているが、今のところ見当たらないそうだ。——みんなも知っていると思うが、今日の午前中に、隊長とふたりでクロウとカイトのご家族に会って、状況を説明してきた」

みんな、しんとして耳を傾けた。

「俺たちは、ふたりの生還を諦めていない。そう話してきた」

郷内一佐は、ブリーフィングルームの面々を、しっかりと見渡した。

「阪本一尉も無事だったことだしな。クロウとカイトは生き延びている。そう信じよう」

森近も頷いた。クロウは強情で、悪運の強い男だ。たとえ撃墜されたとしても、そう簡単にくたばるとは思えない。

「阪本一尉の救出を受けて、今日の夕方の記者会見で、阪本一尉とクロウたちの名前が公表される予定だ」

郷内一佐から、ルパンがバトンを受けて話を続ける。

「クロウとカイトのご家族に、マスコミが接触を試みる可能性がある。一時的に、別の官舎に移ることも提案したが、両家族とも、自宅でふたりの帰りを待ちたいとのことだった。俺たちも、彼らをしっかり支援しよう」

教導隊は、ほとんどが官舎住まいだ。カイトは最近、異動してきたばかりだが、クロウとは家族ぐるみのつきあいだった。森近の妻の朱里《あかり》も、赤ん坊のいるクロウの妻の代わりに買い物に行くなど、進んでクロウの家族をサポートしている。

「――アンノウンについては、何か発表がありましたか」

ライムが手を挙げて尋ねた。郷内一佐が答えを引き取る。

「まだ何もない。落ち着かないと思うが、状況が摑《つか》めるまで、我々にできることはない。平常通りの仕事に戻ってくれ。来月に予定している教導訓練については、中止の判断もありえるが、準備は進めておくように」

その言葉をしおに、解散となった。

――ガメラが見つかればいいが。

教導隊のＦ－15Ｊには、訓練の模様を撮影するため、カメラが搭載されている。森近らの機のカメラには、アンノウンの機影は映っていなかったが、交戦したクロウ機のカメラには、〈敵〉が映っている可能性が高い。アンノウンの正体がわかるかもしれない。

だが、正体がわかれば、国際問題から軍事紛争に発展する恐れもある。

落ち着かないどころの話ではない。

昨日、予定より何日も早く森近が戻ってから、妻の朱里は不安を隠せないでいる。ニュースで自衛隊機の行方不明を知り、何が起きたのかわからないもどかしさに振り回され、いつものようにクロウ家を訪問したところ、あの快活なクロウが行方不明と知って、言いようのない恐怖に心臓を掴まれたようだ。

(戦争になるの?)

昨夜、アンノウンが現場にいたらしいという報道をテレビで見た後、白っぽい顔色で朱里が尋ねた。もし撃墜なら、即、開戦につながるのではないかと恐れてもいるようだ。

(ならないよ)

森近はあっさりと答え、その話題を終わらせた。

ならないことを、衷心《ちゅうしん》から祈っている。

＊

「海中から引き揚げた、ファントムの機体の一部です」

韮山官房長官は、胸のポケットから引っ張り出した老眼鏡をかけ、テーブルに広げられた大判の写真を見つめた。

総理は現在、英国で開催されるG7サミット出席のため外遊中で、留守を預かる韮山に情報が集中している。官房長官室には、防衛大臣の牛島《うしじま》と、統合幕僚長の能村《のうむら》が顔をそろえ、鹿島灘沖で発生した訓練中の〈事件〉について、追加報告を受けたところだ。

がっしりと肩幅が広く、顎が張って闘牛を思わせる闘志をみなぎらせる牛島と、いかにもスマートな能吏《のうり》風の能村とは、こうして並ぶと対照的だ。名は体を表すという言葉を、ふと思い出す。

「――これか」

一枚の写真を取り上げ、韮山は睨むようにそこに写っているものを見た。

F－4EJ改ファントムの、水平尾翼だ。そこに、小さいが黒い穴がふたつ、穿《うが》たれている。国籍不明の侵入機に撃たれた証拠だ。

「ファントムの搭乗員は、無事見つかったそうだね」

韮山は写真から目を離さず問うた。能村統幕長が静かに頷き、顔写真の入った履歴書の複写をこちらに滑らせた。

「百里基地、第301飛行隊の阪本良太《りょうた》一等空尉です。軽い熱中症で、大事を取って、今は入院して回復に努めさせています」

「他に怪我は？」

「外傷はありません。墜落した機体から脱出し、海上をまる一日半、漂流していたんです」

韮山は小さく吐息を漏らした。半ば諦めかけていただけに、安堵《あんど》もひとしおだ。

「不幸中の幸いだな。将来のある若い人が先に逝くほど、辛いことはないから」

本心だった。だからと言って、韮山が代わりにファントムに乗れるわけでもない。

総理の留守中にこんな事件が起きるとは、まさに青天の霹靂《へきれき》だ。

一昨日《おととい》、現地時刻午前七時ごろに、事件発生の報告をパリで受けた総理は、「情報収集・分析に全力を挙げ、国民に対して迅速・的確な情報提供を行うこと」など、三つの指示を出した。G7出席を見合わせて帰国することも検討したが、現時点では状況が不明瞭なため、むしろG7の場を活用して米国などと情報共有を図る道を選んだ。国際的にも、航空自衛隊の戦闘機が行方不明になった件は、大きな注目を集めている。

「小松のイーグルと搭乗員は、まだ見つからないんだね」

聞くまでもないが、聞かずにはいられない。韮山がいま、喉から手が出るほど欲しているのは、彼らが無事に発見されることと、こんな無法をしでかした不明機の正体が明かされることだ。特に、不明機の所属いかんでは、今後の対応がまったく異なるものになる。

ここ数年にわたり、わが国の領空に接近する不明機に対して、航空自衛隊が緊急発進する回数は、年間八百回を超えている。二〇一六年度には、千百回を超えたほどだ。大半が、機影から中国軍機、ロシア軍機などと判定され、レーダー等によってその飛行経路も監視されている。今回のようなケースは、聞いたことがない。

――高いステルス性能を持つ戦闘機が、レーダーに探知されずに侵入したか、日本近海まで空母等で接近したか。

そう考えるのが自然だろう。

問題は不明機の所属だ。

近隣諸国の軍隊、あるいはその跳ね返りがしでかしたのか。未知の海賊やテロリスト国家が太平洋を跋扈《ばっこ》しているのか。他に、自衛隊に挑戦状を叩きつけたい奴がいるのか。

――いったい、誰が。

外務省、防衛省など、持てるパイプの全てを駆使して、情報を収集しているところだ。

「事件発生直後から百里と浜松の救難隊が捜索にあたっていますが、まだ見つかりません。また、国籍不明機や空母については、海上自衛隊の航空機と艦艇も捜索に協力しています し、在日米軍とも情報交換を行っています」

牛島防衛大臣が、こちらを見据えるような表情で言った。彼の表情が危機に際して険しいのは、外見に似合わず気が小さいからではないかと韮山は疑っている。

「新しい情報はありましたか」

「いえ、今のところは。小松のイーグルが引き揚げられれば、搭載されているビデオカメラに、国籍不明機が映っているのではないかと期待しています」

「それを分析すれば、正体がわかるんですね」

「――未知の脅威でなければ」

教導隊のイーグルは、訓練中に撮影した映像や位置情報などを、常に基地に送信している。ただ、今回に関しては、問題の映像が送信される前に墜落してしまったようだ。

官房長官室の扉が、素早くノックされた。秘書の丸山朋美《まるやまともみ》が、急ぎ足に入ってくる。

「能村統合幕僚長に、横田《よこた》の在日米軍司令官より緊急のお電話が入っております」

卓上の電話機のランプが点滅している。在日米軍司令官は、平時における統合幕僚長のカウンターパートだ。韮山の許可を得て能村が受話器を取り、短い会話の後、通話内容をスピーカーから聞けるようにボタンを押した。

「鹿島灘沖の件で、知らせたいことがあるそうです」

『在日米軍司令官のマキャフリーです』

ロバート・マキャフリー司令官は、流暢《りゅうちょう》に日本語で切り出した後、すぐに英語に切り替え、話し始めた。官房長官と防衛大臣が同席していることは、能村から伝えられていたようだ。

彼の説明が進むにつれ、韮山の目は徐々に大きく見開かれた。

＊

「立ち上がって後方に下がれ。壁に背中をつけて、そのまま座れ。ゆっくりだ」

扉の小窓が急に開き、命令が降ってきた。

体力の低下を防ぐため、床で腕立て伏せをやっていた深浦は、カイトと顔を見合わせ、指示通りに動いた。居丈高な口調が気に入らないが、小窓からライフル銃の銃口がこちらを狙っているとあっては、いたしかたない。

鍵を開ける音が響いた。

まず現れたのは、ライフルをかまえた男だった。長いドレッドヘアを首の後ろでひとつにまとめた、中南米あたりの出身ではないかと見える男だ。彼がこちらを銃で制している間に、例のアジア系の男が、大きなトレイを抱えて入ってきた。

「食事だ。動くなよ」

トレイを床に置き、こちらに滑らせてよこす。なんだかよくわからない豆と野菜の煮込み料理とパン、それにパック入りのジュースが載っていた。

アジア系の男は拳銃を抜いて床に座り、ドレッドヘアの男に「行っていいよ」と短く英語で告げた。男が頷いて扉の鍵を閉め、立ち去る。ここではどうやら、共通言語は英語のようだ。

食事が提供されるのは四回目だった。時計を奪われたので、あれからどのくらい時間が経《た》ったのか、正確にはわからない。だが、腹具合と食事と食事の間隔から考えて、おそらく一日二食、まる二日経過したくらいではないだろうか。

初めて食事を持ち込んだ時、男は「美水《よしみず》」と名乗った。

(美しい水と書いて、よしみずだ。君らの名前も教えてくれ)

美水の日本語は標準語に近いアクセントとイントネーションで、訛《なま》りはない。ネイティブの日本語話者なのかどうか、そのせいで測りかねている。

深浦たちは、クロウとカイトと名乗った。

TACネームという、パイロットの愛称を教えられた美水は、いたく喜んでいた。

「食べろよ。食べながら話をしよう」

拳銃の銃口を油断なくこちらに向けたまま、ICレコーダーのスイッチを入れる。毎回、こんなふうに食事が始まる。

「そんなふうに銃を向けられたままじゃ、食った気がしないな」

深浦も、いつも同じ軽口を叩く。美水はにやりと笑うだけで、銃口は微動だにしない。

「今日は、空自のパイロットの訓練方法について教えてほしいんだ……」

何を知りたいのかわからないが、食事する間、美水はこの調子で深浦とカイトを質問攻めにする。自衛隊の組織から、これまで配属されてきた基地や役割、操縦していた機種やその特性、家族や経歴など個人的なことがらにいたるまで、質問は多岐にわたった。

自衛隊のホームページに書かれているような、さしつかえのないことなら深浦も答える。微妙な内容は、覚えていないとはぐらかす。

家族に関することは、居場所などは安全のため隠したが、妻や生まれたばかりの子どもがいることなどは、積極的に話した。身を守るためだ。相手の人間らしい感情を呼び起こすことができれば、無駄な血を流そうとはしないだろう。

「この船はどこに行くんだ？　あれから一度も停泊してないな」

質問攻めにあうだけでは芸がないので、深浦も何食わぬ顔で、知りたいことを尋ねる。たいてい美水は黙っているが、ガメラを撃墜した戦闘機は無人機かと尋ねた時だけ、笑って「よくわかったな」と言った。

「一機は、僕が遠隔操作していた」

「――なんだと。まさか」

「悪いが、あんたらの機を撃墜したのは僕だ」

――こいつがパイロットだったのか。

美水の得意げな表情に唖然《あぜん》とする。無人機とはいえ、誰かが遠隔で飛ばしているのは感じ取っていた。聞かれて、答えずにはいられなかったらしい。

「君も戦闘機パイロットなのか？」

深浦の質問に、美水は面映《おもは》ゆそうに唇を歪《ゆが》めた。

「——いや。本物は飛ばせない」

意味が理解できず、戸惑ったのは一瞬だ。

「ひょっとして、ドローン専門のパイロットなのか」

答えず、ニヤニヤしている美水を見て、確信した。米軍が、無人機のパイロットを養成していると聞いたことがある。米軍では、二〇一七年に、ドローンのパイロットの求人数が、有人機の求人数を上回ったともいう。ゲームに熟達した若者をスカウトしたり、民間機のパイロットを引き抜いたり、その養成方法もさまざまだ。

だが、この船は米軍の船ではない。

それに、乗組員のてんでんばらばらな服装を見る限り、どこかの正規軍でもないようだ。ゲリラ、海賊、あるいは非正規軍の兵士と言われれば、しっくりくる。

「この空母は、どこに所属しているんだ？」

「どうしてそんなことを気にする？　あんたらに関係ないだろう？」

しらじらしく「関係ない」などと言い張る美水を軽く睨む。

「自分を撃墜した相手だからな。知らずにはいられない」

「あんたらパイロットは、プライドの塊だな」

「他にもパイロットがいるのか？」

美水は口を閉じ、その手には乗らないぞと言いたげに首を横に振った。他にも、無人機に撃墜されて捕虜になったパイロットがいたのだろうか。

「俺たちは、自分を捕虜にした相手の正体を聞いてもいいんじゃないか？」

「まずは、互いに信頼関係を構築してからにしよう」

美水は答える気がなさそうだ。

そう見て、深浦はスプーンを取り、豆と野菜の煮込み料理を口に運んだ。大豆と玉ねぎ、ニンジンを、トマトスープで煮込んだものだ。肉類がないのは寂しいが、意外に美味《おい》しい。硬いパンをスープに浸し、ぺろりとたいらげる。カイトも、隣で黙々と食べている。

保存のきく食材ばかりだ。大豆とトマトは、おそらく缶詰だ。玉ねぎとニンジンは生の野菜を使っている。船に巨大な冷蔵庫があるなら、数か月程度はもつだろう。食材だけを頼りに、寄港地を探るのは難しそうだ。

ジュースのパックにはオレンジのイラストが躍り、原材料や注意書きはすべて英語で書かれている。原産国はブラジルとなっているが、彼らがブラジルの兵士だとは思えない。目につくもの全てから、自分が置かれた状況を読み取ろうとしているが、難しい。

「美水というのは、珍しい名前だな。どこの出身か当ててみせようか」

深浦が挑発すると、美水はあいまいに笑った。その表情を読みながら、言葉をつなぐ。

「そうだな――君は色白だし、出身は北国だろう――図星だよな。美水という名前からは、広大な大地と文字通り澄んだ美しい水のイメージが湧く。東北かもしれないが――君の雰囲気はむしろ、北海道かな」

美水の顔から表情が消えた。この男は、内心の微妙な揺れを隠せない。

――北海道で大当たりだ。

「食事がすんだら、トレイをこちらによこせ」

美水が指示した。

深浦たちがそうすると、トレイを片手で持って立ち上がった。もう片方の手は、油断なく拳銃を握ったままだ。

扉をノックして、外から先ほどの兵士が鍵を開けてくれるのを待った。

「態度が良ければ、そのうち俺たちのリーダーに会わせる」

アメとムチの、アメを与えるような猫なで声で言い、美水は部屋から出ていった。

金属的な錠の音が響いた。

4

鹿島灘沖の事件から、一週間が経った。まだガメラの機体も、クロウたちも発見されていない。続報もない。とはいえ、いつまでもクロウたちの帰りを無為に待ち続けるわけにもいかず、教導隊は訓練を再開した。

森近は、錬成訓練後に装備室に戻る途中でルパンに声をかけられた。

「チア、デブリの後で、隊長室に来てくれ」

ルパンはあいかわらず、涼しげだ。

デブリーフィングが終わり、ルパンの隊長室を覗くと、「こっちだ」と群司令室に誘導された。いったい何が始まるのか。

「座ってくれ」

飛行教導群司令の郷内一等空佐が、応接用のソファを勧めた。ルパンはさりげなく、ドアをすべて閉めてしまい、隣に腰を下ろす。

「鹿島灘沖の件だ」

あまり他に聞かれたくない話らしい。

「クロウのことですか」

遺体が見つかったのだろうかと考え、心臓が大きく跳ねた。

「いや、アンノウンのほうだ」

「正体がわかったんですか」

「正確には違うが、情報が入った」

聞かされたのは、意外な話だった。

昨年末、アルゼンチン軍の戦闘機が沿岸部でアンノウンに遭遇した。ドッグファイトの末、振り切ろうとして失速し、海に落ちた。パイロットは脱出して無事だった。

「パイロットはアンノウンを目視したが、機種や国籍を判別できなかったそうだ。しかも、突然現れ、そのまま姿を消したため、レーダーを追っていた管制官らも正体を探ることができなかった」

「鹿島灘沖と似ていますね」

今どき、稼働中の戦闘機の種類など知れている。新型の戦闘機が開発・投入されれば、その写真がすぐにネットで出回る世の中だ。目視したのに機種がわからないというのは、通常ありえない。

アルゼンチン軍は、公式には操縦ミスによる事故と発表しつつ、アンノウンの正体を探り続けてきた。その過程で、米軍とも情報交換のために接触があった模様だ。

「アルゼンチンと日本では、ほぼ地球の反対側だ。犯人が何者であれ、地球規模で他国の領空を脅かしているわけだ」

アルゼンチンと日本の双方に対し、領空を侵犯する理由を持つ国家はない。

「米国は、正体不明の空母が太平洋を徘徊《はいかい》している可能性があると言っている」

森近は頷いた。そうでなければ、突然、アンノウンが現れたことの説明がつかない。

「空母のコードネームは、〈クラーケン〉だ」

郷内一佐が続けた。〈クラーケン〉とは、タコのような足を持つ、海に棲《す》む化け物の名前ではなかったか。

「米海軍と海上自衛隊、アルゼンチン海軍が艦隊を出し、合同で〈クラーケン〉を探すということで、合意した」

「どこにいるかもわからないのにですか」

「きっとまた動きがあるだろう。それに備えて艦隊を編成する。攻撃を受けたのは、アルゼンチンと我々だけではないかもしれないし、今後も攻撃が続く可能性がある。奴らが姿を現せば、艦隊が追う」

この話のどこに自分が関係して、ここに呼ばれたのだろう。そう森近が考えたとき、郷内一佐が口元をほころばせた。ここにいる人々は、ひとり残らず超能力者なみに、他人の思考が読めるのだ。

「それで、教導群からもひとり、出すことになった。チアア、お前に行ってもらいたい。クロウと親しかっただろう」

思いがけない話だった。

「行けと言われるならもちろん行きますが、イーグルに乗っていくわけじゃないですよね」

「やってもらうのは、連絡将校《リエゾン》だ。未知の戦闘機の動きや、戦闘時の特徴を分析し、訓練に生かすのも俺たちの仕事だ。米軍の空母が同行するから、彼らの偵察機が撮影したアンノウンの映像も出てくるだろう。取れる情報は何でも取ってこい。〈クラーケン〉を捕まえられればいいんだがな。わかってると思うが、一週間経ってもクロウとカイトが見つからないということは、俺たちも覚悟しなければならんということだ。ふたりのためにも、しっかり見届けてきてくれ」

「――はい」

森近は顎を引いた。郷内一佐は、クロウたちの殉職を覚悟している。胃のあたりをぐっと摑まれるような、重苦しい気分だ。

「いつからですか」

「艦隊の編成が完了すれば、声がかかる。一週間前の〈クラーケン〉の推定位置から、行方を絞り込んでいるところだ。いつでも発《た》てるよう、準備しておいてくれ」

「わかりました」

「ひと月、ふた月は帰れないかもしれないぞ。家族にはうまく言っておけよ」

わざわざ郷内一佐が念を押し、ぎょろりと目を光らせたのに、頷き返す。

――朱里に何と言おう。

あまり公にはできない任務になりそうだ。妻の朱里には、海上自衛隊との合同訓練とでも話しておくべきだろうか。

*

「おーい！」

扉を叩くと、小窓が開いて小柄な人物が覗きこんだ。髪を短くしたアジア系の女性だった。この船には女性の兵士もいるらしい。

彼女の顔を見て、一瞬、ハッとする。整った顔立ちだが、顔全体に十字を描くような、太い線の刺青《いれずみ》が入っている。どこかの部族の慣習によるものだろうか。エキゾチックな雰囲気を持つ女性だ。

顔を見て驚いたことに気づいたのか、彼女が不愉快そうな表情を浮かべた。睨み据えるような、きつい目つきだ。

「仲間が、この揺れで気分が悪いらしい。外の空気を吸わせろ」

深浦は、室内がよく見えるように身体をずらした。カイトが部屋の隅でぐったりしている。尋常ではない船の揺れを感じて、しばらく前に目を覚ました。これまではあまり激しい揺れを感じなかったのに、今は船ごと洗濯機のなかに放り込まれたようだ。

「薬と洗面器を持ってきてやる。我慢しろ」

若い女がそっけなく英語で言う。

「冗談じゃない。それじゃ、良くなるものも良くならない。ちょっと外に出してくれればいいだけじゃないか」

「ダメだ」

「何を怖がってるんだ？　そっちは銃を持ってるくせに。こっちは丸腰だぞ」

二度の食事も室内なら、簡易トイレまで運びこませている。風呂やシャワーもなく、身体を拭くタオルをたまに渡された。着替えもない。だんだん自分の鼻が馬鹿になっていくが、それでも室内に臭気がこもっているのがわかる。

あれから一度も、この狭い鋼鉄の牢屋《ろうや》から出ていない。部屋に運びこまれた食事の数は、十三回。クロウの推測が正しく、一日に二回、食事を与えられているのだとすれば、「今日」は七日目だ。

時間の感覚があいまいになり、一日の区切りも明確ではない。

精神衛生上よくないので、せめてカイトと会話するようにし、室内で軽い運動はしているが、息が詰まりそうだった。

若い女がちらりとカイトを見た。次の瞬間、小窓が音を立てて閉まった。

「なんだよ、ケチ！」

舌打ちして、深浦はカイトのそばにしゃがんだ。もう何時間も揺れに耐え、吐き気をこらえているせいで、疲労の色が濃い。

「大丈夫か」

「――すいません、クロウ。寝ていれば治ると思うんで」

「気にするな。こんなに揺れたのは初めてだな。あいつら、意地でも俺たちをここから出さないつもりかな」

とっくに外洋に出ているはずだが、この船はいったい、どこを走っているのだろう。

「台風でも接近しているのかな」

部屋から一度も出さないのは、船の位置を悟られたくないからだろうか。しかし、自慢ではないが、よほど陸地に近い場所でも走っているならともかく、来たこともない大海原の真ったただ中で、月や星の位置関係から場所を読み取る能力は持っていない。

「人間GPSじゃあるまいし」

深浦がぼやくと、カイトが苦しげな表情で笑った。

――俺たちは、これからどうなるんだ？

深浦は、その言葉を何度も呑み込んできた。

捕虜にしたと美水は宣言したが、彼らがどの国、あるいはどんな組織に属しているのかは教えない。自分たちをどこに連れて行こうとしているのかも。

不安などという生易《なまやさ》しい気分ではない。

それ以上に、自分の判断でカイトを巻き込んでしまったことが、心に重くのしかかる。

「――なあ、カイト。なかなか言う機会がなかったが、改めて言わせてくれ。心からすまないと思ってる。まさか、こんなことになるなんて」

ぐったりと横たわるカイトは、だるそうに黙って聞いている。

「俺が自信過剰だったばかりに、お前を巻き込んでしまった」

「いや、別にクロウのせいじゃ――俺も、行くって言いましたし」

「俺のせいだ。俺がカイトを無理に引きずりこんだんだ。なんと言って詫びればいいか――お前の奥さんにも」

カイトだって、大事な家庭があったはずだ。新たな職場に移り、新居をかまえて、さあこれからという時だった。

奥さんと言われ、カイトが複雑な表情を浮かべた。

「いや――いいんです。妻のことは気にしないでください」

何か、引っかかる言い方だった。どういう意味だと尋ねようとした時、小窓の蝶番《ちょうつがい》がきしむ音を聞いて、深浦は振り向いた。先ほどの若い女に代わり、美水が覗きこみ、こちらの様子を窺っている。

「ライラから聞いたけど、気分が悪いんだって？」

「外に出してくれ。ずっとこんな狭いところにいて、シャワーもないんだぞ」

「そうだな」

美水があっさり頷いた。

「そろそろトイレとシャワーを使わせるよ」

意外な言葉に、カイトと顔を見合わせる。

「揺れはもう、おさまるはずだ。ひどい時化《しけ》だったな」

美水は、寝ているカイトとそのそばにしゃがむクロウを確認し、鍵を開け始めた。彼の言った通り、船の揺れは、少し前からマシになってきている。

「これからシャワー室に連れていくが、途中は手錠と目隠しをしてもらう」

「俺たちがいきなり暴れるとでも？」

「念のためだ」

彼らの慎重さは度を越している。こちらは丸腰なうえ、カイトは船酔いでフラフラしているのに、まだ手錠をしろというのだ。

美水と先ほどの若い女——ライラが、銃をかまえて室内に入ってきた。

「後ろを向いて」

ライラが大きな目を光らせて命じた。やれやれと深浦は言われるまま壁に向いた。後ろ手に手錠をかけられ、黒い袋をすっぽりと頭にかぶせられる。

「カイト、大丈夫か?」

「大丈夫です」

意外としっかりした声が返ってきた。部屋の外に出られると知って、気分が良くなったのかもしれない。

「部屋を出て、少し歩くよ。隣で腕を摑んでいるから、僕に合わせて動いて」

黒い袋をかぶっていても、足元だけは見えた。おかげで、つまずかないように歩くことはできる。扉を出た後、深浦は歩きながら無言で歩数を数えた。出てすぐ左に五十二歩、右側の扉を美水が開け、入っていく。目隠しのせいで、ふだんより歩幅は狭く、一歩が五十センチ程度だったと仮定すれば、二十六メートルほどだろうか。さらに十二歩歩き、左側の扉の中に入った。

それでもう、目隠しの袋を取り払われた。

「手錠は外すから、ここで服を脱いで、シャワーしていい。服は預かって洗濯させるよ。着替えは用意してある。僕らはシャワー室のすぐ外にいるから、妙な真似をしないように」

細長い部屋に、シャワーブースが五つほどある。貸し切りらしく、カイトと深浦しかいなかった。天井の高さは、彼らが閉じ込められた部屋と同じくらいで、窮屈だ。どこもかしこも、灰色に塗られた鋼鉄の壁で仕切られていて、他に出口はない。窓もなかった。

「ひげを剃《そ》りたいんだが」

無精ひげでざらつく顎を撫《な》でながら深浦が振り向くと、美水は肩をすくめた。

「悪いけど、カミソリは渡せない。しばらく伸ばすといいよ。外にいる」

カミソリは武器になるとでも考えているらしい。

美水らが姿を消すと、脱衣籠の中に置かれたタオルや、白いTシャツに濃紺のスウェットの上下を調べていたカイトが、飛行服を脱ぎ始めた。海に一度落ち、ずぶ濡《ぬ》れになった後も着たきり雀《すずめ》で、気持ちが悪かった。

「言ってみるもんだな」

深浦の軽口に、カイトが笑っている。

「確かにね。ありがたいです。本来なら、ありがたいどころか腹立たしいはずなのに」

石鹸《せっけん》やシャンプーまで用意されている。ずいぶん待遇が良くなったが、シャワーを出してみると、ほとんど水に近いぬるま湯しか出ず、おまけに節水のためか数秒ごとに水が止まるのには閉口した。やはり、船上では真水の利用も限られるなど、不便があるのだろう。

それでも、ここ数日の垢《あか》を落としてさっぱりした。シャワー室の隅には個室のトイレもあり、やっと人間に戻ったようだ。

与えられたシャツやスウェットを着て、生き返った心地になったところに、美水が計ったように顔を出した。

「準備できたね。もういいか?」

また手錠に目隠しだ。美水が目隠しする間も、ライラは銃を持ち油断なく睨んでいる。

深浦はため息をついた。

「なあ、そこまで警戒しなくていい。どうせ海の上なんだろう。君らを殴り倒したところで、船から下りられなければどうしようもない。そこまで馬鹿じゃないぞ」

「うん。そうは思うけど、何があるかわからないからね。今から、僕らの指導者に会ってもらうし」

「指導者?」

「また少し歩くよ」

目隠しも手錠もうんざりだが、指導者に会わせるという言葉には興味が湧いた。これでようやく、彼らの正体がわかるのだろうか。

シャワー室を出て、左に五歩歩いたところで、美水が「敷居のような段差があるから、足を上げて通れ」と指示した。密閉できるタイプの扉があるのではないかと感じた。

また左に曲がって十二歩。そこで右手の扉を開けて入る。

「連れてきました」

美水の声とともに、目隠しを外された。明るさに目が慣れるまで、何度か瞬きする。隣に、同じように眩《まぶ》しそうなカイトがいる。殺風景な室内は、彼らの牢とほとんど変わらないが、ここには狭いベッドと小さな書き物机があり、ベッドの上には、くるぶしまであるベージュ色の緩いシャツのようなものを着た、痩せた男が腰かけていた。

好奇心を露《あら》わにし、まじまじと深浦たちを観察している。

肌はミルクチョコレート色で、短く刈った髪と、長く伸ばしたひげは縮れ、白いものが交じっている。年齢はよくわからないが、五十代ではないかと感じた。どこかで見たような覚えがあるのだが、思い出せない。アラブ系なのか、中南米の出身なのか、外見だけでは判断がつかない。男の服装も、出身地をわかりにくくしている。

「——座って」

男が低く英語で言い、右手を振った。美水が小さな折りたたみ椅子を用意したので、深浦とカイトは、浅く腰をかけた。

「日本の戦闘機パイロットだって？」

男は、伏し目がちに捕虜を交互に見つめている。控えめで、指導者らしい堂々とした態度ではない。深浦は、男の目を見つめた。

「あんたがこの船の船長だと聞いた。だが、そちらが何者か、まだ聞いていないんだが」

「私は船長ではない」

思いがけず否定される。男が微笑むと、小じわのせいで急に老けて見えた。

「ヨシミズは、私が彼らの指導者だと言ったんだろう。私は船の動かし方も知らない」

――宗教的な指導者だろうか。

そう考えたが、キリスト教には十字架やマリア像、仏教には鉦《かね》や仏像がつきものなように、宗教は象徴や装飾を必要とするものだ。この部屋にはそれらしいものが一切ない。

「我々の〈ラースランド〉へようこそ。私は代表のアハマトだ」

疑問が顔に出たのか、アハマトは穏やかに頷いた。

「〈ラースランド〉は、まだどの国にも承認されていないが、私たちの国家だ。いずれ、ひとつの独立国家として、世界に認めてもらおうと考えているがね」

――そうか、アハマトの言う〈ラースランド〉は、ラスト・ランドだ。

最後の地。

深浦はようやく、目の前の男を海外のニュースサイトで見たのだと思い出した。彼はオマル・アハマトだ。サウジアラビアの王家の血を引く富豪の家に生まれ、米国に留学した後、欧州やアラブ首長国連邦などを舞台に起業家として名を成した。だが、数年前にテロリストへの資金提供が発覚して、逮捕される直前に行方をくらましたはずだ。

すべての資産を凍結され、家族とともに潜伏しているというニュースを見た記憶がある。

「船で潜伏していたのか――」

リビアやスーダンにいるなど、さまざまな噂《うわさ》が流れていた。アハマトが、あいまいに微笑む。

「君たちは、船を攻撃させないための人質だ。君たちの生存を証明するビデオを撮ろう。協力してくれるね」

深浦はカイトと顔を見合わせた。どうやら、とんでもない船に捕まったようだ。

5

深浦は気づいていた。

この船は、陸に近づいている。美水は隠しているつもりのようだが、乗組員の態度の変化でわかった。気分が浮き立っている。長い航海を終え、もうじきどこかに寄港するのだ。水や食料を積むのだろう。表情が明るい。

「陸が近づけば、チャンスだ」

カイトに囁くと、彼も何も言わず顎を引いて同意した。

深浦とカイトは、〈ラースランド〉の指導者アハマトに指示されるまま、ビデオカメラの前で名前と所属、撃墜されたが船に拾われてまだ生きていることなどを話した。

彼らは撮影した動画を、深浦たちが生存している証拠にするという。公開し、船への武力攻撃を防ぐためだ。

——だが、あの映像では、今も生きているかどうか、わかってもらえないんじゃないか。一般的に、動画や写真を人質の生存の証拠にするなら、新しい日付の新聞を持たせて撮影するなど、「この時点までは生きていた」と証明するものが必要だ。ずっと海上にいるため、それがなかった。

オマル・アハマトは、これから彼らを捕虜のキャンプに連行するという。そんな場所に入れられてしまえば、いつ日本に帰れるかわからない。

——自力でなんとかしなければ、二度と帰れないかもしれないぞ。

捕まってから何日経ったのか、正確にはわからないが、深浦は約二週間と見ていた。この船は、日中と夜間で照明の色を変えているらしい。その回数と、食事からの推測だ。

「あと数日で陸に着くはずです。さっき見張りが、あと三日は我慢しろと言ってたから」

カイトが声をひそめる。

「あと三日——。鹿島灘から船を使って、十六、七日で着く場所ということか」

オーストラリア、パプアニューギニア、ロサンゼルスといったあたりが思い浮かぶ。アジア諸国ならたどりつける。自衛隊の戦闘機を撃墜しておいて、米国に入港するとは思えないから、まずロサンゼルスではない。

陸地が近づけば、脱出して泳ぐかボートで逃げる。なんとか陸に上がって救援を求め、日本ないし日本大使館に連絡してもらう。

「そう、うまくいくかな」

楽観的な深浦の案に、カイトが首をかしげる。深浦は唇を尖《とが》らせた。

「家に帰れるかもしれないいんだぞ。他にいい案があるか？」

「ありません。だけど、下手に抵抗して、撃たれたらそこで終わりだ。陸までの距離がどのくらいかもわからないし。どうにか脱出できても、外は嵐かもしれませんよ」

正論だ。深浦も、自分の案が最善とは考えていない。

捕まった相手が正規軍なら、互いの政府を信頼して、人質の奪還交渉を待つのもいいかもしれない。捕虜の取り扱いはジュネーブ条約で取り決めがあるから、人道的な扱いを期待できるかもしれない。

だが、相手はテロリストだ。

現在のところ、狭い部屋に監禁され、不健康かつ非衛生的な生活を送らされていること以外は、向こうも紳士的な態度で接しているが、今後もそうとは限らない。テロリストの捕虜になった人間がたどった悲惨な運命を、深浦はいくつも挙げることができる。

命は助かったとしても、下手をすれば何年も捕虜として生活することになる。日本に帰るのは、いつになるやら見当もつかない。

――まさか、自分の身にこんなことが降りかかるとは思わなかった。

あの日は、百里基地での教導訓練の最終日だった。翌日には、パイロットはF－15DJに乗って小松基地に帰り、飛行教導群の他のメンバーは、装備とともに輸送機で戻る予定だった。

――帰ったら、晶美《あきみ》と健太に会える。

それを心の拠《よ》り所にしていた。赤ん坊の健太は、深浦を見るとご機嫌になり、嬉しそうな笑い声を上げる。どれだけ仕事で疲れていても、健太の顔を見ると元気が出た。家にいる時には、健太を風呂に入れたり、寝かしつけたりする役を進んで引き受けた。全国を飛び歩いている教導隊は、自宅にいない日も多いので、触れ合う機会は貴重だ。

それが、テロリストに捕まって、場所すらわからない海外にいる。いつ帰れるのか、生きて帰れるのかどうかもわからない。

川村を救出に向かった自分の判断を後悔してはいないが、晶美たちは、さぞ心配しているだろう。

――これでしばらく、F－15DJには乗りたくても乗れなくなったな。

皮肉に唇を歪める。

教導隊に配属になり、戦闘機パイロットとしての適性に、初めて疑問を持ったところだった。黄色いランプが灯《とも》った自分の未来に、胃が痛む思いをしながら、それでもどうにか乗り越えようとしていた。

——ところが。

自分の人生が、あの日を境に巨大な刃物ですっぱりと切り取られ、別の人生に無理やりくっつけられたようだ。このままでは、今までの努力や目標、大事に育んできた生活など、全てが無駄になってしまう。

人生から逃げ出したいと思ったことが、一度もなかったわけではない。生きていれば、辛いことだって多い。だが、こんな形で逃げることを望んだわけじゃない。

「キャンプなんかに連れて行かれてみろ。それこそ逃げられないぞ」

脱出に消極的なカイトをもどかしく感じながら、深浦は説得を試みた。

「そうかもしれませんが、僕らは、この船の構造すらわからないんですからね」

「たしかに、泳いで逃げるのは現実的ではないかもな。だが、救命ボートくらいはあるはずだ。隙を見て脱出し、ボートを奪う。それでどうだ」

あまり乗り気ではなさそうだが、カイトはしぶしぶ頷く。

「クロウは楽観的ですね」

「なんだよ、逃げられないと諦めてるのか」

「そうじゃないですが」

困ったようにうつむいている。

「──カイト。何か言いたいことがあるのか？」

「──いえ。べつに」

いかにも不承不承な返事に、深浦は眉をひそめた。そう言えば、前に家族の話になった時にも、カイトは妙な態度をとっていた。

「お前、奥さんと何かあったのか？」

その疑問が、直球で口から飛び出す。カイトが黙り込んだので、深浦は自分の頭を殴って、少し前に自分の口から転がり出た言葉を戻したくなった。

「ああ、何も言わなくていい、俺ときたらまったく──」

「鋭いですね。どうしてわかったんですか？」

カイトが苦笑いしているので、深浦は言葉を失った。

「べつに、たいしたことじゃないんですけど。小松を発つ日の朝、妻と珍しく口論になりましてね。その後、こんなことになってしまったので」

「それじゃ、よけい心配してるだろう」

「──どうかな」

カイトは肩をすくめたが、この事態に巻き込んだ深浦に自責の念を感じさせないために、何でもないふりをしているようにも感じる。

ただの口論なら、カイトがこだわるほどのこともないはずだ。妻との間で、何か深刻なやりとりが交わされたのではないか。

「人生、何が起こるかわからないもんです。あの日の直前まで、こんなことは想像もしていませんでしたからね」

「俺もだ」

「ここまでくれば、じたばたせずに流れに身を任せるのもひとつの手です。連中は、テロリストとはいえ、あまり手荒な真似はしないようですし」

今までの短い期間だけでは判断できないと思ったが、カイトを不安にさせるのも本意ではないので黙っていた。

あれから時々、アハマトの居室に連れて行かれる。毎回、厳重に目隠しをされ、後ろ手に手錠をかけられるので、脱出どころか船の規模や構造を探るのも難しいありさまだ。

アハマトの仲間が何人いるのかもわからなかった。アハマトは、自分が船長ではないと言っていた。操船している乗組員は、アハマトに従うテロリストとは別の組織の人間で、脅迫されて従っている可能性すらあるわけだ。

――何にもわからないのと同じだ。

「くそう、やつら慎重だな」

深浦は床にあぐらをかき、両手で髪をかきむしった。

艦のサイズに関しては、およその見当がつく。美水らが遠隔操縦していた無人機は、双発エンジンの航空機だった。カイトとも話し合ったが、垂直離着陸可能なエンジンノズルではなく、プロペラもない。離陸時には、一定の距離の滑走路が必要だ。

米国の空母は、第二次世界大戦で活躍した比較的小型のインディペンデンス級でも、全長約百九十メートル。現代の巨大な原子力空母ジョン・F・ケネディなら約三百三十メートルだ。

だが、アハマトらはテロリストだ。三百メートルを超える原子力空母など、目だってしかたがないし、手に余るに違いない。

「全長二百メートルそこそこの、通常動力で動く船かな。遠目に見れば、大型のタンカーか貨物船に見えるくらいの」

あの無人機は見るからに軽量そうだ。カタパルトを使えば、滑走路が短くても離陸可能なのかもしれない。

全長二百メートルの空母でも、米軍なら二千人規模の乗組員を用意するだろうが、ここではもっと少人数で操船しているはずだ。

船内で深浦たちが見たり、声を聞いたりした兵士たちは、アハマトと美水を入れても十人に満たない。この船に乗り込んでいるのはせいぜい、数十名から百名程度ではないか。その人数で、操船できるかどうかは知らない。だが、仲間が手薄だから、深浦たちを移動させる際にも、厳重すぎるほど警戒しているのだと考えれば、つじつまが合う。

――逆に、いったん逃げ出してしまえば、追手をかける余力はないかもしれない。

再び、ドアの小窓がきしむような音を立てて開いた。今日は美水ではなく、トウモロコシのひげのような色の髪をした若い男が、覗きこんでいる。時々現れるこの男は、ルシィと呼ばれていた。

「そっちの壁に背をつけて座ってろよ」

軽薄な喋《しゃべ》り方をする男だ。

鍵を開けて入ってくると、いつものように銃を向け、深浦たちには壁に背をつけて立てと言う。深浦は指示された通りにしながら、開いたドアの錠に視線を走らせた。ごく単純なデッドボルト錠――つまり、かんぬきだ。単純な構造だけに、太いボルトで鍵をかけられると、内側からは手も足も出ない。

「今日はいったい何だ」

「アハマトがお前らを呼んでる」

ルシィがそっけなく答えた。目隠しされ、廊下に出る。何度か同じ道をたどったせいで、アハマトの部屋までなら、目を閉じていても歩いていける。

足音で気がついた。美水はいつも、別の誰かを護衛として伴う。美水が深浦たちに手錠をかけ、目隠しをする間、そいつが部屋の外から小銃で狙っているのだ。

だが、ルシィはひとりで現れ、自分の拳銃を提げているだけだ。

「俺がクロウの手を引いて歩く。カイトは、クロウの肩に手を置いて歩け。ゆっくりな」

——この男は自分たちを舐めているか、美水より警戒心が薄い。

手錠も、美水なら必ず後ろ手にかける。この男は、身体の前で手錠をかけた。こうして、ひとりで連れ出して歩かせるためだ。

脱出するなら、陸地に近づいた後、この男が見張りについている時がチャンスだ。

「美水はどうしたんだ？」

ルシィの先導は下手だし雑だ。美水なら、何歩先に何センチ程度の障害物があるとか、適切な指示をくれる。うっかり何かにつまずかないよう、目隠しの隙間から足元を観察しながら、深浦はゆっくり歩いた。

「あいつは別の用があるんだ。俺たちもいろいろと忙しいからな」

ルシィの言葉を聞いて、ふと感じた。

「美水はドローンのパイロットだと言ったが、ひょっとするとあんたも——」

「そうだ。俺もパイロットだよ」

笑っているようだ。

「この船には、そんなに大勢のパイロットが乗り込んでるのか」

ルシィは何も答えなかった。

——エポック機を撃墜した奴も、ここにいるはずだ。

撃墜された隊員がどうなったのか、美水は知らないという。だが、彼らの仲間が撃墜したことに変わりはない。その事実を忘れるつもりはないし、忘れられるはずもない。

狭い通路を歩いていくうち、目隠しの隙間から、ほっそりした裸の足先が見えた。爪に、明るいオレンジ色のネイルを塗っている。通路の壁に背中をつけて、息をひそめて深浦たちが通り過ぎるのを待っているらしい。

――若い女性、あるいは少女のようだ。

爪にネイルを塗るような若い女性が、この船に乗っているとは驚いた。美水の時には、こんな遭遇もなかった。他の人間と会わないように、気を配っていたのだろう。

女性は、深浦たちとすれ違った後、深浦たちが来たほうに駆けていったようだ。誰かと囁きかわす声も聞こえた。その声が、上のほうから聞こえてすぐに消えた。

――上層フロアがあるんじゃないか。

しかも、深浦たちが閉じ込められている部屋のそばに、階段、ないしは梯子段《はしごだん》がある。

「――今、近くを誰か通ったよな?」

とぼけて尋ねてみる。

「お前にゃ関係ない」

ルシィがやや慌てたように応じ、アハマトの部屋の入り口をまたがせた。

ルシィが目隠しを取ると、寝台に腰を下ろすアハマトが見えた。小さな折りたたみ椅子に座らされる。

アハマトが、壁に作りつけのテーブルからポットを取り、マグカップにコーヒーを注いだ。丁寧に勧められ、戸惑いつつ受け取る。苦味を含んだ豊かな香りが漂った。コーヒーの香りひとつで、感動を覚える。隣で、カイトも香りを楽しんでいるようだ。

ここはオマル・アハマトの居室だった。大人の男がひとり、どうにか身体を横たえることができるくらいの、作りつけの寝台ひとつと、小さなテーブルがあるだけだ。室内はほぼ灰色のペンキで塗り潰され殺風景だし、とにかく狭い。深浦とカイトが座り、ルシィが見張りとして彼らの背後に立つと、窮屈でしかたがなかった。

「この前のビデオに、日本政府からの反応はあっただろうか？」

気になっていたことを尋ねた。ビデオを撮影してから五日は経つ。アハマトは小さく肩をすくめた。

「まだ編集中だ」

船上から、衛星電話でも使って公表して、船の安全を図るのだと思っていた。

怪訝《けげん》に思った深浦の表情を読んだのか、アハマトが微笑んだ。

「時間はたっぷりあるから、急ぐ必要はない」

がっかりしたが、悪い話ではない。ビデオはこれから公開される。公開しても反応がなければ、途方に暮れるしかない。

「この前も言った通り、俺たちは早く国に帰りたいだけなんだ。国に家族がいるから」

「わかっている。不自由な思いをさせて、申し訳ない」

アハマトが頷く。

この男は、西側諸国ではテロリストの仲間として報道されている。だが、こうして直接、顔をつきあわせていても、聖職者のように穏やかな態度を崩したことがない。深浦が何を言っても冷静で、激昂《げっこう》したところなど見たこともない。

「話し相手がほしくてね。船だと、いつも同じ顔ぶればかりだから」

アハマトが、同じポットから注いだコーヒーをするのを見て、深浦も口をつけた。何が入っているか知れたものじゃない。慎重にならざるをえない。

「この船は、あと数日のうちに港に着く。物資を補給し、また航海に出る予定だ。私たちは、ひとつの場所に留《とど》まることができないのでね。君たちは港で下りて、捕虜のキャンプに向かうことになる」

深浦は、ひそかに考えを巡らせた。アハマトの組織を支援する国家があるのだろうか。もしそうなら、深浦たちが脱出して助けを求めても、無駄かもしれない。

オマル・アハマトは、イスラム原理主義のテロ組織を支援した疑いをかけられているが、詳しいことは日本ではほとんど報じられてこなかった。深浦も、テロリストの仲間だとしか記憶していない。

「捕虜のキャンプって、俺たちはいつまでそこにいなければならないんですか」

「今はまだ、なんとも言えないな」

「なんのために、こんなことをするんです？　あなたがたは、あちこちで戦争でもしかけて回っているんですか？」

「そうじゃない」

「俺たちは、いきなり撃墜されて、捕虜にされたんですよ」

アハマトの態度が他人事《ひとごと》のようで、むっとして不満を口にした。彼は、しばらく何か考えるかのように、コーヒーの入った金属のマグカップをもてあそんだ。

「――だが、人生とはそうしたものではないかね？」

ふいに言われ、カイトと顔を見合わせる。

「突然、いやおうなく嵐に巻き込まれる。抵抗することなどできない巨大な運命に翻弄され、全てが意のままにならなくなる。自然災害もそうだろうし、戦争だって災害のようなものだ。そんな経験をしたことがないのなら、これまで君たちは幸運だったのだろう」

冗談じゃないと言いたいところだが、自分の幸運については否定しない。そもそも、日本に生まれただけで、自分の場合はかなり幸運だった。ごく一般的な会社員の家庭に生まれ育ち、親友の父親が自衛隊員で、なんとなく自衛隊に興味を持った。

なりたかった戦闘機パイロットにもなれたし、思いがけず教導隊にも呼ばれた。もちろん人一倍の努力もしたが、幸運が味方してくれたことは間違いない。

——それで、一生分の運を使い果たしたんじゃないだろうな。

こんなことになってみると、そんな愚痴もこぼしたくなる。

「私はサウジの王家の血筋で、家族は複数の巨大企業を抱える資産家だ。だが、ある日、パリの旅行先に連絡が来て、国に帰れば逮捕すると言われた。それで人生が百八十度、転換したよ。以来、ずっと嵐の中にいる」

「テロリストに資金提供をしたというニュースを読みましたが——」

アハマトが、無造作に顔の前で手を振った。

「そうじゃない。当時の私は、テロになど加担していなかった」

——他国の戦闘機を撃墜して、乗組員を捕虜にするのはテロじゃないのか。

深浦が皮肉まじりにそう考えたのを感じ取ったのか、弱々しく微笑む。

「——と言ったところで、君たちは信じないか。じっくり話したいことがあるのだが、時間が必要かもしれないな」

黙って聞いていたカイトが、身を乗り出した。

「さしつかえなければ、なぜあなたが追われているのか、教えていただけませんか」

アハマトは、何か言おうとしたようだった。だがその時、船がかすかに身を震わせるように揺れたため、口をつぐんで周囲の音を聞こうと耳を澄ました。照明がゆらゆら瞬いたと思うと、光量が急に落ちた。

「どうした？」

背後にいるルシィにアハマトが尋ねているが、ルシィも状況が摑めていないようだ。やがて、駆けてくる誰かの足音が聞こえた。アフリカ系の若い男性だった。何かアハマトに報告しているが、言葉はわからない。アハマトの表情が、さっと真剣になった。

「――残念だが、今日はこれまでにしよう」

アハマトが合図をすると、ルシィがまた深浦たちに手錠をかけ、目隠しをした。

――何かあったか。

空中戦を繰り広げてから約二週間。この船はきっと、世界中の注目を浴びているはずだ。空には衛星という目も存在する。

早く見つけてくれ、と願う。自分たちはここにいる。

「また会うことを楽しみにしている」

アハマトが穏やかに言った。薄暗くなった廊下を、ルシィの先導で、おそるおそる元の部屋に戻っていく。

事態が自分たちにとって好転するようにと、深浦は願った。

6

その日の二度めの食事は、いつものように美水が持ってきた。あいかわらず、照明の光量は落ちたままで、船内がひっそりと静まりかえっている。

深浦は床に耳をつけてみたが、いつもなら聞こえる低い動力の音がしなかった。この船はエンジンを停《と》め、外洋を小舟のように漂っているようだ。それとも、何かのトラブルが起きたために、エンジンを停めるしかなかったのだろうか。

美水に尋ねてみても答えはなく、いつもの通り食事を提供した後は、部屋の隅に片膝を立てて座り、にこにこしながら珍しく黙り込んでいる。深浦が話しかけようとすると、人差し指を口の前で立てて、静かにしろと言いたげなそぶりをした。

ふたりが食事を終えると、美水は食器を持って、そそくさと立ち去った。

「――何でしょうね、あれは」

カイトも首をかしげている。

監視用の小窓が閉まっていると、外の様子がまったくわからない。気のせいかもしれないが、今日は船全体が、全身をこわばらせ、息をひそめているかのような緊張感を漂わせている。

一度だけ、かん高い子どもの声を聞いたと思い、深浦はぴったり閉まった小窓の前に立ち、耳を澄ました。

「そこに誰かいるのか？」

小窓のあたりを拳でノックする。返事がないので、何度も叩いてみると、いきなり小窓が開いた。ライラが窓の向こうにいた。

「静かにしろ！」

押し殺した声で、ライラに叱られた。

「誰か、通路にいるような声がしたから」

「――」

深浦の耳に、はっきりと、少女が口元を押さえて忍び笑いをする声が飛び込んできた。

――あの子じゃないか。

アハマトの居室に向かう途中ですれ違った、足の爪にネイルをしていた女の子ではないだろうか。

ライラの目が、すっと細くなった。

「――気のせいだ。お前は静かにしていろ」

音もなく小窓が閉められる。

空耳などではない。疲れてはいても、幻聴を聞くほどではない。

「子ども——？」

カイトも目を丸くしている。この船には、いったいどんな人々が乗っているのだろう。

船の奇妙な静寂と緊張状態は、彼らが横になった後も続いていた。照明がほの暗い赤色に変わり、夜に入って数時間後、深浦は夢の中で、船の動力が復活し、低く唸りを上げるエンジン音を聞いた。

また船が動き始めたようだ。


はっきり、船内の空気が緩むのを感じたのは二日後だった。

食事を持参したのはライラで、深浦は彼女の笑顔を初めて目にした。通路を行きかう誰かの、陽気な笑い声も聞こえた。

——入港が近いんじゃないか。

「またシャワーを浴びられないだろうか」

ライラに尋ねてみると、彼女は白い歯を見せ、「あと一日、我慢しろ」と言った。つまり、明日にも港に到着するということだ。

「時間はかけない。ずっとこの状態だから、顔を洗いたいんだ」

「聞いてみる」

彼女は機嫌よく応じた。長期にわたり水平線しか見えない船上にいれば、陸地が恋しくもなる。やっと陸に上がれると思うと、捕虜に対する厳格さも緩むのだろうか。食器を下げ、そのまま部屋の前から離れたようだ。

期待はしていなかった。小窓がいきなり開いた時には驚いて、そちらを見た。

大きな黒い目が、小窓から中を覗いている。ライラではない。

澄んだ、きらきらと輝くような目だった。深浦は立ち上がり、小窓に近づいた。

「——君は誰だ？」

返ってきたのは小さなくすくす笑いで、それでやっと相手の正体がわかった。

「あのときの子か。この前、廊下ですれ違ったね」

笑いながら少女が扉から少し離れると、彼女が大きなスカーフで髪と顔の大部分を隠しているのが見えた。アーモンド形にくっきり縁どられた大きな目や、ミルクチョコレート色の健康そうな肌がちらりと見える。可愛《かわい》らしい少女だ。年齢は、十四、五くらいだろうか。

カイトも近づいてきて、興味津々で彼女を見つめている。部屋の監視はいないようだ。

「君はどうしてこの船に乗ってるんだ？」

少女は答えず、ただ目元で笑っている。こちらに関心があるようで、深浦とカイトを何度も見比べている。

「君の名前は？」

カイトが尋ねた。

「サルマー」

名前だけ、はっきり聞き取れた。この子も英語を解するらしい。

「サルマー、俺たちはもうずっと、この部屋に閉じ込められていて退屈してるんだ。話し相手になってくれないかな」

「心配ない。私もキャンプに行く」

初めて少女がしっかり喋ったことよりも、内容に衝撃を覚える。

「君も、俺たちと一緒にキャンプに行くと言ってるの？」

「とてもきれいなところ。心配ないから」

それだけ言って、ふいと彼女は扉から離れ、小窓がぱたりと閉まった。

──何なんだ、あの子は。

どうしてあんな少女が、テロリストの仲間とも呼ばれるアハマトの船にいるのか。

足音とともにルシィが小窓を開けたのは、しばらく後だった。照明が、また赤色に変わっていた。

「あと少しだ。シャワーなんか我慢しろ！」

眉間に皺を寄せて苛立たしげに言い、深浦たちが反論しようとすると、会話を打ち切るために、すぐ小窓を閉めてしまった。

「――何だあれは」

夜だからだろうか。あるいは虫の居所でも悪かったのだろうか。

「これで良かったんじゃないかな。クロウは、ルシィがひとりでシャワー室に連れて行くようなら、隙を見て脱走するつもりだったんでしょう」

カイトが尋ねる。もちろんそうだ。シャワー室の外にいる見張りがルシィだけなら、話は早いと思っていた。

「このまま、様子を見ませんか。アハマトはテロリストの仲間と呼ばれていますが、これまでの態度を見る限り、紳士的です。日本政府と話がつけば、ちゃんと帰らせてくれるかもしれませんよ」

――そうだろうか。

カイトは楽観的だが、深浦はそう簡単にアハマトを信じる気にはなれない。

「逃げるにしても、状況を摑んでからでないと。やみくもに脱出するなんて」

その時だ。扉の外で、かんぬきを外すような音がした。深浦はカイトと顔を見合わせた。

今のひそひそ話を聞かれたのだろうか。

だが、鍵を外す音がしただけで、扉を開ける様子はない。

「――今のは何だ？」

試みに、深浦はそっと扉を押してみた。

——開いている。

「どうして開いてるんでしょう」

カイトも目を丸くし、通路を覗いた。外には誰もいない。かんぬきを外した人間の姿も、見当たらない。

いつも目隠しをされてから部屋を出るので、通路を見るのは初めてだ。予想通り、部屋のすぐ右横がつきあたりの壁で、梯子があり、上層階に通じている。

「おかしいですよ、クロウ。罠《わな》じゃないですか」

カイトは不安げだ。だが、監禁されている捕虜を罠にかける理由が、どこにあるのだろう。自分たちは、試されているのだろうか。こんな時に、行動する人間かどうか。

「——俺は、上を見てくる」

甲板に出られたら、陸までの距離がわかるかもしれない。

「クロウ——」

「ここで待つか？」

「わかりました。一緒に行きます」

ため息をつき、カイトが室内を見回した。特に、持っていくべきものもない。

深浦は、足音を忍ばせて通路に出た。心臓の鼓動が、やけに速い。

通路の照明も、赤色に変わっている。船の中にずっといると、時間の感覚があいまいになる。照明の色で、昼夜の区別をつけるのだと美水が説明していた。

人の気配がしないのは、夜間で乗組員が休んでいるからだろうか。

深浦は梯子段の上を指さし、先に上り始めた。ハッチは開いている。上層階に誰かいないか、そっと頭を出して覗いたが、そこも下と同じような通路だった。複数の男の話し声と、笑い声が聞こえてくる。通路の奥から光が漏れていた。集まって食事でもしているようだ。

その男たちの声は、船内に反響していた。音が中にこもりやすい。

——上がってこい。

カイトに合図して、彼が梯子を上るのを待った。

この船は、水密隔壁でいくつかの区画に分けられている。浸水や火災の被害を限定的にするためだ。いま深浦たちがいるのは、居住用の区画のようだ。

——ずいぶん狭いな。

深浦は首をかしげた。通路は、両手を伸ばせばつかえるほどの幅で、頭も背の高い人間ならぶつけるかもしれない。彼らが閉じ込められていた部屋も窮屈だったが、それは捕虜の監禁に使われる部屋だからだと思っていた。だが、よく考えてみれば、アハマトの部屋も似たり寄ったりだった。

普通の船ではないような気がするのは、これが空母だからだろうか。

「クロウ、向こうにまた梯子がある」

通路の先を覗きに行ったカイトが、指さした。部屋を出るのをためらっていたが、いざ出てしまうと大胆だ。

どこかに、甲板に出る梯子があるはずだ。そこまで行けば救命ボートがあるに違いない。

先ほどまで賑《にぎ》やかだった部屋が、静かになっていることに気がついた。

——気づかれたかな。

カイトを急《せ》かし、通路を走る。靴を履いておらず裸足《はだし》なので、金属の通路が冷たい。

先にカイトが梯子に飛びついた。背後で誰かが鋭い声を上げている。こちらに近づいてくるようだ。声の主が、増えていく。深浦も急いで梯子を上った。

「——何だこれは？」

長い煙突の中にでも入ったようだ。垂直に延びる狭いトンネルの中を、梯子でどんどん上っていく。赤色の照明に照らされながら、深浦はカイトを追いかけた。

「——クロウ、あれ」

煙突の行き止まりだ。カイトが天井のハッチを指さした。ぴたりと閉じている。

「あれが甲板に出るハッチか？」

「何かおかしいですよ。船のハッチって、ここまで頑丈な構造かな。この梯子も——」

「見せてみろ」

ハンドルを回して開くハッチのそばに、何か書いてあるようだ。深浦が梯子をよじ登り、できるだけカイトのそばに近づこうとした時、はるか足の下でライフル銃のボルトを操作する音が聞こえた。「動くな！」と男の声が怒鳴っている。

——くそ、見つかった。

カイトとともに、梯子に掴まって静止した。ボルトアクションの音が、立て続けにいくつも聞こえた。こちらを狙っている銃は、ひとつではないらしい。

梯子の下が騒がしくなった。誰かが走ってきたようだ。

「撃つな！　そいつらを撃つなよ！」

美水の声だ。

「何をやってるんだ、バカ！」

血相を変えて飛んできた美水に叱られる。

「鍵が開いていたんだ！」

深浦は下に向かって叫んだ。

「開いてた？」

美水が眉をひそめた。

「それで、そのハッチを開けて、俺たち全員を殺すつもりだったのか？」

「何の話だ」

そろそろと下を向き、こちらに狙いをつけている兵士らを見下ろす。彼らの尋常ではない怒りを感じた。

「――クロウ。まさか、この船は」

カイトが呟き、顔色を変えた。

もう一度ハッチを見直し、深浦にもやっとわかった。これはただの空母なんかじゃない。

美水が呼んでいる。そろそろと梯子を下り始める。自分が今どこにいるのか、深浦もようやく理解していた。

「早く下りてこい」

潜水艦だ。自分たちは、潜水艦の艦橋にいたのだ。しかも、無人機が発着できる――潜水空母だ。

無人機が、鹿島灘沖に突然現れたこと。うかつに動くと頭を打ちそうになるほどの、艦内の狭さ。昼夜で照明の色に変化をつけていること。約二週間経っても、まだ見つかっていないらしいこと――。

先日、船が突然、動力を停止し、無音に近い状態で長い時間を過ごしたことを思い出した。あれは、機器トラブルではなかった。他の潜水艦が近づいたのを察知し、発見されないように音を消したのだ。

「だから艦の内部を見られたくなかったんだ。これが潜水艦だとバレるからな」

美水が、苦い表情を浮かべて待っていた。梯子を下りきる前に、兵士たちに足を摑まれて引きずり下ろされ、冷たい金属の床にうつぶせにされ、手錠をかけられた。

「処分はアハマトに決めてもらう。馬鹿な真似をしたな」

苦渋に満ちた美水の言葉も、ほとんど頭に入ってこなかった。

——空母の機能を持つ、潜水艦だと。

そんなもの、太平洋戦争のころに日本が開発した、当時としては世界最大の潜水艦、伊四〇〇型くらいしか、聞いたことがない。わが国は、第二次世界大戦当時、潜水艦に航空機を搭載した唯一の国だったのだ。

なかでも伊四〇〇型潜水艦は、戦争末期に、米国本土攻撃用として開発された。当初、潜水艦に搭載する航空機は、小型で身軽な偵察機の予定だったが、連合艦隊司令長官の山《やま》本《もと》五十六《いそろく》大将が、米国東海岸の大都市やパナマ運河を爆撃するというアイデアを実現するため、攻撃機を搭載した潜水艦を発想したともいわれる。

伊四〇〇、伊四〇一、伊四〇二の三隻が就航したが、成果をあげることのないまま終戦を迎え、戦後になって米軍によりハワイ沖に回航され、魚雷で沈められた。

戦後は、ミサイルの攻撃能力が向上して攻撃機を搭載するメリットがなくなったため、同様の艦が開発されたという話は聞かない。

——しかし、もしそれが現代に存在するならば。

世界のどこにも居場所がなくなったテロリストにとって、至高の隠れ家になるだろう。

＊

森近は、画面に目が釘《くぎ》付けになっていた。

クロウとカイトが並んで映っている。ふたりとも無地の白いTシャツを着て、こざっぱりとした雰囲気ではあるが、ひげはだいぶ伸びている。疲れた表情だが、目に見える場所に怪我をしている様子はない。

『――私は、航空自衛隊小松基地所属の、深浦紬三等空佐です。――』

クロウがカメラをまっすぐに見据え、おそらく用意された原稿を読んでいる。

生きていたんだ、と呻いた。

良かった、クロウたちは生きていた。

ふたりの家族がどれだけ喜ぶだろう。生存を信じると言い切った郷内一佐の言葉が思い浮かび、諦めなくて良かったと痛感した。

パソコンの前に集まった教導隊の面々も、吐息のような歓声を漏らしている。

――生きていた。

その実感が、ゆっくり浸透する。だが、手放しで喜ぶのは、ふたりが無事に戻ってからだ。

動画投稿サイトに、行方不明の自衛隊員と思《おぼ》しき人物の映像がアップロードされたのは、日本時間で今朝早くだった。SNSで拡散され、政府職員や自衛隊、マスコミの知るところとなった。

『〈ラースランド〉は、私たちを捕虜にしました。今は、彼らの船に監禁されています』

──〈ラースランド〉って何だ？

森近は首をかしげた。聞いたこともない名前だ。

クロウは、同じ内容を日本語と英語の両方で語った。日本語を解する人間が、敵側にいるということだろう。

ふたりの後ろには、黒いマスクから目だけ覗かせた男が立っていた。アジア系のようだ。

『見ての通り、ふたりは無事だ。日本政府への要求は、別途こちらから連絡する』

流暢な日本語を話す男だった。彼も、日本語と英語の二か国語で同じ内容を語り、そこで映像は途切れた。

「クロウが生きていたのは嬉しいが、いつ撮影されたものか、これじゃわからんな」

ライムが困惑を隠さず呟く。

「正確な日付はわからないが、ひげがだいぶ伸びてるな。二週間かそこら伸ばしたくらいの長さじゃないか？」

森近が画面を指すと、周囲から小さな笑い声も上がった。みんな、ホッとしたのだ。

ライムも感じたようだが、捕虜の映像にしては、奇妙な点が多い。正確な日付がわからず、生存の時点が確認できない。日本政府と交渉し、なんらかの要求をするつもりなら、通常は武器を持つなどして、捕虜の身が安全ではないことを示しそうなものなのに、最後に話した男は手ぶらだった。

「〈ラースランド〉の船に乗っていると言っていたな」

何回か繰り返して映像を確認し、ルパンが言うと、みんなが口々に話しだす。

「つまりこれは、彼らが乗っているから船を攻撃するなという牽制《けんせい》か」

「そう言わされたんでしょうね」

「ルパン、〈ラースランド〉って何です？」

「俺も聞いたことがない」

森近がすぐ連想したのは、ソマリアだった。北部地域がソマリランド、プントランドなどと名乗って独立を宣言し、長年にわたる内戦を繰り広げている。〈ラースランド〉も、彼らが耳にしていないだけで、似たような背景を持つ国、または地域なのだろうか。

「ふたりが生きていたことは、一番の朗報だ。俺たちは、クロウたちが無事に戻ることを信じて、通常業務を続ける」

ルパンの言葉に、しっかりと頷く。鹿島灘沖の撃墜事件発生時には、マスコミが大騒ぎしていたが、二週間にわたり続報という名の燃料が投下されず、ここしばらくは沈静化している。この動画が公開されたことで、ふたたび騒ぎだすのは間違いない。

「チア、ちょっと」

呼ばれて群司令室に向かうと、郷内一佐が待っていた。

「すぐ横須賀《よこすか》に向かってくれ」

――ついに来た。

〈クラーケン〉捜索艦隊の編成が完了したのだ。森近は表情を引き締めた。

「明日の〇七〇〇《マルナナマルマル》、出港だ。横須賀地方隊に行けば、後のことは教えてくれる」

「いつでも発てます」

いつ声をかけられてもいいように、最低限の荷物もまとめてある。妻の朱里には、行ってくるとひとこと電話すればいいだけだ。

クロウたちの動画では、犯人の一味とおぼしき人物が、別途、日本政府と交渉すると言っていた。ひょっとすると、その交渉が終わるまで捜索艦隊を出すのは控えるのではないかと思ったが、意外に動きが速い。

――他にも事件が起きているのだろうか。

公表されていないだけで、〈クラーケン〉が他にも事件を起こしている可能性はある。

「名目上は、リムパックの一環として艦隊が派遣される」

リムパックとは、環太平洋合同演習の名前が表す通り、米国海軍が主催し、太平洋を囲む国々が合同で行う大規模な演習だ。

「懸念されるのは、液化天然ガスを運ぶタンカーの安全だ。わが国は天然ガスの三割以上を、オーストラリアに頼っているからな。パプアニューギニアを加えれば、全体の三分の一を超える量になる」

「太平洋を、得体の知れない攻撃的な船がうろついていては、危険ですね」

「そういうことだ」

郷内が目元だけで微笑んだ。

「しっかり頼む。無事に戻れよ」

「行ってきます」

自分にできることがあるなら、大歓迎だ。

7

こんな部屋に閉じこもって、アハマトはよく何か月も耐えられるものだ。

美水は、アハマトの居室に入る時に、いつも覚える感慨を今日も味わった。

潜水空母、〈箱舟《アーク》〉。

二層のフロアからなる、決して巨大とは言えないサイズの潜水艦だ。アハマトの居室は、そのなかでは最も広い。

ベッドと書きもの用の机、そして礼拝を行うスペース。ムスリムのアハマトは、潜水艦の中でも礼拝の前にきちんと手足を清めるので、金盥《かなだらい》を置く場所も必要だ。

とはいえ、その広さは日本風に言えば四畳半にも満たない。そこに、アハマトはずっとひとりで閉じこもっている。

人生に目的があれば、こんな苦行にも耐えられるものなのだろうか。

「どうした？　ヨシミズ」

机に向かってペンを取っていたアハマトが、黙っているこちらに、不思議そうな目を向けた。ようやく、美水は我に返った。

「人質に、秘密がバレました。自分たちがいるのは潜水艦の中だと気づいたんです」

アハマトは、ペンを机に投げ出して長いため息をついた。

「──なぜ？」

「誰かが人質を部屋から出したらしい。扉の鍵を開けておいた奴がいます」

頭《こうべ》を垂れて考えを巡らせていたアハマトが、小さく肩を揺すった。

「人質のふたりは今どうしてる」

「部屋に戻しました。処分はあなたが決めると言ってあります」

「それでいいが、処分は必要ない。ルシィをここに呼びなさい」

アハマトが自分と同じことを考えているのだとわかった。

「いえ。ルシィは愚か者ですが、今は彼の力も必要です。僕ひとりでは無理です」

人質を閉じ込めておいた部屋の鍵を開けたのは、ルシィに決まっている。他に彼らを逃がす動機を持つ人間はいない。ルシィは、「本物の」F－15パイロットが艦に乗り込むことについて、快く思っていないことを態度で表していた。美水と同様、eスポーツの選手として名前を売っていた彼は、ドローンの遠隔制御には自信を持っているが、実際に戦闘機に乗り込んだことは、一度もないのだ。

クロウとカイトには、最初から嫉妬を露わにしていた。部屋から出て動き回れば、兵士らに見つかって撃たれるかもしれない。ルシィの性格なら、それを狙ってふたりを逃がした可能性はある。

だが、ここでアハマトがルシィを叱責すれば、彼はアハマトを逆恨みする。自己中心的な男だが、〈箱舟〉にはドローンのパイロットがふたり必要なのだ。

「――ルシィのことはヨシミズに任せよう。まだしばらく、人質に潜水艦のことは隠しておくつもりだったが」

「そうなんですが、実はそうも言っていられなくなりました」

美水は、すかさずタブレット端末を差し出した。画面に、外部からのメッセージが表示されている。先ほど、騒ぎの間に、米国の仲間から衛星を通じて送信されたものだ。

「――ハワイか」

メッセージを読み下したアハマトが、かすかに苦い表情を浮かべ、豊かな顎ひげを撫でる。

「リムパック参加という名目で、米国海軍を含む大規模な連合艦隊がハワイを出港したそうです。計算では、およそ二十四時間で〈箱舟〉に追いつきます」

米軍に潜入しているこちら側のスパイは、リムパックは隠れ蓑《みの》で、〈クラーケン〉と彼らが呼ぶ、この〈箱舟〉を探索するために組織された艦隊だという情報を送ってきた。

先日、米軍の潜水艦が、〈箱舟〉のそばを通過した。早くから接近に気づいてエンジンを停止したうえで、艦内の静寂を保ち、息をひそめて隠れたつもりだった。

だが、相手はやはり、見逃してはいなかったのだ。単独で追っても逃げられる恐れがあるので、位置を特定し、仲間を呼んで、満を持して襲いかかるつもりだ。

「そろそろ、計画の次の段階に移ったほうが良さそうです」

美水の提案に、アハマトは短い間、首を縦に振らなかった。

「――わかった。ヨシミズに任せよう。あの子を頼む」

腹を決めると、あっさりした答えだった。再び机に向かうアハマトを残し、美水は部屋を退去した。頼むと言われれば、もう後には引けない。

――やるっきゃないよな。

賽《さい》は投げられた。自分なら、なんとかやれると思っている。

＊

「このあたりだな？　今朝、うちの原潜が正体不明の潜水艦とすれ違ったのは」

第七艦隊哨戒《しょうかい》部隊に所属するＰ－３Ｃオライオンを低空で飛ばしながら、機長が海面を覗きこむ。

「ええ、このあたりです。ソノブイ投下しますか」

「うん。ここらでいいだろう」

原子力潜水艦の位置は機密情報のため、艦の名前などは伏せられているが、今朝未明、第七艦隊の潜水艦が、南太平洋で正体不明の潜水艦とすれ違った。長さはおよそ二百メートル、オハイオ級並みだが、横幅は倍くらいあったという。でっぷり太った鉄のクジラだ。

「これだけ水の透明度が高いと、潜水艦がいたら丸見えじゃないか？」

機長の笑い声をバックに、副機長の指示で、後部からソノブイが海中に投下される。長めの消火器のような、小型のソナー装置だ。海面に浮いて、海中を行きかう潜水艦の動きを探る。

『ソノブイ、感あり！　二時の方向、浮上中です』

ソナー担当から即座に報告が入り、コックピットに軽い驚きが走った。

「浮上中？　今朝のと同じ奴か？　サイズは？」

『二百メートルクラスです。ですが、大きい――幅がとても』

「今朝の奴だ！」

『どんどん上がってきます、もうじき水面に――』

真っ黒なクジラのような巨体が、どんどん浮上してくるのが見える。

あれが、と機長は水面に目を凝らし、首をかしげた。

「おい、そんなに大きいか？　二百メートルはわかるが、それほど横に広くないぞ」

「そうですね。ごく一般的な形に見えます」

『おかしいですね、ソナーにはもっと大きく映ったんです』

おかしな艦だな、と機長らは顔をしかめた。あの潜水艦は、ソナーを騙《だま》す装置でも使っているのだろうか。

海面にすっかり姿を現した潜水艦は、甲板が平べったく、艦橋が前部に寄っている。妙な形だと観察していると、ふいにドンと大きな音がして、潜水艦の甲板にオレンジ色の炎が躍り、ミサイルが上空に飛び出してきた。

「何だあれは！」

――真上にミサイルを撃つ潜水艦だと。

狙いはもちろん、このP－3Cだ。ぎょっとして回避行動をとろうとしたが、すでに間に合わなかった。ミサイルは翼の片側にぶち当たり、それをもぎとっていった。きりもみするP－3Cの中で、機長は操縦桿にしがみつき、目撃した光景をどうにかして本国に報告しなければと思っていた。

*

――こんな場所で飛べたら最高だ。

深浦が真っ先に考えたのは、それだ。

見渡すかぎりの海の中に、ぽつんとひとつの島が浮かんでいる。

つい先ほどまで、深浦が乗るボートは、濃厚な夜に包まれていた。真っ暗な海面に潜水艦を浮上させ、ボートを下ろしたのだ。ボートが進むにつれ、薄い布地を一枚ずつ剝ぎ取るように、夜が明けていった。

見たこともない色の海だ。小松基地から飛んだ時に目にする日本海の、灰色と深緑色が混じったような、金属的な重みを感じさせる海とはぜんぜん違う。飛び込んで泳いでみたくなるような、透明感のある青だ。

覗きこむと、はるか下方、珊瑚の隙間を縫うように、素早く逃げていく鮮やかな体色の魚が見えた。水が澄んで見通しがきくから、手づかみでも魚が捕れそうだ。

　深浦が育ったのは、長崎県の対馬《つしま》だ。天気が良ければ、韓国の釜山《プサン》の街並みが水平線上に見える島で生まれ、子どものころから父親と一緒にボートで釣りにも出かけた。海にはなじみが深いが、色がまるで別物だ。

　コバルトブルーの海の向こう、全長二十キロだという小さな島に、ボートは向かっている。白い波を蹴立てて。

「なんなら飛び込んで逃げてみてもいいけど、隣の島まで三百キロはあるから」

　振り向いた美水が、にやにやする。深浦は両手を縛られており、泳いで逃げられるわけがないのを、承知のうえで言っているのだ。

「——あの島は？　ここはどこだ？」

「それは秘密」

　島の名前は教えないと言われて、少しだけホッとする。まだ、生きて帰すつもりがあるのかもしれない。

　逃亡を企ててから、半日も経っていない。

　潜水空母が海面に浮上し、物資補給と要員交代のためにボートを下ろす時、深浦とカイトを島にある捕虜のキャンプに連れて行くと宣告された。

――ついに、捕虜キャンプに行くのか。

脱走の夢が遠のいていく。

潜水艦の中で連続して働くのは、せいぜい数か月が限界だ。水や酸素、食料が充分足りていたとしても、ずっと深海の底に閉じ込められていると、精神的に疲弊してしまう。水の圧力でぎしぎしときしむ隔壁の音など聞いていると、なおさらだ。美水は詳しく説明しないが、潜水空母の乗組員も、数か月単位で交代しているようだった。

脱走しかけた深浦たちを、アハマトたちが罰しようとしなかったのが、少し気味悪くもある。なぜあの時、監禁されていた部屋の鍵が開いていたのか、誰が開けたのかも含めて。

美水の言葉によれば、ボートは一艘《そう》しかないらしい。八人乗りだが、物資も載せるため、捕虜は一度にひとりずつ島に送ると言われた。カイトが先にボートに乗せられ、兵士ら四人に囲まれて不安な表情で島に向かった。大丈夫だ、向こうで会おうと励ましたものの、深浦とて確信はない。

「――島で通信が使えるようになれば、本当に確認してくれるんだろうな」

深浦は念を押した。サングラスをかけた美水が、ちらりと白い歯を見せる。

「もちろんだ。きっと、ネットに詳しい記事が出てるだろう。検索して、ちゃんと結果を教えるよ」

深浦たちより先に、エポック1が撃墜された。部隊は異なっても、仲間だ。彼がどうなったのかずっと気にかかっている。

美水は舳先《へさき》に腰を下ろし、徐々に近づいてくる島影に双眼鏡で目を凝らしている。カーキ色の半袖シャツに深緑色のズボンを穿き、緑色の野球帽をかぶった姿だけ見ていると、あまり兵士らしくはない。だが、その肩には、ＡＫ－47をベルトで引っ掛けている。

このボートは、浅い繊維強化プラスチック《FRP》の平底型に、発動機をつけただけのものだ。全長は五メートルほどで、五人ならいいが、八人乗ると窮屈だろう。今は、中央に空の水タンクや廃棄物を載せ、前後に分かれて兵士らが座っている。深浦たちを海から回収したのもこの船だった。

潜水艦からボートを下ろす構造は、残念ながら目隠しをされていて、見ることができなかった。ボートに乗せられ、しばらく進んだ後に目隠しを外されたのだが、深浦が振り返ってみると、艦橋部分がゆっくりと暗い波の下に沈んでいくところだった。

夜間に浮上したのは、衛星のカメラに撮影されないためだ。

深浦の直感では、ここは赤道周辺、南太平洋のどこかだ。全長二十キロと教えたのは美水だが、目の前にあるのは台形の島だった。ボートが近づきつつあるのは子どもの遊び場くらいの広さの砂浜で、そこに、ささやかな木製の桟橋がある。桟橋というより、海釣り用の浮き橋のようだ。

島はうっそうとした緑に覆われ、砂浜のそばには木の小屋もぽつぽつと見える。雨露をしのぐだけの、漁師小屋のようだ。

「この島に潜伏してるのか？」

美水は、振り向きもせず肩をすくめた。

「この島は休憩所だ。僕たちにも、息抜きが必要だからね」

「アハマトも？」

「アハマトは来ない」

「ずっと潜水艦に隠れているのか？」

しばらく返事がなかったので、何か気を悪くしたのかと思った。

「――彼は辛抱強いんだ」

国際的なお尋ね者だから、船を下りないのだろうか。

オマル・アハマトという男についての自分の知識が、ニュースサイトで読んだ、通り一遍なものでしかないことが残念だ。今ここにスマホがあれば、いろいろ調べて知ることができるだろうに、それができない。何があったのか。なぜ逃げ回っているのか。

砂浜を、軍用車が二台、桟橋に向かって走ってくる。美水はそれを双眼鏡でじっと見ている。時おり、双眼鏡を下げ、うつむいて気持ちよさげに潮風に当たっている。

おおげさに感情を表に出さないが、彼がどれほど船の外に出られたことを喜んでいるかが、伝わってきた。

——この男は、どうしてテロリストの仲間になんかなったのだろう。

普通に日本語を話し、名前は美水、おそらく出身は北海道で、日本人だろう。だが、その出自と現在とが結びつかない。

ボートの後部でエンジンのラダーを操作していた兵士が、桟橋にボートを寄せていく。近づいたところでひとりが古いタイヤをボートと桟橋の間に投げ入れ、ロープを握って桟橋に飛び移ると、木の杭《くい》にボートをもやった。

「下りよう」

今は、美水の指示に従うしかない。深浦は、揺れるボートから、桟橋に移動した。両手を縛られているので、バランスがとりにくい。よろめいた瞬間、美水が手を伸ばして支えてくれた。

美水以外の兵士らは、荷物を後ろの軍用車に積み込んでいる。深浦は、美水とともに一台めの軍用車の後部座席に乗り込んだ。彼らが乗るとすぐ、運転台の兵士が車を出した。助手席にはライフルが置かれている。のどかな島のようだが、それは見かけだけだ。

——テロリストの島。

砂浜を出ると、ジャングルの中の、舗装されていない道路を走っていく。車が往復するうちに、自然にできた道路だ。凹凸の多い轍《わだち》で、車は激しく揺れた。小鳥が木々の間を飛び交っているが、人影は見えない。

「無人島に潜伏しているのか？」

隣で美水が苦笑している。

「クロウは知りたがりだな。よけいなことまで聞かないほうがいいよ」

「いいじゃないか。他にやることがないんだ」

「島では、たくさん仕事があるから心配はいらない」

人の悪い笑みを浮かべ、美水はそれ以上、何も答えなかった。

五分もかからず目的地に着いた。そこは木々を切り払い、いくつか天幕を張っただけの、原始的な「キャンプ」だった。周囲に有刺鉄線の柵を張り巡らし、境界をこしらえているのだけ、それらしいと言えなくもない。キャンプの門は、よく生長した二本の椰子《やし》の木で、その間には銃を肩に掛けた中年男と、顔に十字の刺青があるライラが立っていた。先に出発したボートで、先着していたらしい。

アハマトの仲間たちは、肌の色も、目や髪の色も、てんでバラバラだ。共通項があるとすれば、美水以外はみんな厳しい表情をしているということだ。

「ヨシミズ」

「ライラ」

ライラが小銃を油断なくかまえ、軍用車に近づいてきて、美水と挨拶する。「通っていい」と言いたげに親指をキャンプ内に向けた。

深浦がじっと見つめていると、目つきを鋭く尖らせた。抜き身のナイフのような女性だ。車が離れても、こちらを睨んでいる。

「彼女は、アジアのどのあたりの国の人だろう？　どうして君らの仲間に？」

深浦が尋ねると、美水がちらりと横目でこちらを見た。

「気になるか？」

「軍人なのか？　銃の扱いに慣れているし」

「ライラは、インドが直轄している島の出身だ。彼女の部族は、彼女ひとりを残して絶滅した。それで、海外に出たんだ。言っておくが、この話は彼女にするなよ。まだ心の傷が癒えてないから、殺されるかもしれないぞ」

「脅すなよ」

「脅しじゃない。いいか、忠告はしたからな」

軍用車がキャンプの敷地に入る。天幕の向こう側に、白い煙がひと筋、たなびいている。食事の支度でもしているのだろうか。

美水が先に軍用車を降り、ＡＫ‐47の筒先で、降りろと深浦にも合図した。

「しばらく、ここで暮らしてもらう」

ちょっと、呆然とする。捕虜のキャンプだと言われ、銃を持った兵士らであふれているが、妙に開放感のある場所だ。良く言えば、牧歌的でもある。

「ちなみに、逃げても無駄だから」

深浦の驚きを受け、美水がにやりとした。

「さっきも言った通り、島から出る手段がない。この島は小さいし、隠れる場所もない。何より、ここは川や池がないから、雨が降らない限り真水が手に入らない。前に一度、逃げようとした奴もいたけど、どうしようもなくなって困り果て、自分からキャンプに戻ってきたよ」

「――キャンプの水はどうしてるんだ」

「言っただろ、よけいなことは聞くなって」

門をくぐるとすぐ、美水はナイフで深浦の両手を縛る縄を切った。自由になった手が軽くしびれていて、何度も拳を握ったり開いたりを繰り返し、感覚を取り戻そうとする。

「俺たちをここに連れてきた目的は何なんだ？　身代金でも取るつもりか？」

潜水艦の中で映像を撮影されたが、自分たちが生きていることを証言しただけで、解放の条件めいたことは言わされなかった。

「カイトは、班が違うから別の天幕に入ってもらう。君の天幕はここ」

深浦の質問を無視し、美水はまっすぐ天幕のひとつに向かい、入り口から中を覗きこんだ。内部は暗く、目が慣れるまで時間がかかった。天井から吊るした、カンテラのような光源がひとつあるだけだ。よく見れば、空き缶に油と灯芯を入れ、燃やしているだけのものだ。人間の体臭に混じり、魚の生ぐさい臭いがしているところを見ると、魚油かもしれない。

中には誰もいなかったが、床には毛布が何枚か丸めて置いてある。

「班と言ったのか？」

「詳しいことは――ああ、来た」

美水の視線を追うと、小柄な男がひとり、こちらに向かってくるところだった。

深浦は、その男の首から肩にかけての刺青に目を奪われた。長く伸ばした黒髪を紐《ひも》で結った男の身体には、色とりどりの線や点が描かれている。ライラの刺青よりも、ずっと複雑な模様だ。

上半身は裸で、下半身だけ目の粗い布で縫った半ズボンを穿き、足元はサンダルだった。小柄だが手足が長く、敏捷《びんしょう》そうだ。

驚いたことに、肩に掛けているのは、銃ではなく弓矢の矢筒だった。左手に握っているのは、短い弓だ。

「ポウ、新入りだ」

美水が英語で話しかけると、ポウと呼ばれた男は、深い藍色《あいいろ》の目で深浦を見つめた。澄んだ切れ長の目を見ていると、びっくりするほど若いのではないかと思えてきた。顔立ちは、アジア系かアメリカ大陸先住民のようにも見える。

「クロウだ。お前の班に入るから、いろいろ教えてやってくれ」

ポウがかすかに頷くのを確認すると、美水は「じゃあ、そのうちまたな」と手を上げて、深浦が何か言う間も与えず立ち去った。ようやく肩の荷を下ろしたとばかりの態度だった。

「——あんたも連中に捕まったのか？」

どう接していいのかわからず尋ねると、冷ややかな沈黙が返ってきた。

「——んなわけないか。あっちの仲間だよな」

「ついてこい」

ポウが顎をしゃくった。声は若いが、捕虜を従えて歩く姿勢は、堂々としている。

天幕を三つ過ぎると、黒々とした土が見えてきた。畑だ。畝《うね》の間で動く人の姿もいくつか見える。何の作物かわからないが、緑色の葉が、畝に点々と覗いている。

ポウにツルハシを押しつけられた。

「ここで仕事をしてもらう」

「——畑仕事？」

「仕事はいろいろある」

一瞬、自分が今どこにいて、何をしているのか、わからなくなった。つい二週間ほど前、百里基地からガメラで飛び立ち、撃墜されて捕虜になったのではなかったか。

目の前には、眩しいような青空と、黒々とした土が広がっている。見れば、深浦たちが歩いている地面は白っぽく石ころだらけなのに、畑はふかふかとして柔らかそうだ。丁寧に土壌を改良した結果のようだった。

「——君らは、もう何年もここにいるのか？」

つい尋ねると、ポウが切れ長の目を吊り上げた。

「黙って仕事をしろ。他の捕虜と言葉を交わすのも禁止。逃げたり、よけいなことをしたりすれば」

さっとポウが顔を上げた。つられて深浦も空を見上げる。

ポウの長い腕が、俊敏に動いた。左手に握った弓に、右手で矢をつがえ、引き絞ってすぐさま放つ。鋭い弧を描いて飛んだ矢は、動線の頂点近くで一羽の鳥を捕らえた。一瞬、翼をばたつかせ、鳥はまっすぐ落ちた。

「取ってこい」

ポウが命じる。若々しい声とは裏腹に、そのまなざしは奇妙に老いて威厳すら感じる。

深浦は畑を迂回《うかい》し、畑の奥の掘建《ほった》て小屋の手前に落ちた鳥を取りに行った。予想したより大きい。ポウの矢が首の付け根を貫通しているが、鳥はまだ羽をばたつかせ、生きようと試みていた。

——もし、この矢を抜いて鳥を逃がしたら、ポウはどうするだろう。

鳥を射て深浦に取ってこさせることで、彼が自分たちの主従関係を明確にしようとしているのは明らかだった。主人と飼い犬の関係なのだと。こんな状況で、彼を挑発するのはうまくない。

深浦は茶色い鳥を両手で抱き上げた。何という鳥かわからないが、サイズのわりに軽い。長いくちばしの先が、フックのように曲がっている。逃げられないよう片手で足を摑み、もう片方の手を翼に回して押さえ込んだ。

ポウは先ほどと一ミリも違わない場所に立ち、長い両腕をだらんと脇に垂らして待っていた。必要があれば、また素早く矢を射そうな気配だ。

鳥を渡そうとすると、ポウは首を横に振り、首の根元に刺さった矢の矢羽の部分を折り、抜き取った。かん高い、笛のような声で鳥が鳴いた。

「逃がせ」

驚きながら、鳥を放した。傷ついた鳥は、まず何メートルか離れた地面に飛び降り、しばらく羽を休めた後、ゆっくりと羽ばたいて飛び去った。あのひどい傷が自然に癒えるものかどうか、深浦には自信はない。

「あの鳥には、食べられる肉がほとんどない」

ポウがこともなげに言った。

「羽根はたくさん取れるが、ここでは必要ない」

その声と態度は自信に満ち、深浦は彼の年齢を十歳以上、上方修正した。

「今は向こうの土地を開墾している。ツルハシを持ってこい。お前の仕事はそれだ」

「――他の捕虜と喋るなと言ったが」

深浦は口を挟んだ。ポウが鋭く見やる。

「あんたと話すのは、かまわないんだな？」

何も言わなかった。ポウを取り巻く空気の温度が、二、三度、下がったような気はした。

ポウがまた歩きだす。卓越した弓矢の腕前と、冷徹な目を持つ男だった。彼について歩きながら、深浦は美水の説明をどこまで信じていいものかと考えていた。

全長二十キロメートルほどの、この島。

ここに、アハマトの仲間しか住んでいないというのは本当だろうか。川や池がなく、雨水を溜めて生活に利用しているというのも、もし本当なら大変な話だ。飲み水や生活用水だけならともかく、畑に引く水も必要だ。まさか海水は使えない。

それに、潜水艦で見た食料だって気になる。あの缶詰やパック入りの飲料は、どこで手に入れたのだろう。

ポウに連れていかれたのは、畑の隣の、まだがっちりと固い土地だった。誰かが先に作業したのか、雑草だけは取り除いてあった。ツルハシを振り上げ、大地に振り下ろす。腰が入らず、ツルハシが跳ね上がるのを見て、ポウが薄笑いを浮かべた。

「あの棒が立っているところまで耕すんだ」

とてつもない広さだ。この土地を耕し、土壌を改良して畑にするというのか。たったひと振りしただけで、手のひらに痛みが走った。手袋もなく、夜までには、まめができて潰れるんじゃないかと思った。

——くそ。

生来の負けず嫌いが、むくむくと頭をもたげる。

ポウは離れ、腕組みしてこちらの作業を見守っている。深浦だけでなく、畑で作物の世話をする捕虜を監督しているようだ。

第一印象より手ごわい男のようだが、人間だ。人間が相手なら、やりようはある。深浦がアグレッサーに入ったのは、単にF－15DJを飛ばすのがうまいからだけではない。人間を観察し、その心理状態を読み、相手をコントロールすることができるからだ。

空中で戦闘機動を行いながら、相手の次の行動を読める人間が、地面にへばりついている人間の考えることを、読めないはずがない。

潜水艦での二週間の監禁の後にここに来れば、晴れ晴れとした気分にもなるが、騙されてはいけない。仕事をさせておけば捕虜にかかる手間も減る。ついでに労働力としても活用できる。

——畑仕事とは考えたが、見てろよ。

島の秘密を、慎重に探り出すつもりだった。ひょっとすると、島から脱出する方法だって、見つかるかもしれない。

＊

米軍の国籍マークをつけたＰ－３Ｃオライオンの後部から、細長い筒状のものが勢いよく排出された。

森近は双眼鏡を目に当て、飛び出したソノブイがパラシュートを開き、海中にゆっくり落ちていくのを見守った。

「さっそく始めたな。まだ俺たちが近くにいるのに」

隣でやはり双眼鏡を覗く艦長の川島《かわしま》二等海佐が、声を上げた。

「自分ちの庭で勝手な真似をされて、カッカしてるんじゃないか」

森近が乗艦しているのは、海上自衛隊のあきづき型護衛艦「すずつき」だ。

今回の環太平洋《リムパック》合同演習には、護衛艦「かが」「いなづま」と「すずつき」を合わせた三艦が派遣されているほか、音響測定艦「ひびき」も途中から参加を許可された。海洋における音響情報の収集を目的として建造された艦だ。各国の潜水艦の技術は、年々進歩している。より静かに、より深く潜水できるよう、改良されていく。それに対応し、従来から収集してきた潜水艦のデータに加え、より精緻な情報を得るべく、平成四年から部隊運用を開始した。現在、海上自衛隊は、ひびき型の音響測定艦として、「ひびき」「はりま」の二隻を保有している。

本来なら、「ひびき」のような音響測定艦は、他国との合同軍事演習には派遣されない。他国の潜水艦の情報を収集しようとしていると、勘繰られる恐れがある。過去には、リムパックに中国が情報収集艦を派遣し、警戒心を抱かせた。今回それが許可されたのは、〈クラーケン〉探索のためだ。「ひびき」の航海計画を変更し、リムパック派遣部隊と合流したのだ。

「——まさか、潜水艦だったとは」

森近が呟いたのを聞きつけ、川島が振り向く。学生時代は野球部でピッチャー、四番を打っていたという大柄な男だ。

「だろう。そっちも、空母だと考えてたよな」

「自分が接敵したのは、戦闘機でしたから」

「その潜水艦は、戦闘機を飛ばせるわけだ」

川島が、鼻に皺を寄せる。

森近が横須賀に到着した時には、事情がすっかり変わっていた。

二日前、米軍の潜水艦が、マーシャル諸島とキリバスを結ぶ線の中間あたりで、謎めいた潜水艦と遭遇した。その潜水艦の音紋は、米軍が知る各国潜水艦の音紋のどれとも一致しなかった。

その午後には、もう一度、Ｐ－３Ｃが出て謎の潜水艦を探索したところ、海面に浮上した潜水艦に遭遇して、ミサイルで撃ち落された。幸運なことに全員が救出され、機長はその潜水艦が、まっすぐ上空に撃てるミサイル発射口を持っていると報告したそうだ。

――潜水艦と護衛艦をミックスしたような装備だな。

話を聞いて、森近はそう考えた。

潜水艦はエンジンを切って音を消し、海流を利用して逃げおおせた。全長百七十メートル超、オハイオ級並みのサイズだったと推定されている。ソナーでは横幅の広い特殊な艦のように見えたが、海上に浮上した時には、外見はごく一般的な形状の艦だったそうだ。

――〈クラーケン〉だ。

そう疑われたのは、この二週間以上にわたり、船舶や衛星、港湾の情報を駆使し、調査しても、〈クラーケン〉らしい船舶の情報が、豆粒ほども入手できなかったからだ。

国際的な航海を行う三百トン以上の船には、船舶自動識別装置《AIS》の搭載が義務づけられている。商船、タンカー、豪華客船、軍艦、海上自衛隊の船にも搭載されている。その情報は、マリン・トラフィックなどのサイトで確認することも可能だ。もちろん、職務中の軍艦や自衛艦などは、保安上の理由から表示されないことも多いが、たとえば衛星で撮影した画像とＡＩＳの情報を突き合わせれば、〈クラーケン〉が発見できるはずだと、考えられてきた。

何も発見できないということは、〈クラーケン〉が民間の船舶にでも偽装しているか、あるいは衛星写真に写らない場所に隠れているからだろうか。

そんな疑念を関係者が持ち始めたころ、正体不明の潜水艦と遭遇したわけだ。

――波の下だったのか。

衛星写真に写らないわけだ。

「すずつき」は、P－3Cオライオンがソノブイを投下したポイントから離れ、割り当てられた担当海域に向かいつつある。ソノブイは、電池がもつ限り、海底に向けて音波を発信し、受信した情報を報告し続けるだろう――他国の領海を侵犯し、無差別の攻撃を仕掛ける、正体不明の潜水艦を探して。だが、僚艦が近くにいると、そちらの雑音を拾ってしまうのだ。

ちょうど、リムパックに参加するため、米海軍をはじめ、環太平洋諸国や参加国の艦艇が、ハワイ沖に集結していた。一九七一年に最初のリムパックが開催された時には、米国、カナダ、オーストラリア、ニュージーランドの四か国だったが、今では日本や韓国も含む二十数か国が参加している。

軍事演習だけでなく、諸国間の信頼関係の醸成や、海賊への対処など地域の安定化という側面も持つため、参加国は西側諸国だけでなく、過去には、ロシアや中国が招待されたこともある。

森近はまず航空機でハワイに飛び、ハワイからはヘリコプターに乗って「すずつき」に合流した。

米海軍、アルゼンチン海軍、オーストラリア海軍、海上自衛隊などの〈クラーケン〉探索チームとでも呼ぶべき艦艇の一群は、リムパックの海域を離れ、南太平洋に向かっている。二日前に謎の潜水艦がいた場所を中心に、広い範囲から、徐々に円を絞り込み、〈クラーケン〉を炙《あぶ》り出そうという作戦だ。

ミッション名〈ディープ・ライジング〉。

一九九八年に制作され、日本では『ザ・グリード』として公開された映画の原題だそうだ。

——妙なことになった。

何しろ、「敵」の素性が知れない。やみくもに攻撃してくる、戦闘機を抱えた潜水艦。放置すれば、今後は周辺の民間船舶に対しても、どんな危険が及ぶかわからない。とはいえ、「謎の潜水艦」では国連を動かすことができなかった。

現在は、「有志連合」による捜索活動が始まったばかりだ。

「捕まるかな」

呟く森近に、川島が唇を歪める。

「まあ見てろ。捕まえるさ——こいつで」

川島が、艦橋に設置されたレーダー画面を軽く叩いた。「すずつき」には哨戒ヘリコプターSH－60Kが搭載され、空中からソナーを下ろして潜水艦を捜すこともできる。「すずつき」だけではない。〈クラーケン〉の被害を受けたアルゼンチンや、自国周辺の航行の安全を危惧するオーストラリア、それに米国など、それぞれの海軍が艦艇を投入し、探索に協力している。

とはいえ、彼らが〈クラーケン〉を探そうとしている海域はあまりに広い。

「発見された時から、二日も経っています。それだけあれば、どこにでも行けるはずでは」

「たしかに理屈はそうだが、さほど遠くへは行ってないと考えている」

「なぜ？」

川島がにやりとした。

「そっちは、戦闘機から降りたパイロットだから、よけいに不安なんだろう。陸《おか》に上がった河童《かっぱ》みたいなものだよな」

いたずらっ子のようにウインクする川島に、苦笑いする。川島とは、この作戦で初めて会ったが、親しみやすい笑顔のせいか、旧知の仲のように互いに打ち解けていた。

——誰が、何の目的で。

森近は波頭を見つめた。海流が異なれば、海の色も変わるというのは本当だ。このどこかに、〈クラーケン〉が隠れている。そして、その中にクロウとカイトがいるはずだ。

「潜水空母とはな。どこの国の艦だか、捕まえてツラを拝むのが楽しみだ」

川島の言葉に、森近はしばし目を瞬《しばたた》いた。

「――〈クラーケン〉は、どこかの海軍の潜水艦だと思いますか？」

川島が肩をすくめた。

「そんな規模の潜水艦を、個人で手に入れられるわけがないだろう」

たしかにそうだが、なぜか脳裏をよぎったのは、「違うな」という言葉と戦慄だった。クロウがビデオで口にした〈ラースランド〉という言葉のせいかもしれない。あれからネットでいくら検索しても、そんな国や土地の名前は見つからなかった。自分が綴《つづ》りを間違えたのかもしれないが――。

森近の目には見えないが、この波の下では各国の潜水艦がしのびやかに動き、〈クラーケン〉を探しているはずだ。

――待ってろよ、クロウ。すぐ助けるぞ。

ひそかに、呼びかけた。

8

官房長官の韮山は、起き抜けに秘書からの電話を受け、大急ぎで食卓に着いた。

「おい。これは、どうやって見たらいいんだ」

タブレットの操作方法がわからず、まごまごしていると、孫の尊《たける》が眠い目をこすりながら起きてきて、動画サイトを開き、問題の動画を表示させてくれた。

年齢を重ねるのが辛いと感じたことは一度もないが、新しいことを覚えるのは苦手だ。若い頃に出会っていたなら、自分も尊のようにスマートフォンやタブレットが大好きになったのだろうか。

『鹿島灘沖の領空侵犯事件に関係していると思われます。一時間ほど前に投稿され、海外や日本のテレビ局や新聞社のツイッターアカウントに通知がありました。すぐにお知らせしたほうがいいと思いまして』

秘書が知らせてきたのは、英語で投稿された動画だ。長いひげをたくわえてクーフィーヤと呼ばれる白いかぶりものを身に着けた、アラブ系らしい中年男性が、正面を向いて映っている。顎が細く、伏し目がちで内省的な性格を思わせ、なぜかその顔は十字架のキリスト像を彷彿《ほうふつ》とさせる。

「この男は——」

『オマル・アハマトと名乗っています。サウジアラビアの王族の一員で、テロ組織の協力者とされる男の名前です。少し長いのですが、私が要約するより、そのままご覧になったほうが』

嫌な予感がして、動画の再生ボタンを押した。韮山は若い頃に米国に留学してＭＢＡを取得したこともあり、英会話には不自由しない。白い布を背景に、織物を敷いた床に座って背筋を伸ばした男が、カメラに頷きかけ、名前を名乗る。

『地球上にいる私たちに、破滅が迫っている』

——なんだこれは。

老眼鏡をかけ、韮山は眉間に皺を寄せた。

アハマトと名乗る男は、淡々と語り続ける。話題は、自然災害の激甚化、地球温暖化などの環境悪化から、資源の枯渇、人口爆発による食糧難、貧困と格差の拡大、排外主義の高まり、経済の破綻、内乱、内戦、宗教テロリズムによる絶えぬ騒乱まで、多岐にわたっている。だが、そのすべてが、「近い将来、この星が向かう破滅」を予見している。

本来なら、科学技術の進歩が未来を救うはずだったが、大国のエゴと欲望、人類の多くが自分さえ良ければいいと考えて他者に手を差し伸べなかったために、破滅の足音は着々と近づいている。

『まず海水の温度が上昇する』

この言葉は厳かに告げられた。

『深海生物が海面近くで見られるようになる。海の生物は、海水に含まれる酸素の割合が下がり、呼吸できなくなって死滅する。海面温度の上昇により台風が大型化し、被害は拡大する。農作物は台風と旱魃《かんばつ》で充分な生長を得られなくなる。これまで肥沃《ひよく》だった土地が、砂漠化する。海水面は上昇し、世界中で標高の低い土地が海面下に沈んでいく。町や村、島が地図から消える。疫病を媒介する蚊などの生物の活動域が広がり、パンデミックが発生しやすくなる。——これは予言ではない。いずれそうなることをみんなが知っていて知らないふりをしている、予定された未来だ』

アハマトが静かに続ける。

彼の、預言者めいた風貌は危険だ。即座に韮山は不安を抱いた。この男は、風貌と穏やかな口調で周囲を引きつける。動画の再生数が、二十万回を超えているのを見て、背筋が寒くなる。しかも、韮山が見ている間にも、再生数はどんどん増えている。

オマル・アハマトという名前には聞き覚えがあるが、日本国内ではさほど報道もされず、重要視されていないはずだ。サウジアラビア出身の富豪だというから、テロ組織に資金援助でも行っていたのだろう。

『今こそ私たちには、〈箱舟〉が必要だ』

アハマトは、貴い言葉を舌に載せたかのように、そっと告げた。

『それは、私たちの〈種〉を次の世代に運ぶ〈箱舟〉となる。私はそれを〈ラースランド〉と名づけた』

その言葉が、先日投稿された、自衛官の映像でも語られたことに、韮山は思い至る。

『すでに、人類の「失われつつある民族」から、三十名を超える賛同者が仲間になっている。彼らは、〈ラースランド〉とともに次の時代を築くだろう』

なんだと、と韮山は目を瞬いた。つまり、絶滅の危機に瀕《ひん》する民族が、アハマトの仲間になっているというのか。

『私は、〈ラースランド〉の独立と、あらゆる状況における他者からの不可侵を要求する』

国際連合の事務総長と、指名された各国首脳の回答を要請し、アハマトの動画は終了した。捕虜、もしくは人質について、アハマトが何も語らなかったことに韮山は気づいた。

彼はただ、自分の要求を主張しただけだ。

「なに今の。頭のへんな人？　テロリストが独立国家をつくるって言ってるの？」

孫の尊が、ジャムをたっぷり載せたトーストを齧《かじ》りながら、目を丸くして尋ねる。彼も、韮山家の方針で、子どものころから英語と中国語は会話に不自由しないよう、教育されている。現在、都内の有名私立大学の三年生だが、卒業後は米国に留学する予定だ。

——頭のへんな人か。

韮山は、尊の言葉に刺激され、考え込んだ。だが、あながちアハマトを嗤《わら》いとばすことはできない。なぜなら、いま世界中で「独立」が話題になっているからだ。

イラクとシリアにまたがる広大な地域を、一時、制圧していたイスラム過激派組織のI《ア》SIL《イシル》は、イスラム国と自称し、イスラム国家の樹立を宣言していた。

EU離脱を果たした英国も、スコットランド独立運動に悩まされている。カタルーニャ地方はスペインからの独立を主張し、クルド人はイラクとシリアからの独立を果たそうとしている。

そういう、ひとつの国家に多民族が含まれ、民族独立を果たそうとするケースばかりではない。

ミクロネーションという、「自称国家」も生まれている。たとえば、二〇一五年にチェコの政治家が建国を宣言した、リベルランド自由共和国だ。セルビアとクロアチアの国境にある、ドナウ川の中州を領土と主張している。リバタリアニズムの思想に基づき、個人の自由、経済的な自由を理想とする憲法を持つ「国家」だ。不適切とされる思想の持ち主でなければ、世界中誰でも移住を申請することができる。現在、十五万人以上が申請しているというのだから、リベルランドという仮想国家の何がそれほど人々を引きつけるのか、インターネットの時代とはいえ驚くべきことだ。

――人々が、国家に抱く期待が変化している。

たいていの人々は、自分が生まれた国や、両親どちらかの国籍にあわせて自分の国を選び、忠誠心を持つことに、何の疑問も持たなかったはずだ。

――これまでは。

だが、グローバリズムの成果だろうか。今や、国民が「国家を選ぶ」権利を持つと考えているようだ。能力のあるビジネスパーソンは、自分を高く評価してくれる企業を求め、海を渡ることをためらわない。富裕層は節税のために海外に資産を移そうとする。企業もそうだ。企業活動に適した環境を求めて、国家を転々とする。

そんな時に、アハマトのような男が独立国家を語れば、興味を持つ人間がいるかもしれない。いや、おそらく大勢いるだろう。

アハマトが語った未来は、まとめて聞くとたしかに凄《すさ》まじいが、個々には専門家も主張していることだ。ただ、アハマトは悲観的だが、韮山も含め、多くの人々ははるかに楽観的に「きっとどうにかなる」と考えているだけだ。きっと、頭のいい専門家がなんとかするはずだ――と。

アハマトの人物像が知られていないので、動画を見て〈ラースランド〉に興味を持つ人々も出てくるだろう。

「〈クラーケン〉の捜索ミッションは、もう始まっているな」

韮山は時計を見た。午前七時を少し過ぎている。ハワイ沖は、前日の正午ごろだろうか。

『はい。日本時間の午前二時に開始したそうです』

秘書が答える。

「ミッションの関係者は、この動画は見とらんだろうな」

聞くまでもないことだった。海上での作戦行動に入ってしまえば、のんびりネットの動画など見ているどころではない。

「オマル・アハマトの情報を集めてくれ。それから、この動画を誰がどこから投稿したのか、突き止めたい」

『警視庁に相談します』

「そうしてくれ。それから牛島君と能村君に連絡を取り、午前中に会議を持ちたい」

『承知しました』

指示を出している間にも、動画の再生回数はおそろしい勢いで跳ね上がり、もう四百万回を超えた。世界中で、アハマトの映像に見入っている人間がいるのだ。

『官房長官、いま民放の朝のニュースで、動画に関する第一報が流れました』

どの局かを尋ね、韮山も居間のテレビをつけた。先ほどタブレットで見たのと同じ、アハマトの顔がニュースで流れている。スタジオには軍事問題の専門家と元警察官が呼ばれ、オマル・アハマトについてや、鹿島灘沖の事件の解説をしている。韮山も知らないアハマトの情報が、テレビで流れている。

──仕事が早すぎるだろう。

韮山は舌打ちした。

「テレビのニュース番組も、誰かに全部チェックさせてくれ」

テレビ局の情報網だろうがなんだろうが、利用できるものはなんでも利用する。そうやって、この歳《とし》まで政治の荒海を生き延びてきたのだ。秘書に命じ、通話を終える。

気がつくと、妻がコーヒーを淹《い》れてくれている。いつの間にか食卓に置かれていたそれをひと口飲むと、すっかり冷めきっていた。

これから韮山が電話をかけるのは、首相官邸だ。英国で開催されたG7サミットの後、欧州各国を外遊し、三日前に帰国した。そろそろ、本腰を入れてこの件にとりかかってもらわねばならない。

*

信号を受信したのは、二時間前だった。

作戦開始の狼煙《のろし》だ。

──一世一代の大作戦の始まり、始まり。

美水は、両手をすり合わせ、ノートパソコンに向かう前に、窓の外に出した小型発電機に、真っ赤な缶からガソリンを注ぎ足して、スターターを力いっぱい引っ張り、起動した。小型発電機といっても、古いボートのエンジンなど廃材を組み合わせたお手製だ。巨大な蜂が一万匹くらい暴れまわるような、とんでもない音がする。その騒音にも、揮発したガソリンの臭気と、それを燃やした排気ガスの臭いにも、慣れっこになってきた。

慣れっこどころか、近ごろでは、鼻をつんと刺す排気ガスの臭いを嗅ぐと、なぜかうどんが食べたくなる。脳のどこかが刺激されるらしい。そういえば、子どものころ、祖母が携帯ガスコンロの火をつけて、土鍋でうどんや野菜を煮込むのを、そばで見つめていた。その記憶からの連想だろうか。

室内に戻るとしばし手を止め、こめかみから流れ落ちた汗が、頬から顎に伝い滴るのを感じた。窓から吹き込んだ潮風が、心地よく汗を冷やしてくれる。

この島の生活に、さほど不満はないが、停電だけは困りものだった。美水が好きな「賢い小さな電話」やパソコンは、電気をよく食う。

パソコンから衛星電話の回線を使い、ネットワークにつなぐ。クラウドのメールサービスにログインし、仲間への指示をメールの下書きとして書き、保存する。送信はしない。送信すると、通信網を監視しているシステムに引っかかる恐れがある。ユーザーIDとパスワードを仲間と共有し、互いに下書きを保存して通信している。

メールの内容を暗号化し、秘匿して送るアプリもあるが、美水はあれを信用しきれないのだ。あれほど、ＦＢＩの脅迫的な要請を受けても、パスワードロックは外さないと頑張ったアップル社のアイフォンですら、ある企業から高額なツールを購入すればロックが解除できることが、知れ渡ってしまった。

暗号化メールといっても、知らぬ間に復号化して内容を読まれていないとも限らない。そういう意味では、下書きでやりとりする方法すら危険だ。通信網に流れる前の下書きでも、クラウドのサーバー側が捜査機関に協力すれば、簡単に内容をチェックできてしまうのだから。この手も使えなくなったら、次はどうすればいいのだろう。

衛星電話のスマートフォンから、仲間に「笑うカンガルー」のイラストをメッセンジャーで送った。下書きを書いたという合図だ。

間髪を容《い》れず、「暴れるロバ」のイラストが飛んでくる。了解、すぐに見る。

美水は立ち上がり、開け放した窓から外を眺めた。この家は、島の北東に位置している。台形の、ほとんど高低差のない島だが、ここは島の端っこだから、窓の外はすぐ海だ。先ほどまで、さんさんと太陽の光が射《さ》していたが、風が強くなり、雲が出てきたようだ。夕方にかけて、ひと雨来るかもしれない。

窓の下は木のデッキ。そこにデッキチェアをひとつ置いてある。寝そべってビールでも飲めれば最高だろうが、今日はそれどころではなさそうだ。

*

『このあたりです』

座標を確認し、副機長のウィルが窓から外を覗く。どこまでも広がる群青色の海に、彼らが飛ばしているヘリコプターの影だけが落ち、灰色の生き物のように前進している。

シコルスキーMH－60R、シーホーク「ロメオ」。

同じくシコルスキー社のS－70B－2、シーホークの後継機として、オーストラリア海軍の次世代潜水艦ハンターと目される対潜・対艦ヘリコプターだ。探索・救難や補給支援、医療搬送などにも幅広く活用される。

『よし、高度を下げよう』

ミゲルはマイクを通じ、ウィルに合図を送った。四人の搭乗員は全員、大きなヘッドホンとマイクで会話している。でなければ、ローター音で難聴になりそうだ。

『いきなりドカンと来ないでしょうね』

ウィルが言った。冗談めかしているが、百戦錬磨の曹長が、珍しく不安を感じているのが伝わる。〈敵〉の正体や意図が、かいもくわからない。それが不安の元凶だ。米国の哨戒機が、浮上した〈クラーケン〉のミサイルで撃墜された。それに、アルゼンチンと日本の領海近くに忍び寄り、戦闘機を撃墜したそうだ。戦闘機を積んで飛ばすこともできるらしい。ウィルの心配も無理はない。

　おまけに彼は、学生時代からつきあってきた恋人と、この冬ついに結婚する予定だ。幸せの絶頂期には、なぜか不幸の匂いを嗅ぎたがるものなのだ。この春に結婚八年を迎え、六歳になる息子に毎日ふり回されているミゲルにも、いろいろと覚えがある。

『おい、下をよく見てみろ』

　ミゲルは微笑んだ。

『こんなきれいな海で、鉄のクジラが浅瀬にいたら丸見えだ。心配するな』

　ミゲルの言葉通り、海は青々と澄んでいる。潜水艦どころか、魚の大群でも丸見えになりそうだ。実際、ミゲルの視力3・0以上の目は、先ほど西に向かう銀色の魚群を見ていた。カツオの仲間だろうか。まばゆいほどの銀色の群れだった。

『そうですね』

　ミゲルの言葉を聞いて、それでもなお神経質にウィルが笑う。

　ミゲルはそろそろと高度を下げた。吊り下げ式のソナーを、海中に展開する。ヘリのローターが起こす風圧で、海水の表面が渦のようになり水しぶきが上がる。

　後部座席で、ソナーの探知員が、パッシブソナーの拾う音に耳を澄まそうとする。

『いいかげん、正体を現しやがれ。〈クラーケン〉め』

ふいに、ソナー員がハッと目を瞠《みは》る。

『機長、魚雷発射管が――』

ミゲルは、彼には聞こえるはずのない、魚雷発射管の口が開く音を、聞いたような気がした。

それは、地獄の釜の蓋が開く音だった。

『回避！』

ソナー員の言葉を聞くまでもなく、ミゲルは操縦桿を引き、ロメオの回避行動に移ろうとしていた。その瞬間に、彼を動かしたのは精緻な思考ではなく、長年の訓練により身体にたたきこまれた脊髄反射だった。

次の瞬間、ロメオは、テールブームを直撃して爆発した何かに、はじき飛ばされた。テールローターが飛び散り、姿勢を制御することもできず、でんぐりがえりをするおもちゃのヘリのように何度も回転しながら、勢いよく海水に飛び込んだ。

ミゲルの脳裏には、透き通った海と、逃げていく魚群の映像がまだ映っていた。

――そんなはずはない。〈クラーケン〉などどこにもいなかった。いれば巨大な影が見えたはずだ。

まだコックピットは浸水していない。気密性が高いので、しばらくはもつ。

「脱出しろ！」

ヘッドホンをかなぐり捨てたミゲルの叫びに応え、後部座席のふたりが、ベルトを外して脱出の準備にとりかかる。

「ウィル！」

副機長のウィルは、着水の衝撃で脳震盪《のうしんとう》を起こしたらしく、意識を失っている。肩を揺すりながら、ミゲルは彼の名前を呼んだ。

ウィルの肩越しに、黒い巨大な影が、不吉な亡霊のように浮かび上がるのが見えた。沈みつつあるヘリは、その影が排出する水の勢いで、渦に巻き込まれてさらに深く沈み込んでいく。

――そんな。どこにも見えなかったぞ。

〈クラーケン〉が、巨大な悪魔が、深海から姿を現しつつある。黒い巨体から海水を振り落とすと、悪魔は大きな口を開き、ふたつの白い胞子を吐き出した。それは、勢いよく空に舞い上がっていった。

脱出することも忘れ、ミゲルは大きく目を見開いて、その光景を見つめていた。

9

その光点がレーダーに飛び込んできた時、米国のミサイル駆逐艦「マンセン」は、長い曳航《えいこう》ケーブルを引いて曳航式アレイソナーシステム《TASS》を作動させ、割り当てられた海域をゆったりと進んでいた。

波は穏やかで風はなく、空は晴れ海面は輝く。白とグレーの翼を持つ海鳥が、艦橋上空をひらりひらりと飛んでいる。この海域にひそむと推定される、正体不明の潜水艦を探索しているのだが、現状、ソナーに感はない。

「レーダー探知！　目標一機、右百二十度方向」

コンバット・インフォメーション・センター《CIC》でレーダーを睨んでいた対空管制官は、識別コードのない光点が現れたのを見て、声を上げた。

――識別コードをセットし忘れた民間機が、うっかり迷い込んできたのではないか。

最初は疑った。

探索中の潜水艦が、戦闘機を持つ潜水空母だとは聞いているが、通常、戦闘機は単機で行動しない。

つい先ほど、オーストラリア海軍の哨戒ヘリが、潜水艦から発射されたミサイルに撃墜されたという知らせを受けた。その後、潜水艦から戦闘機と思しき小型の航空機が二機、飛び立つところも目撃されたそうだ。

――まさか、そいつらか。

「艦橋、視認できるか」

艦長が淡々と艦内電話で確認する。戦争状態にあるわけでもないのに、いきなり撃つわけにもいかない。

「目標接近！」

光点は、矢のようにまっすぐ「マンセン」に向かってくる。つい、声によけいな力がこもる。

「警告しろ。それ以上近づくと撃つと言ってやれ」

通信担当が、非常用の周波数で相手に警告を与えている。

「艦対空ミサイル《ESSM》発射準備」

「発射準備よし」

「目標さらに近づきます！」

じっと待つが、いまだ相手からの返信はない。このままでは撃ち落とすしかない。手のひらに汗が滲んだ。海賊対処でソマリア沖に派遣された経験はあるものの、対空戦闘の実戦の経験はない。

「応答ないか」

――一秒が一分にも感じられる。

相手は、ただ無言で接近してくる。このまま、こちらの艦対空ミサイルの射程に飛び込むつもりだろうか。何を考えているのだろう。さっさとミサイルを撃ってこい、と思う。

そうすれば、敵機だと認定できる。

『目標視認』

艦橋の監視要員は戸惑っている。

『形状、ドローンのようです！』

艦長が目を瞠った。無線に応じないのは当然だ。当艦は無人機の攻撃を受けようとしているのだ。

これ以上接近すれば、防空識別圏を突破される。

「攻撃開始！」

「攻撃開始」

攻撃要員の復唱とともに「撃て」と号令がかかり、垂直発射システムのセルが開く。轟音とともに船にかすかな振動が伝わり、ＥＳＳＭ――艦対空ミサイルが上空に駆け上がっていく。ここからは見えないが、一瞬、甲板上に炎と煙が広がった――はずだ。

レーダー波をドローンに照射し、ミサイルがそれを追う。正体不明のドローンが木っ端《こぱ》みじんになることを、誰も疑わなかった。

『目標、ミサイル発射』

今さら、と感じた次の瞬間、レーダーからこちらのＥＳＳＭが消失した。

同時に、レーダー上で敵の光点がいっきに増えた。

「艦橋、何ごとか！」

『ドローンが、無数の小さいドローンに分散しました！　蜂の巣から蜂が飛び立ったかのようです！』

――何がどうなった。

混乱する頭でレーダーを睨む。唸りを上げる蜂の群れが、こちらに襲いかかろうとしている。

『こちらのミサイルは小型ドローンに包まれて爆発！　閃光《せんこう》が見えました』

「主砲用意！」

艦長が指示した。ミサイルは間に合わない。主砲Ｍｋ45　５インチの砲塔が、ドローンが接近する方角にあわせ回転する。

無数のドローンが、この艦を包み込むかのように、押し寄せてくる。そのありさまは、まさに蜂の群れが敵を押し包むかのようだ。

「主砲、撃ち方始め」

「撃ち方始め！」

主砲がダーンと豪快な音を立てて砲弾を発射するたび、その反動が艦内にも伝わり、かすかに座席が震える。

こわばる指を逆の手でほぐしながら、唾を呑む。目標はもう「マンセン」の目の前だ。

『小型のドローンが数百機単位で飛んできます！』

艦橋からの報告に緊張が走る。

今や「マンセン」は、主砲のみならず、機銃などもフルに使って応戦している。たった一機のドローンが、こんな戦法を持っているとは——。衝撃音とともに、艦が大きく揺れた。

声を上げて座席からすべり落ちそうになり、慌てて卓にしがみつく。レーダーの画面から不明機は消失している。

「どうした！」

『上部甲板被弾！　あの小型ドローンは自爆ドローンです！』

「被害の状況を報告せよ」

甲板とは何重もの気密壁を隔てているのに、焦げくさい臭いを嗅いだような気がした。

「ソナー室、敵機はドローンだった。〈クラーケン〉は通信可能な範囲にいる可能性もある。探せ！」

艦長が指示を飛ばしている。気がつくと、爪が手のひらに食い込むほど、手を握りしめていた。

＊

探知開始から既に一時間。「すずつき」のソナーに反応はない。

ＣＩＣに陣取り、腕組みして部下の報告を待つ川島艦長のそばに腰を下ろし、森近は変化のない状況に焦《じ》れている。

二十分ほど前、オーストラリア海軍の対潜・対艦ヘリコプターが、〈クラーケン〉と見られる潜水艦の攻撃を受けた。救難信号を受けて、周辺にいたオーストラリア海軍と米国海軍の救難艇が急行し、乗員は全員無事に救出されたが、パイロットらの報告は、彼らの錯乱を疑いたくなるような内容だった。

吊り下げ式のソナーを下ろす際に、目視で海中を確認しても潜水艦の影も形もなかったが、直後に艦対空ミサイルと思しき攻撃を受けたという。水中にある時、〈クラーケン〉は見えなかった、と彼らは言う。ヘリを撃墜した後、浮上して戦闘機の可能性がある機体を二機、放出した。その時には、潜水艦本体が目視できた。

――見えない潜水艦なんか、あるものか。

潜水艦のステルス性能は、静粛性やレーダー波の吸収、消磁などで発揮される。そもそも潜水艦は深海に潜むものなのだから、目に見えるかどうかは重要ではない。

——だが、もしそれが本当なら。

自分たちの敵は、常識の通用しない相手なのだろうか。

川島らは、〈クラーケン〉がどこかの国の秘密兵器だと考えていたようだ。だが、それは間違いではないか。正規の軍隊は、こんな妙な戦闘はしない。

ソナーに耳を澄ましながら、しずしずと包囲網を狭めていく「すずつき」のCICは、時おり短く交わされる報告と復唱以外、無駄な会話もなく、ぴんと尖った緊張感に満ちている。

撃墜されたヘリからの報告以後、〈クラーケン〉やその戦闘機を捕捉したという報告はない。

「いずれ奴らは戦闘機を回収する。その時は必ず、〈クラーケン〉が浮上する。見落とすな」

川島が発破をかける。

「艦長、『デューイ』の艦橋から連絡です」

呼ばれた川島が立ち上がり、通信士官から無線の受話器を受け取って会話を始めた。

〈ディープ・ライジング〉全体の指揮をとる、米海軍のミサイル駆逐艦「デューイ」の艦長からだ。短く英語で言葉を交わしていた川島が、面食らったような表情を浮かべた。

「戦闘機ではなく、自爆ドローンだったということですか？」

禍々《まがまが》しい言葉の響きだ。川島はしばらく無線に耳を傾け、いくつか質問をして通信を終えた。

「――みんな、その場で聞いてくれ。〈クラーケン〉が放出したのは、スウォームと呼ばれる新型ドローンだった。普通のドローンと見せて、数百機の小型ドローンに分散して自爆攻撃を行ったそうだ。一機は米軍の、もう一機はアルゼンチン海軍の駆逐艦に突撃し、自爆した。どちらも甲板に損害が出たが、人的被害はなし。航行は可能だそうだ。探索は続行する。敵がそういう兵器を持つことを記憶にとどめておこう。以上」

スウォームという兵器の話は聞いたことがあるが、いつの間に実用化されたのか。昆虫が群れとなって動く姿に似ていることから、そう呼ばれるのだろう。

ドローンなら潜水艦から遠隔操縦していたのではないか。それなら、〈クラーケン〉は、危険を顧みず深度の浅い海にいて、通信用のケーブルを出すなどしていたはずだ。それでも見つけられなかったのか。あるいは、敵のドローンは、ＡＩで動くなど遠隔操作を必要としない自律型なのだろうか。

話を終えた川島が、こちらに目くばせした。「外にいるが、何かあれば呼んでくれ」と副長に言い残しＣＩＣを出ていくので、森近も後を追った。

「妙なことになった」

「妙な？」

「〈ディープ・ライジング〉の上層部は、深海に潜んでいる〈クラーケン〉を圧倒的な兵力で追い詰めれば、抵抗を諦めて降伏すると考えていたんだ」

潜水艦一隻に対し、各国の艦艇が集結している。当然、死にものぐるいの抵抗もありうる。だが、〈クラーケン〉には深浦たちが捕虜として捕らえられている。だから、兵力で圧倒して抵抗を諦めさせる。そういう作戦だ。

「〈クラーケン〉は、複数のビデオレターを公開した。米国をはじめ、日本や関係諸国の首脳陣に宛てたものだが、世界中がそれを見ている。〈クラーケン〉の正体は、サウジ出身のテロリストが率いるテロ組織だという話だ」

「例の〈ラースランド〉ですか」

川島が頷く。

「〈クラーケン〉にいる捕虜は、ふたりだけじゃなかったらしい。人質は少なくとも十数名。彼らの身の安全は、〈ディープ・ライジング〉にかかっている」

＊

——相手を舐めていたか。

官房長官の韮山は、心中ぼやいた。

窓側が全面ガラス張りで、明るい首相官邸の大会議室には、急遽《きゅうきょ》集められた「鹿島灘沖事案対策本部会議」のメンバーが落ち着かない様子で居流れている。この後、マスコミを入れて写真撮影を許可するが、その前に意見調整を行う必要がある。

そもそも、相手が潜水空母一隻と特定したのは、米国からの情報に基づいている。同様の被害に遭った国での目撃情報などから、その結論に達したとのことだった。所属や目的などいっさい不明のため、「海賊」として相手の所在を突き止めようとしたのだ。

——〈箱舟〉だと。

人類の種を保存するために、潜水艦を中心とした〈ラースランド〉の独立不可侵を要求するなど、とても信じられない。自分たちの要求を述べるのに動画サイトを利用するのも、いかにも現代のテロリストらしい。

普通なら動画の信憑性《しんぴょうせい》を疑うところだが、先に行方不明の自衛官の映像が出たので、疑う余地がない。

遅れてきた小嶋《こじま》総理が、汗を拭き拭き、周囲に会釈《えしゃく》して席に着いた。

一年前に行われた総裁選の前は誰も、まさか彼が総裁の座を射止めるとは思わず、総裁選の彩り、もしくは賑やかし程度にしか考えていなかった。腰が低く穏やかで、他人の意見をよく聞く。だが、他人を尊重するあまり優柔不断になりがちで、調整役としては立派にその任を果たすが、リーダーの器ではないと思われていた。

ところが、本命と見られていた前職候補に、汚職事件が致命的なスキャンダルとして降ってわき、次点と見られた若手候補は、その若さゆえに敬遠され、棚ぼたのごとく小嶋が総裁に選ばれた。

可もなく不可もなく、味方がいるかどうかはよくわからないが、とにかく敵がいない。韮山に言わせれば、政治家としてあるまじき男だ。敵がいないのは、要するに自分を主張してこなかっただけの話だ。次の選挙を戦うには、たしかにその人柄が吉と出るかもしれない。だが、おっとりした性格が、小嶋の「中身のなさ」を証明しているようにも思える。

「総理」

隣に座る韮山が身体を寄せると、小嶋はこちらの声を聞き漏らすまいとするかのように、笑顔で耳を寄せてきた。

「〈ラースランド〉は、関係諸国と個別に交渉したいと言っています」

「人質の件ですか？　身代金とか？」

小嶋が囁くような声で尋ねた。

「そうかもしれません」

テロリストと身代金の交渉はしない。

それが、原則ではある。

人質を救うために身代金をいちど支払ってしまえば、たとえその人質が解放されたとしても、金を奪うために何度でもまた人質を取ろうとするだろう。後々の被害を防ぐためにも、決してテロリストと交渉してはいけない。国によって対応は異なるが、米国、英国などは、この立場を取り続けている。

だが、〈ラースランド〉は次々に動画を投稿していた。室内で、シーツのような布を背景にして、自分の名前や国籍、職業などと、捕らえられた状況を語る男たちの動画だ。彼らは長らく捕らえられているのか、ひげが伸び、青ざめて緊張した様子で、助けを求めていた。

「まだ各国が裏を取ろうとしている段階ですが、彼らは、ここ二、三か月の間に、漁船などで操業中、事故に遭い行方不明になったと思われていた漁船員と見られています。国籍は、米国、アルゼンチン、オーストラリア、ニュージーランド、インドネシア。すべて、今回の〈ディープ・ライジング〉に参加し、〈クラーケン〉捜索に協力している国家です。各国政府が、家族に動画を見せて、本人かどうか確認させようとしています」

本人に違いないと、韮山の勘は言っている。その場合、各国がみな、断固とした姿勢でテロリストとの交渉を蹴ることはできるだろうか。家族の嘆願や世論の圧力に負け、足並みがそろわず、隠れて交渉に入ることはないだろうか。

わが国も同じだ。捕虜ふたりの解放について、外務省などに嘆願が寄せられているそうだ。もちろん、ツイッターとやらでは、身代金を支払ってでも解放させるべきだという意見が躍っている。捕虜になった自衛官は、訓練中に実弾を積んでいない戦闘機で被害に遭った。おまけに、どこから漏れた話なのか、後輩を救うために自分が囮になったのだともいう。世論は、そういう美談に弱い。

「その潜水艦に、人質が全員、乗っているのは間違いありませんか」

　小嶋が首をかしげ、尋ねた。

「彼らはそう主張しています」

「私も一応、動画には目を通したんですが、人質解放の交換条件が問題ですね」

「今のところ、公式には〈ラースランド〉の独立と不可侵を要求しています」

「彼らは、その昔ＩＳが宣言したように、新しい独立国家を建設するつもりかな」

　ＩＳ、ＩＳＩＬ、ＩＳＩＳ《アイシス》、ダーイシュ、イスラム国など、いくつもの名前で呼ばれるイスラム過激派組織は、シリアからイラクにまたがる地域を武力により制圧し、独立国家を樹立したと宣言した。イスラム法により地域を統治し、税金の徴収まで行っていたと言われる。

　だが、〈ラースランド〉を名乗る彼らは、統治すべき土地すら持たないはずだ——潜水艦以外には。

「リーダーのオマル・アハマトは、母国のサウジアラビアから、テロ組織の支援者として国際指名手配されています。世界中のどこにも、居場所がないのです。だから潜水艦ひとつで逃げ回っているだけのことでしょう。種の保存だの独立云々《うんぬん》は、苦し紛れの言い訳ですよ」

ひょっとすると、人質の解放と引き換えに、土地を要求するつもりかもしれない。彼らは〈ラースランド〉の独立を要求したが、それが潜水艦であるとはひとことも言っていない。

「何にせよ、人質の人命救助を最優先事項にしましょう。〈ラースランド〉を叩くのは、それからでも遅くない」

韮山はあいまいに頷いた。

自分の決断で人が死ぬ。政治家たるもの他人の命に冷淡であれとは言わないが、時にはそんな決断を下さざるをえない場合もある。

――小嶋に、それができるだろうか。

韮山の胸に、その危惧が浮かんだ。

テーブルの向かい側で、牛島防衛大臣の周囲に慌ただしい動きがあった。駆け込んできた防衛省のスタッフが、牛島にメモを渡し、何か告げている。頷いて聞いていた牛島が、闘牛のようないかつい顔を上げた。

「――ただいま、リムパック参加中の護衛艦から情報が入りました」

潮が引くようにざわめきが静まる。

「オーストラリア海軍の哨戒ヘリコプター一機が、〈クラーケン〉と見られる潜水艦のミサイル攻撃に遭い、撃墜されました。また、潜水艦から飛び立った二機のドローンが、米海軍とアルゼンチン海軍の駆逐艦をそれぞれ自爆攻撃したそうです」

「海上自衛隊の被害は？」

息を呑む会議室内をよそに、小嶋が尋ねた。

「現在のところ、ありません」

次いで、官邸スタッフが駆け込んできて、米国大統領が、リムパック参加中の艦艇への攻撃に対し、攻撃者が恐怖に震えるほどの反撃で応じてみせるとの声明をツイッターで出したと報告した。

——あの大統領は、またツイッターか。

それに、いつもながら、おおげさで馬鹿げた文言だ。苦虫を嚙み潰したような顔で、小嶋を見る。彼は、しばし首をかしげていた。

「——今後、〈クラーケン〉を攻撃、あるいは拿捕《だほ》する法的根拠はどうなりますか」

韮山は身を乗り出した。

「海賊対処法の範囲内で対処できます」

二〇〇九年に成立した、「海賊行為の処罰及び海賊行為への対処に関する法律」だ。二〇〇八年ごろから、ソマリア沖、アデン湾、インド洋などにおいて、航行中の船舶が海賊等に襲撃される事件が相次いだ。

　それまで、国連海洋法条約に定められた海賊行為への対処と、海賊の支配下にある船舶もしくは航空機を拿捕するための国内法が整備されていなかったが、海賊対処法の施行により、被害者と海賊の国籍を問わず、処罰することが可能になった。海賊行為は海上保安庁が対処するが、特別な必要がある場合には、防衛大臣が内閣総理大臣の承認を得て、自衛隊に海賊対処行動を命ずることができる。

　これを受け、二〇〇九年より海上自衛隊がアデン湾において海賊対処行動に従事したほか、各国の海軍からなる有志連合海上作戦部隊《CMF》の第151連合任務部隊《CTF151》にも参加し、二〇一五年五月から八月にかけて、海上自衛官がＣＴＦ１５１の司令官に就任した。

「〈クラーケン〉は、リーダーのオマル・アハマトの宣言によれば、軍艦や各国政府が保有する船舶とは認められない、テロリストの私的な船舶――潜水艦です。海賊対処法の『海賊行為』の定義は、そういった船舶が公海もしくはわが国の領海内で、暴行や脅迫を用い、財物を強奪したり、人質を得て何らかの要求を行ったりすることを含んでいますから、まさに今回のケースに当てはまります」

「いま現在、リムパック参加中の艦艇やヘリを襲撃しているのが、自衛隊機を撃墜して人質を取った〈クラーケン〉だという証明は可能ですか」

「――現時点での証明は困難ですが、現在の状況に対して、必ずまた〈クラーケン〉から何らかの働きかけがあると見ています。その時には、人質を取り要求を行う〈クラーケン〉と、リムパック参加艦艇に攻撃的態度をとる潜水艦とが同一であることが明らかになるでしょう」

なるほど、と小嶋も頷いた。

「リムパックに参加中の艦艇が、たった一隻の潜水艦を相手に被害を出していることが気にかかります。テロリストが潜水艦を保有しているのも、妙な話だと思いませんか。彼らが自称する通りのテロリストではなく、背後にいずれかの国家がいる可能性もある。そのあたりの情報は？」

「まだ何も。しかし、オマル・アハマトの正体ははっきりしていますから、情報収集に手を尽くしています」

「アハマトを甘く見ていたのではありませんか」

ただのテロリストと考えていたことは確かだ。韮山はしぶしぶ同意した。

「まあ、確かに。私もそれは反省しています。個別交渉の要求の件ですが――」

「慎重に進めましょう。アハマトが個別交渉を呼びかけた各国が、どう対応するつもりなのか、感触は得ていますか」

「米国は、テロリストと交渉はしないと早々に宣言しました。残りは、まだ様子を見ている国が多数派です」

早期に行われた米国の宣言は、足並みをそろえるよう他国に圧力をかける結果となっている。だが、米国はすぐにでも〈クラーケン〉を捕らえられるつもりでいたのだ。このしぶとい抵抗は予想外だったろう。

小嶋が、たるんだ顎を撫でた。

「彼らの要求には応じないまでも、〈ラースランド〉と直接、会話できるチャネルは温存したいですね。何といっても、向こうは人質の命運を握っている。連絡方法は何と言ってきたのですか」

「首相官邸宛てに、メールが届きました。メールでのやりとりを希望しているようです」

「そのメールが、本当に〈ラースランド〉からのものだという確証は取れてますか。成りすましの可能性もあるでしょう」

——リーダーは、あまり細かい点にまで口を出さないほうがいいんだが。

韮山は苛立ちを隠し、頷いた。

「自衛官ふたりを撮影した写真が添付されておりまして。公開された動画にはないアングルの写真です。本物だと判断しました」

「メールでやりとりをすれば、米国には他国の交渉内容が丸見えになるでしょうね」

米国が、自国のIT企業から利用者の通信データを取得していることは、公然の秘密とされている。米国はただメールの内容を見守るだけで、他国と〈ラースランド〉とのやりとりを監視することができるわけだ。

「暗号化メールでのやりとりを提案します」

「そうしましょう」

やっと満足したように、小嶋が椅子の背に深くもたれた。会議の他の参加者とも言葉を交わしながら、小嶋はいちいちメモを取っている。

韮山は不安をかきたてられた。小嶋はこの先も、〈クラーケン〉事件について自分が何もかも把握して、口を出すつもりだろうか。

10

電子音とともに、「ロデオをするカウボーイ」のイラストがメッセンジャーに届いた。合図だ。

「はいよ、っと」

ここ数時間、美水はCNN、BBCといったニュースサイトや、各国の新聞報道、ツイッターのお喋りスズメたちの喧騒《けんそう》を追いかけていた。

リムパックに参加中のオーストラリアの哨戒ヘリが、正体不明の潜水艦に攻撃されたというニュースが、駆け巡っている。

当事者のオーストラリアをはじめ、各国が謎の潜水艦を非難する声明を出した。SNSでは、潜水艦の正体についてさまざまな憶測が飛び交い、「中国の潜水艦が、リムパックを監視中に誤って攻撃したのでは」などという的外れな意見も散見され、美水をにやにやさせた。

「ついに始まっちゃったなあ」

報道は、謎の潜水艦が、数週間前に日本の、昨年末にはアルゼンチンの戦闘機を攻撃したのと同じものの可能性が高いと報じている。「謎の潜水艦」への敵意を煽っているようだ。米国は、国連の安全保障理事会にも諮《はか》るとしていた。

美水は、仲間との通信に使っているメールの「下書き」フォルダーを覗いた。

自然に笑みがこぼれ、何度も頷く。

——さっそく、接触があった。

米国の「テロリストとは交渉しない」宣言は、予想の範囲内だ。他の国々は、人質の動画を確認し、家族らの証言から間違いなく当人であるとの確証を得て、重い腰を上げ始めている。オーストラリアとニュージーランドが、人道的見地に立ち人質を解放するよう説得しつつ、こちらの要求を尋ねてきたのだ。

残念ながら、美水の故国、日本からは、まだ何の連絡もない。真っ先に自衛官の動画を公開したので、準備する時間はたっぷりあったはずだ。一抹の寂しさを覚えたが、これも想定内ではあった。日本はいつもの通り、米国の方針に追随するだろう。

――捕まるなよ。

今ごろ、南太平洋で各国海軍と追いかけっこをやっているはずの、〈箱舟〉を思う。先日、マーシャル諸島の沖合で、米海軍らしき潜水艦にあやうく見つかりそうになった時から、敵は包囲網を狭めてくるとアハマトも予想していた。だから、大急ぎで人質を島のキャンプに移動させたのだ。

――もう引き返せない。

「ヨシミズ？」

その声に慌てて振り返ると、ノックもせずに部屋に飛び込んできた少女が、クリップボードをひらひら振っていた。

「サルマー。この部屋には来るなって！」

「缶詰と水は準備できた。港の倉庫に置いてある。〈箱舟〉は、次はいつ寄港できそう？」

この島では、彼女は島の娘のように、カラフルなTシャツに色あせたジーンズを穿き、爪をオレンジ色に塗った足にはサンダルを引っ掛けている。島の娘と違うのは、彼女が誰よりもすっきりと痩せていることだ。どんな衣装に身を包んでいても、彼女はサルマーだった。そこにいるだけで、太陽のように明るく周囲を照らし、満たしてしまう。

美水は立ち上がり、彼女の背中を優しく叩いて、部屋の外に連れ出した。自分たちがやっていることを、彼女には見せたくなかった。アハマトは、彼女がせめて十五歳になるまでは、詳しいことを教えたくないと言っていた。

「よくやったな。次の寄港日が決まれば教えるよ。他のみんなは、うまくやってるか？」

「うん。問題ない」

〈箱舟〉に乗り込む仲間は、寄港するたびに四分の一ずつ、交代させている。航海が長引くと精神的にも肉体的にも疲労が蓄積し、外の空気を吸わずにはいられなくなるのだ。そして、水や食料、日用品など必要なものを整える。とは言え、今回は少し特殊だ。

「それじゃ、しばらくカーラおばさんのところで遊んでるといいよ。後で俺も行く」

「うん！」

弾むようにサルマーが階段を駆け下り、道路に駆けていく。

島できちんと舗装された道路は、首都の中心を貫く、このメインロードだけだ。道路の向かい側にある、島で唯一のホテルとは名ばかりの民宿のような建物から、恰幅《かっぷく》のいいカーラが姿を現し、飛びつくように近づいたサルマーを、可愛くてしかたがないようにぎゅっと抱きしめた。こちらに気がついて、「ヨシミズ！」と言いながら手を振ってくる。美水も頷いて手を振り返す。

人口二千人ほどのこの島の住民は、みんな愛想がいい。芋と野菜を栽培し、海で魚を捕って生きてきた十九世紀まで、貧しいが陽気な生活を送ってきた。二十世紀に入り、島で採れるリン鉱石をオーストラリアに売って儲《もう》けた。ナウルによく似ている。

ナウルと異なるのは、島がさほど大きくなく、リン鉱石の量も知れていて、急激に豊かになることがなかった代わりに、リン鉱石を掘り尽くしても突然貧しくなることはなかった点だ。それに、この島の人々はリン鉱石が農業に必要な肥料だとよく知っていた。

肥料の三要素は、窒素、リン酸、カリ。窒素は植物の生長を促し、カリは根を発育させ、リン酸は開花結実を促す。作物の収量を増やすためには、リン酸は欠かせない。

ナウルが採掘しやすい場所にあるリン鉱石を掘り尽くし、農業をおろそかにしてしまったことを思えば、この島は足が地に着いた状態で、地道に暮らしを立てている。

いちばん近くの島嶼《とうしょ》国家とは二百キロは離れているが、オーストラリアへ定期的に物資を積んで往復する船が出ている。昔はフランス領で、第二次世界大戦時には一時的に日本軍に占領された。その後、独立して経済的にはほぼ自立できている。

アハマトがここに〈ラースランド〉の拠点を置くことにしたのは、慧眼《けいがん》だった。

太平洋にある島嶼国家の例にもれず、この島も先進諸国から経済援助を受けている。だが、今のところその内容は港湾設備の整備などに限られ、外国の資本や人手が深く入り込んではいない。観光資源も少なく、海外からわざわざ訪問する物好きもいない。つまり、島には外国人がいない。

――美水たち以外には。

この島の人々が、アハマトと〈ラースランド〉の野望を受け入れたのには、事情があった。

人口二千人のこの島は、ゆるやかな高齢化と人口減少にさらされている。おまけにこの先、温暖化による海面上昇が、深刻な被害をもたらすことが予想されている。

ゆっくりと、消滅に向かいつつある島なのだ。島の住人たちは、ただ従容《しょうよう》とそれを受け入れるつもりでいた。諦めていたのだ――アハマトに会うまでは。

島の未来も、〈ラースランド〉に託されている。

美水はパソコンに戻り、各国政府に出す要求メールを書き始めた。この後、どう交渉するかは、アハマトと繰り返しシミュレーションして、検討済みだ。

美水が島にいる間は、アハマトと連絡を取ることはできない。だから、ふたりが一心同体であるかのように、離れていても同じ論理で物事を考えられなくてはならない。長らくアハマトと暮らし、語り合ううちに、その自信もついた。

(――私がいなくなっても、ヨシミズがいれば大丈夫だ)

そんなことを言うアハマトに、縁起でもないと目を吊り上げると、彼はただ静かに微笑んでいた。

メールの内容を、「下書き」フォルダーに保存すると、ホッと吐息を漏らし、メッセンジャーでイラストを送信する。「笑うカンガルー」。

深海に潜り、じっと好機を窺っている〈箱舟〉に、思いを馳《は》せる。

〈箱舟の〉周囲を取り巻く海水の、ひんやりとした冷たささを感じ、身震いした。

＊

これだけの艦艇が、たった一隻の潜水艦に振り回されていることに、森近は驚きを禁じえなかった。

艦艇は包囲の輪を縮めているが、いまだ〈クラーケン〉発見の報告はない。

——もう、やつは囲みを出てしまったんじゃないのか。

それが一番の不安材料だ。

「すずつき」のCICは、長時間にわたる探索が続き、集中力の衰えも見え始めている。

〈ディープ・ライジング〉のミッション完了時は、「デューイ」の艦長から連絡が入るはずだが、いまだその気配はない。

自爆ドローンによる被害も出て、〈クラーケン〉を拿捕しなければ、収まりがつかなくなっているのかもしれない。

「艦長、『デューイ』からです」

川島が無線の受話器を受け取り、「デューイ」の艦長と話し始めた。何かに驚いたように、川島が強く否定し、それから笑いだした。

「まさか、そんな情報を信じているわけではありませんよね。敵の攪乱《かくらん》でしょう」

しばらく話して席に戻った後も、川島は苦笑いを隠さなかった。

「『デューイ』は何を言ってきたんですか」

副官が興味深い様子で尋ねる。川島は唇をへの字にした。

「〈クラーケン〉は、各国と人質返還の交渉に入ったらしい。人質を無事に返すかわりに、この囲みを解けと要求している」

「そんな交渉に応じる国がありますか」

驚いて、森近も身を乗り出した。逆に、〈クラーケン〉がそういう交渉を始めたということは、〈ディープ・ライジング〉が、きっちり敵の潜水艦を包囲しているということだ。あと一歩で敵を拿捕できるかもしれないのに、逃がす手はない。〈クラーケン〉さえ捕まえれば、人質を無事に解放できる。

「わからんが、『デューイ』は疑っているようだ。米国以外の艦が、〈クラーケン〉を探すふりをして、実は逃がす気でいるんじゃないかとな。今の電話で、こちらの意思を再確認してきた。本国から、『デューイ』に情報が入ったらしい」

米国は、〈ラースランド〉と各国の交渉の状況を、監視しているのかもしれない。

「――〈クラーケン〉の狙いが、疑心暗鬼に陥らせてこちらの足並みを乱すことなら、まんまと策にはまっていますね」

「そういうことだ。まあ、『デューイ』の艦長は、海軍兵学校出身の切れ者だからな。すぐに頭を切り替えるだろう」

艦艇のソナー、ソノブイ、哨戒機や哨戒ヘリなど、あらゆるリソースを活用し、〈ディープ・ライジング〉に参加する国々が足並みをそろえて〈クラーケン〉を追い詰める。だが、そのなかにひとつでも、敵側と通じて見逃す密約をした艦艇がいれば、この作戦自体が茶番になってしまう。そんな艦艇が実在しなくても、疑いを抱いた時点でこの作戦は崩壊したに等しい。

もう敵は逃げた後ではないか？

これだけ真剣に探して見つからないのは、誰かが囲みを解いて逃がしてやったからではないか？

疑いが募れば、探索の意欲も落ちる。

「実際、どうなんですかね。やつを逃がす密約をした艦がいるんでしょうか」

副官が尋ねると、川島が呆《あき》れたように首を横に振った。

「まさか。そんな取引をしたところで、相手の艦の位置が〈クラーケン〉にわかるはずがない。無意味だよ」

——その〈クラーケン〉の中に、クロウがいる。

「なんだ。心配そうだな」

川島がこちらを見て眉を上げた。どう説明したものかと、森近は唇を噛んだ。

「――〈ディープ・ライジング〉のミッションは、〈クラーケン〉の拿捕です。ですが、想像していたよりも、相手は何というか――」

「ずる賢い？」

「それに、予想外の技術力を持っているようですね。見えない潜水艦に自爆ドローン。自分たちを襲撃した戦闘機が、潜水艦に積まれているのかどうかもわかりません」

「で、要点は？」

川島がにやりと笑う。森近はため息をついた。

「うっかり撃沈することがないようにお願いしますよ。それだけです」

「――それは肝に銘じている」

川島が表情を引き締めた。

――クロウのやつ、今ごろ何を考えてるんだろうな。

戦闘になれば、捕虜といえども影響を受けないはずがない。あの男のことだから、悪態をつきながら陽気に耐えているだろうか。

手にできたマメが潰れて、血が滲んでいる。ふだん使わない筋肉が、ぎしぎしと悲鳴を上げた。

＊

深浦はツルハシを置いて肩を回した。全身が筋肉痛だ。ポウが呼んだ。

「テントで休め。他のやつらとは口をきくな」

何時間、畑を耕す仕事をしていたのか、正確にはわからない。三時間、ひょっとすると四時間。

テントの入り口で、アルミの深皿に入った豆料理と、ぬるい水を配られた。水は衛生状態に不安を感じたので、様子を見るまで飲まずにおいた。豆料理はスパイスがきいている。身体を動かした後では、何でもご馳走《ちそう》だ。水を飲みたくてしかたがないが、飲んで腹をこわすのは願い下げだった。

他のやつらとポウが言ったのは、畑で作物の世話をしていた男たちだ。テントにいるのは、深浦を入れて八名だった。どこから来たのか知らないが、日焼けして肉体労働になじんだ身体つきで、衣類は少々薄汚れていた。深浦の存在が気になるらしく、ちらちらとこちらを見る。

「――」

ポウがテントを出て行くと、彼らの視線も傍若無人になった。深浦は、ちらりとテントの外に視線を配ってから、水のグラスを持ち上げて、彼らに尋ねた。

「この水、飲んでも大丈夫かな」

男たちは顔を見合わせ、「大丈夫」と言うように頷いた。耳を澄ましたが、話し声を聞きつけてポウが戻ってくることはなかった。

「俺はクロウだ。よろしく」

男たちはどこか牽制しあうような表情で顔を見合わせていたが、中のひとりが意を決したようにこちらに頷きかけた。四十歳前後に見える、茶色い髪と顎ひげを短く整えた男で、泥だらけの顔に、強い光をたたえた目をしている。

「ルカだ」

「あんたたちも、アハマトの捕虜なのか？」

英語で会話が成立しそうで、俄然《がぜん》張り切る。他の男たちは、彼らのやりとりを興味深く見守っている。とりあえず、ルカをスポークスマンに決めたようだ。ざっと見たところ、彼がもっとも年長のようだ。

「俺たちは、船で漁に出ていた。海で捕まったんだ」

ルカが、短い顎ひげを掻《か》いた。

「彼らは、民間人まで人質にしているのか」

「あんたは違うのか」

「俺はパイロットだ」

航空機の操縦桿を握る真似をすると、ルカが目を丸くした。

「一緒にいた仲間と引き離されたんだが、どこに行ったかわからないか」

「他にもいくつかテントがあるはずだ。たぶんそちらにいるんだろう」

漠然と外を指さす。

話を聞けば、彼らはオーストラリアの漁師で、ひとりを除き、みんな同じ船に乗っていた。そのひとりも別の船に乗っていて、捕まった漁師だという。

「――あんたも本当に捕まったのか。あいつらの仲間じゃないんだな」

疑っているのか、ルカは慎重だった。彼らを味方につけなければ、キャンプの様子を知ることも、脱出を画策することも難しい。

「日本で航空機に乗っている時に、撃ち落とされて捕まったんだ。証明は難しいが、もちろんあいつらの仲間じゃない」

ルカは頷き、考え考え、自分たちが置かれた状況の説明を始めた。

拉致された理由も、いつ帰らせてもらえるのかもわからず、ここで二か月以上、働かされている。家族が心配しているだろうから、早く国に帰りたい。だが、彼らは自宅への連絡を許可せず、自分たちは人質だから、よけいなことを考えずに農作業をしていろと言われている。

——二か月とは。

たった二週間あまりでも、家族とF－15DJのシートが恋しい深浦は、渋面《じゅうめん》になった。

「来たばかりだが、俺も早く帰りたい」

深浦のぼやきに、男たちがため息をついて同意するように頷く。

外で足音が聞こえ、彼らは黙ってスプーンを口に運んだ。足音はテントに近づき、そのまま遠のいていった。誰も、中を覗きこみもしなかった。

空になった食器を抱えて立ち上がったルカが、深浦のそばで腰をかがめ、耳元に口を寄せて素早く囁いた。

「——後で、少し話そう。夜のほうが安全だ」

深浦は、かすかに頷いた。今はまず、この島とキャンプについて知ることが大事だ。カイトがどこに連れて行かれたのか探り、なんとかして連絡を取らなければ。

ルカと少し離れて、食器を洗うために外に出ると、パリパリというプロペラ音が遠くから聞こえ、驚いて空を見上げた。

——セスナだ。

民間機のようだ。この島に空港があるのだろうかと、食い入るように見つめていると、海の向こうから島の上空に近づいてきて、高度を下げて周回し、再び高度を上げて飛び去った。

「——何だ、今のは」

呆然と見送る。まるで、島を偵察するかのような飛び方だった。ひょっとして、この島に捕虜のキャンプがあると、誰か気がついたのだろうか。

「食べたら、さっさと仕事に戻れ」

いつの間にかポウがテントの外にいて、弓を鞭《むち》代わりに振り回しながら、横柄にみんなを急がせている。深浦はもう一度だけ空を見上げ、食器を洗うために、水を溜めてある桶《おけ》に近づいた。水は残り少なく、底に三分の一ほど溜まっているだけだった。なんだか白っぽく濁っているようで、衛生状態は不安だ。

視線を感じて振り返ると、ポウがこちらを鳥のような目つきで睨んでいた。お前の考えていることなどお見通しだと言わんばかりの、鋭い目つきだった。

——見てろよ。

自分は、浅はかな期待はしない。だが、絶対に希望は捨てない。何があっても、生きて国に戻ってみせるつもりだ。

＊

「撮れたか？」

「ばっちりだ」

「ＯＫ、次の島に行こう」

セスナ・キャラバンの操縦席のパイロットは、機首を上げつつ、島から離脱すべく西にバンクを取った。

機体は米国の広告会社の所有で、ふだんは空撮や遊覧飛行にも使われている。今回のフライトは、公式には広告に使用する映像撮影のためと届け出ていた。だが、パイロットとその隣にカメラの機材を抱えて座る男は、米空軍に所属している。

彼らはいま、二度にわたる遭遇地点から、〈クラーケン〉がこの五日間に到達した可能性のある範囲を割り出し、その中にある島々を、海岸線を中心に偵察している。

潜水艦だって補給が必要だ。乗員の息抜きや交代も必要だろう。メラネシア、ポリネシア、ミクロネシアなどには、太平洋諸島フォーラムに参加する十六の島嶼国家と二つの地域が含まれている。そのどこかに、彼らの補給基地があるのではないか——。

突拍子もない考えのようだが、可能性はある。点在する島嶼国家は、地理的にハンディを背負い、発展から取り残された国が多い。経済的に破綻し、先進諸国からの援助に頼る国もあるなか、〈クラーケン〉が彼らの弱みにつけこむ可能性もゼロではない。

衛星写真も活用して分析するが、より詳細な映像を得るため、こうしてセスナでの空撮を敢行しているのだ。補給基地があるなら、港湾施設などにそれらしい設備があるかもしれない。

「今の島は、期待できそうにないな」

隣の席の男が、撮影した動画を手のひら大のモニターで見直しながら呟いた。

「そうか？　どうして」

「畑と丸太小屋ばかりのようだ。島のサイズも小さすぎる」

「たしかに小さかったな。だが、滑走路があったぞ」

島を貫く、まっすぐな黒い滑走路を間違いなく見た。

「あれが滑走路か？　ただの道路みたいだが」

隣の席の男が首を振る。なるほど、道路か。言われてみれば、そうなのかもしれない。管制塔らしいものは見なかった。

パイロットは無言で速度を上げた。日が落ちる前に、あといくつかの島を撮影してしまうつもりだった。

11

「すずつき」のソナーには、二度ほど感があった。音紋から米国の潜水艦だと判明すると、一瞬、期待で盛り上がりかけたＣＩＣは再び平静に戻った。一度めは森近も固唾《かたず》を呑んでレーダーを見守った。二度めになると、期待しないように自分に言い聞かせた。

包囲網は、徐々にその半径を狭めているのに、〈クラーケン〉の反応はない。焦りは禁物だとわかっていても、焦れる。

「敵は、かくれんぼのうまい艦だな」

艦長の川島が憮然《ぶぜん》と顎を撫でる。受話器を上げて何か話していた副官が、川島を見た。

「艦長、艦橋が何か発見したようです」

「何かとは」

「ボートが接近中だと言ってます」

「ボート？」

ＣＩＣを出て甲板に駆け上がっていく川島に、森近も続いた。

「どこだ」

双眼鏡を片手に大海原を捜す。ＣＩＣにこもっていてはわからない、真っ青な海だ。

艦橋を飛び出してきた航海士が、「あそこです」と指をさす方向を見れば、うっかりしていれば見逃しそうな、小舟が漂流している。波に揺られて、こちらに少しずつ接近している。発煙筒らしいスモークが上がり、発見を助けたようだ。

「——誰か乗ってるな。死体か？」

双眼鏡を覗いた川島が、警戒心をあらわにして呟いた。森近も双眼鏡を借り、ボートを観察した。ＦＲＰのボートに、外付けのエンジンをつけただけの、簡易な代物だ。そこに、人間がふたり横たわっている。白いシャツに灰色のズボンが見えた。男のように見える。

「手が動いています。生きてますよ！」

思わず森近は叫んだ。

川島の判断は早かった。

「ボートを下ろせ。五人で行って、舟ごと引き上げてこよう。ただの漂流船かもしれないが、このタイミングでは気になるな。〈クラーケン〉の罠かもしれん。警戒を怠るな」

にわかに甲板が活気づく。

「——艦長、私も行っていいですか」

森近が申し出ると、川島はにやりとした。

「なんだ、もう退屈したのか」

「ここにいても役に立てないので」

「行っていいぞ。俺に直接、現場の様子を教えてくれ」

舷側に吊り下げたボートに乗り込み、ウインチで海面に下ろしてもらう。同行する四名の海上自衛隊員は、それぞれ自ら手を挙げた者ばかりだった。先任伍長の村野《むらの》曹長が指揮をとり、ボートの舳先を漂流船に向ける。

近づくと、こちらのエンジン音が聞こえたのか、男たちが起き上がって周囲を見回した。船を見つけ、手を振って口々に叫んでいる。

「助けてくれ！」

ふたりは英語で叫んでいる。よく見れば、ひげや髪が伸び放題に伸びている。疲れた表情も気になった。

「どうしました？　救助が必要ですか？」

村野曹長が声をかけると、彼らはボートのへりにしがみつくようにして頷いた。

「俺たちはオーストラリア人の漁師だ！　おかしな奴らに捕まって、何週間も人質になっていた」

思わず、あっと叫ぶところだった。

――〈クラーケン〉の人質か。

「さっき、やっとこの舟に乗せられて、行っていいと言われたんだ。やれやれ、このまま死ぬのかと思った！」

男たちは、抱き合って涙を流しながら喜んでいる。

「待ってくれ。君たちは潜水艦に乗せられていたのか？」

「潜水艦？　よくわからないが、真っ黒で窓のない、変な船だった」

だが、森近が周囲を見渡しても、〈ディープ・ライジング〉に参加している艦艇とそのヘリコプターなどが見えるばかりだ。潜水艦など影も形もない。

──いったい、このボートはどこから来たんだ？

こんな小舟では、長い距離を移動することはできない。小舟に乗っているのは人質だったというふたりだけだった。

──この舟は、〈ディープ・ライジング〉包囲網の外から来た。

つまり、〈クラーケン〉は、すでに包囲網を脱出した後なのだろうか。

＊

首相官邸の大会議室に集まった「鹿島灘沖事案対策本部会議」のメンバーの間に、とまどう空気が流れた。

「海上自衛隊の護衛艦『すずつき』が、オーストラリア人の人質がふたり、ボートで漂流しているのを発見し、救助しました」

牛島防衛大臣が報告すると、会議室の内部がざわめきに満ちた。

——身代金を払ったのか？

作戦の最中に、他国が足並みを乱すとは不本意だ。韮山は、眉をひそめて続く言葉を待った。

「〈ラースランド〉の名前で新たな動画が投稿され、彼らの〈箱舟〉——つまり〈クラーケン〉は、既に包囲網から脱出したと宣言しているそうです。その証拠として、人質の一部を解放したと言っています」

〈クラーケン〉脱出の報に、会議室の中に悲愴《ひそう》感が漂う。韮山は身を乗り出した。

「証拠とは、どういう意味ですか」

「つまり、潜水艦を浮上させないと、人質を外に出せないからでしょう。囲みを出て、浮上して人質を解放したんです」

〈ディープ・ライジング〉作戦は、効果がなかったということですか？」

「そんな馬鹿な！　半日かけて、何をやっていたんだ」

「いや、かんたんに脱出できたはずがない。〈ラースランド〉のペテンじゃないか」

「オーストラリア人の人質ふたりは、ずっと船に閉じ込められていたと言っているそうです。彼らの証言から、潜水艦の内部にいたことは間違いないと思われます」

皆が口々に好き勝手を並べて騒がしくなるのを、小嶋が手を上げて制した。

「〈ラースランド〉は、口先だけでなく、人質を解放する気があるようだ。韮山さん、〈ディープ・ライジング〉とは別に、彼らとの交渉の余地についても探ってください」

韮山はしぶしぶ頷いた。同時に、彼らが現時点で人質の一部を解放したのは、この反応を各国から引き出したかったからではないかと、頭の隅で考えた。

＊

オーストラリアの漁師たちは、すっかり人質生活に順応しているように見えた。

日没までは、兵士の監視のもと畑仕事に励む。手元が見えにくいほど薄暗くなれば、ポウが作業終了の合図を出し、道具を片づけてテントに戻る。点呼を取り、全員がテントに戻ったことを確認すると、缶詰の食事を摂り、一日が終了だ。魚油のランプはテントにひとつ与えられているが、肝心の魚油の量が限られていて、食事のあとは一時間ほどもすれば炎が消えて真っ暗になった。

その前に、ポウが兵士を連れて現れ、人質の足と足を、足枷《あしかせ》でつないでいった。

「逃げるなよ。ひとりでも逃げれば、同じテントの連中を皆殺しにするからな」

深浦にだけ、ポウがわざわざ告げたのは、逃げそうだと思われたのだろうか。

足枷に触れてみると、全員の片足を頑丈な鎖でつないである。

「――なんだよ。みんなで二人三脚でもしろってことかよ」

　この足枷を壊すには、器具が要りそうだ。深浦がぼやいていると、毛布にくるまったルカが、身を寄せてきた。漁師らのリーダーは、知らぬ間にさりげなく深浦の隣に陣取って、足枷につながれたらしい。

　ランプの火が消え、テントの出入り口から漏れる月明かりだけが、ぼんやりと内部を照らしている。

「びっくりしただろ。夜はこんな状態だから、連中の見張りもめったに回ってこないが、小便するのもひと苦労だ」

　声をひそめて話しかける。他の連中は脱出を諦めているのか、こちらの会話に興味がなさそうに、毛布にくるまって目を閉じている。夜のほうが安全とルカが言ったのは、こういうことだったのか。

「人質のテントはいくつあるんだろう？」

　深浦の問いに、彼は首を振った。

「はっきりは知らん。昼飯の時間帯に、煙が上るのを数えたら、七本までは見えた。だが、兵士の連中も火を熾《おこ》すだろうからな」

「俺はもうひとりの日本人と一緒に来たが、班は別にされた。もうひとつ、テントがあるのは確かだな。逃げようとしたことはないのか？」

驚いて目を剝いたので、月明かりにルカの白目が光った。

「あるわけないだろう。向こうは銃を持ってるんだ」

「だが、人数を見てみろ。こっちのほうが、はるかに多いじゃないか」

ルカが首を横に振った。

「ひとりで逃げれば、仲間が殺される。このテントに、ひとりだけ別の船の漁師がいるだろう」

ルカのグループとは別に、表情の冴えない男がひとりいた。他の漁師たちと打ち解けず、言葉も交わさない男だ。

「あいつは、前は他のテントにいたんだ。あいつだけ逃げようとして、捕まった。前のテントの連中は、あいつ以外、みんな射殺されたんだそうだ」

「逃げた奴だけが生きてるのか？」

「ポウがそう言ってた。見せしめだって」

それはまた、穏やかならぬ話だ。その話が本当なら、あの男の表情が陰鬱《いんうつ》なのも、ルカたちのグループが、どこか彼と距離を置こうとする雰囲気なのも納得がいく。

「あいつ、どこまで逃げたんだろう。キャンプを出て、島の内部で何か見なかったかな」

「おい——ここを逃げ出そうとか、よけいなことを考えるなよ。俺たちを殺す気か？」

ルカが顔をしかめた。

「俺たちはただの漁師で、金もないから、奴らもそのうち解放するさ」

その楽観的な見方に賛成はできないが、彼らが二か月も逃げ出さなかったことは、この足枷を見れば納得だ。

「島のことは、何かわかるか？　キャンプを出ても、島の外に出る手段がないと言われたんだが、本当かな」

「船くらいはあると思うが」

「キャンプの、連中の仲間以外に、住民はいるんだろうか」

「おそらくな。以前、子どもが入りこんで、木の陰から覗いてるのを見かけた。兵士の子どもじゃないだろう。島民だと思う」

子どもという言葉を聞いて、潜水艦で見かけたサルマーという少女を思い出した。あの子は、潜水艦の中で兵士に囲まれていても、のびのびと生活しているように見えた。

「女の子か？」

「いや、男の子に見えたが」

二か月もいたわりに、ルカの知識は期待したほどでもなかった。漁師らしく、星の位置からおよその島の場所を割り出していたのと、歩哨に立つ兵士の人数や、見回りの頻度を教えてくれたくらいだ。

「今日の仕事は辛かっただろう。俺たちも、ここに連れてこられてしばらくは、荒れ地を開墾してた。今は楽な作業だが」

「あれは新入りの仕事なのか？」

「知らんが、疲れるからよく眠れる」

眠れるかよ、とぼやきたくなる。ふだん使わない筋肉を酷使したせいで、身体の節々が痛い。

「畑以外の仕事はなかったのか？　島民がいるのなら、彼らと接触する機会があってもおかしくないと思うが」

「なかったな。子どもが見に来た以外は」

——島民から情報を収集することもできないのか。

「そう言えば、収穫した野菜はどうしたんだ？　二か月もあれば何か採れたんだろ」

「俺たちは籠に入れて、トラックに積んでおくんだ。いっぱいになると兵士が運転して、どこかに持って行く」

「潜水艦に運ぶのかな」

「俺たちの食事は、逆にトラックが運んでくるよ。缶詰とか、たまにポリタンクの水も」

具体的な手掛かりがなさすぎて、気がめいる。

「ちょっと、外を覗いてもいいかな」

「見つかるなよ」

足枷の鎖を引きずって、テントの出入り口に近づくと、鎖に引っ張られた他の男たちからいっせいに苦情とおぼしき声が漏れた。ルカが何か言って宥《なだ》めている。

外に、昼間はいた見張りの姿がない。ポウもどこかに消えたようだ。彼らのテントは別にあるのかもしれない。鳥と虫の鳴き声が聞こえる。風が畑の草をさらさらと鳴らす。島民がいるなら、どこかに灯火が見えないかと期待したが、それすらもなかった。

——この鎖がなあ。

邪魔だが、外して自分ひとり逃げるわけにもいかない。気のいい漁師たちを殺させるつもりはないし、島から脱出する当てがない。

再び、ずるずると鎖を引きずって自分の寝床に戻った。

「何も見えなかっただろ」

諦めきったようにルカが言った。

「ここはこういうところなんだ。期待するだけ無駄だ。考えてもみろ。捕虜とは言っても、首を切断するビデオを撮影したり、生きたまま火をつけたりはされないんだからな。逃げようとさえしなければ安全なんだ。諦めて、連中が解放するのをおとなしく待ったほうがいい」

筋肉痛をこらえて毛布にくるまり、深浦は暗がりに目を光らせた。そう言われても、自分は諦めの悪い男なのだ。

諦める、という単語は深浦の辞書にはない。かんたんに降参できる性格なら、今の仕事には就いていない。ロックオンされて、警報がコックピットに響き渡っていても、目の前にミサイルが迫っていても、まだ諦めない。

「兵士たちが、無線機や携帯電話を使ってるところを見たことはあるか？」

「みんな、ベルトに小さい無線機をつけてる。見たことはないが、携帯電話だって持ってるだろう」

逃亡に失敗して仲間を殺されたという男は、テントのいちばん奥で毛布にくるまり、背中を向けている。世界のすべてを拒絶するかのような、頑《かたく》なな背中だ。

――携帯があればな。

通報し、救助を待つ手もある。

それに、セスナを見かけたことも思い出した。次にまた航空機が近くを飛んでいたら、どうにかして助けを求めよう。

「ここでの暮らしを少しでも快適にする方法なら、俺にも教えられるよ。だから、逃げようなんて無茶をするな」

ルカが諭すように囁くと、毛布を顎まで引き上げた。

脱出の策を練るつもりだった。だが、いくらも経たないうちに、深浦は泥のような眠りに引きずりこまれていた。日中の肉体労働で、疲れきっていたのだ。

教導隊に異動してからはずっと、眠りが浅く、じきに目覚めて悶々《もんもん》としていた。

――嘘みたいだ。

眠りに落ちながら、深浦はぼんやりと考えていた。

*

美水はログハウスの階段を下り、サンダル履きで入り江に向かった。

この島ではよくあることだが、今夜も停電して二時間近く経ち、目の届く範囲の家々では、蠟燭《ろうそく》に火を灯し、その頼りない明かりで夕食を終えた様子だ。

「ヨシミズ」

入り江に向かう途中の家々から、ビールをラッパ飲みする男や、うちわを片手に涼む若者たちが出てきた。声をかけられると、美水はいちいち手を上げて愛想よく挨拶した。

食事に来いと誘われたり、暇なら魚を釣りに行こうと言われたり、島の人々は社交的だ。

砂浜をしばらく歩き、埠頭《ふとう》に近づくと、チャーリー号が見えた。

全長十五メートルほどの美しい流線形の船体を持つ漁船だ。島に〈ラースランド〉の拠点を置き、物資の補給基地や捕虜のキャンプを設置するにあたり、アハマトは島民と交渉して埠頭を整備し、漁船を二隻、寄贈した。島民らはこの船で魚を捕り、干物や缶詰に加工して、島の数少ない輸出品とし、外貨獲得の一助にしている。島と〈ラースランド〉は、今のところいい関係を築いている。

船の向こうは、群青色の深い海だった。

この海のどこかに、彼らの〈箱舟〉が身を潜めている。各国の艦艇が、協力して〈箱舟〉を追い詰めようとしているところだ。

各国艦艇による囲みを解き、〈箱舟〉の存在を世界に認めさせるのが、当面の美水の仕事だ。それにはまず、包囲中の各国に人質を利用して働きかける。

正体不明の潜水艦を各国が追いかけていることは、一部の政治家や軍事関係者しか知らないだろう。だが、それも先ほど、美水が米国にいる仲間に知らせてアップさせた動画により、いっきに情報が拡散するはずだ。

動画で、アハマトは穏やかに告げている。彼らの〈箱舟〉は、各国の包囲網から無事脱出した。その証拠として、人質二名を解放したと。

背後にオートバイのエンジン音を聞き、美水は暗がりに目を凝らした。ライトを点けたオフロードバイクが、砂浜に轍を残し、まっすぐこちらに向かってくる。ポウだな、とあたりをつけた。我慢できずに、キャンプを抜けてきたのだろう。

「うまくいったか？」

案の定、ポウが埠頭の近くまでバイクを乗りつけて、停まった。ヘルメットもかぶっていないが、どうせ交通量の少ない島だし、咎《とが》める警察官もいない。

ポウは、白いシャツにカーゴパンツを穿き、メガネをかけて、朝方、捕虜を引き渡した時とは別人のように見えた。

「そうやってると、MIT卒のインテリに見えなくもないな」

初めてアハマトに引き合わされた時、ポウはハイブランドの小粋なスーツに身体を包んでいたが、この島に来てからというもの、ポウの外見は彼が言うところの「先祖返り」を果たしていた。金融工学のプロフェッショナルの身体の、スーツに隠れた首から肩にかけ、民族特有の細密な筋彫《すじぼ》りが入っていることなど、島に来るまで想像もしなかったものだ。

「作戦が成功したとしても、こちらの手の内を明かしすぎだな」

「なんだ、不満なのか、ポウ？」

「〈蜂〉だけでなく、船舶自動運転システムも相手の手に渡ったわけだからな」

「そう惜しそうにするなよ。どうせ、元は米国のものなんだから」

美水が皮肉を言うと、ポウは不満げに唇を曲げた。

〈蜂〉、ドローン、そして人質を解放するのに使った、ボートの自動運転システムと、〈箱舟〉に積んである最新鋭の兵器や製品の多くは、元はといえば米国で研究開発されたものだ。水面下で起きている、それらの情報をめぐる激しい争奪戦が、一般的なニュースになることは、めったにない。

だが、知らぬ間に情報を盗み、長年の間に改良を加え、ちゃっかり自分のものであるかのような顔をして売ろうとしている国や企業があるわけだ。〈ラースランド〉は、その製品を購入し、実際に使用する最初の顧客になった。

アハマトのもとで働くようになってから、世の中には、金さえあれば買えないものなどないのだと、改めて思い知った。莫大《ばくだい》な金があるなら、なおさら間違いない。

「キャンプのほうは、うまくいってるのか」

ポウが肩をすくめた。

「今日、お前が送り込んできた奴ら。騒ぎを起こしそうだぞ」

「どっち？　クロウ？　カイト？」

「クロウだ」

美水は破顔した。

――まあ、そうなると思ったけど。

片時もじっとしていない奴らだ。潜水艦からも脱出しようとしていたのに、おとなしく島なんかに囚われているはずがない。

美水の表情をなんと思ったか、ポウの仏頂面が険しくなった。

「それより、〈箱舟〉を逃がすために、この島の存在を知られれば意味がないぞ」

「まあな。だが、島が見つかるのは時間の問題だ。必要なのは、それまでに俺たちの存在と自由を認めさせることだ」

今日の夕方、初めて見るセスナが飛来し、この島の海岸線を偵察するように、しばらく上空を飛んでいた。キャンプや港湾設備は、空からではただの丸太小屋にしか見えないよう擬装しているが、それでも百パーセント騙し通せる自信はない。

――どうせ、何もかも綱渡りだ。

美水は、潮風にシャツの襟をはためかせながら、月明かりに輝く波と、チャーリー号を眺めた。

地上で居場所を失ったアハマトが、〈箱舟〉を手に入れたのは半年以上前だが、いずれその存在が明るみに出ることは覚悟していた。広大な海だから、そうかんたんに他国の潜水艦に見つかることもないだろうが、一年のうち何日かは〈箱舟〉も浮上し、物資の補給を行ったり、乗組員を交代させたり、場合によっては〈箱舟〉自体がドック入りする必要もある。永久に隠れていることはできない。

だから、早急に各国から〈箱舟〉と〈ラースランド〉の存在について、承認を取りつけたかった。無理やりにでも。

「うまくいくかな」

愚痴はこぼさないと覚悟を決めたはずだった。アハマトが海の底で戦うあいだ、自分はここで持ち場を守る。

そう決めたはずだが、見えない未来が、美水の不安を増幅させる。

「うまくいかなかったら、何かまずいのか？」

ポウが不思議そうに尋ねる。美水はしばし自分の胸に手を当てて考えた。まあ、うまくいかなかったところで、自分に関して言えば失うものは特にない。

「負けるのが嫌いなんだ、俺は」

「eスポーツだったな」

ポウが肩をすくめた。ポウは、美水がeスポーツの大会でワールドチャンピオンに輝いたことを知る、数少ない仲間だ。

「まさか、ゲームの腕が、ドローンの操縦技術に直結するとは」

「どっちも反射神経と頭脳が必要だからな」

ポケットのスマホが、メールの着信を知らせた。米国内で中継役をやっている仲間が、至急、クラウドのメールを見ろと言ってきている。

「――行かなきゃ」

この島の時計は午後十一時を指しているが、アジアの国々は、まだ宵の口だ。

待ちに待った連絡が、届いたのではないか。

そんな直感が働いた。

12

艦橋から見る夜の海には、格別の趣がある。

夜間の緊急発進や訓練で、何度も月光に輝く海を見ながら飛んだことはあるが、アンノウンに対処する戦闘機は、こんなにのんびりと飛ぶわけではない。

――〈クラーケン〉を追い詰めていたはずなのに、いつの間にか妙な状況に追い込まれてしまった。

月明かりに輝く波頭を見つめながら、森近は眉をひそめていた。この波の下に〈クラーケン〉がいると思うと、この美しさですら厭《いと》わしく感じられる。

川島艦長は、〈ディープ・ライジング〉に参加している艦長らと、次々に艦橋の無線で会話をしている。森近自身も、先ほど衛星電話を使って、郷内一佐に報告を入れたところだ。

事態を混乱させたのは、解放された二名のオーストラリア人の人質だった。

〈数週間前、漁の途中で拉致され、それからずっと船内に監禁されていた。船には他にも捕虜がいるようだったが、姿は見なかった〉

彼らはそう証言した。彼らが間違いなく、行方不明になっていた漁師で〈クラーケン〉

の人質だったとわかり、無事を知らせるニュースが世界中に流れると、今度は「政治」が邪魔をし始めた。

――〈クラーケン〉は、〈ディープ・ライジング〉の囲みから既に脱出した。

〈ラースランド〉の声明を、信じる人が出てきたのだ。

それに、夜になって漁師たちが会見に応じ、船内に監禁されていたが、扱いは丁寧だった、虐待は受けなかったと証言し、予想外に元気な笑顔を見せたことで、世論の風向きが変わったようだと、郷内一佐が話していた。

〈強硬に〈クラーケン〉を拿捕しようとして、人質にもしものことがあった場合、判断ミスを責められそうだからな〉

ニュージーランドとアルゼンチンは、国政選挙が近いらしい。

まったく態度を変えていないのは、〈ディープ・ライジング〉を指揮する米国だけだ。

「ここまで追い詰めたのに、いま止《や》めたら元の木阿弥《もくあみ》じゃないか」

無線の会議を終えた川島が、憮然とした表情で森近の隣に立つ。

「作戦続行ですよね？」

「『デューイ』は続行するつもりだが、態度を保留している国がある。本国の上のほうで、今ごろ侃々諤々《かんかんがくがく》とやってるんじゃないか」

「どう思います。〈クラーケン〉は、本当に彼らが言う通り、逃げたんでしょうか」

「まさか。ペテンに決まってる」

川島はにべもなく言って、首を振った。

「解放された人質が嘘をついているとは言わない。だが、彼らはこれまで潜水艦に乗ったことがないんだからな」

「ただの船を、潜水艦だと思い込まされたということですか」

だが、人質のボートの近くに、それらしい船の影はなかった。あの時に見た、広い海原を思い浮かべ、森近は疑念を晴らすことができない。

「あのボートがどこから来たか、調べるべきだと進言したが、今のところ進展はない。ボートには自動運転装置がついていて、〈ディープ・ライジング〉の海域に向かうよう設定されていた。近くに船舶がいることをキャッチすれば、救助を求めるスモークを焚く機能まであったそうだ。だから発見して救助できたんだ」

――潜水空母に、戦闘機型ドローンに自爆スウォームに自動運転機能つきのボートか。

〈クラーケン〉は、まるで最新兵器の見本市のようだ。SF映画に出てくるような兵器が、すでに実装されているとは。

つまり、これからもどんな最新兵器が飛び出すか、わからないということだ。

「だが、これではっきりしたが、〈クラーケン〉は単独行動しているわけではなく、仲間がいる。補給の拠点もあるはずだ。今、それを米軍が探している」

深夜になっても、〈ディープ・ライジング〉は〈クラーケン〉の探索を諦めていない。哨戒ヘリが撃墜された反省から、今は艦船のソナーと、海中に投下したソノブイを中心に、活動中だ。もちろん、米海軍の潜水艦も、水面下で耳を澄ましながら、ミステリアスな潜水空母を探しているはずだ。

――むろん、この「すずつき」も。

艦橋の内線電話が鳴り、通信士官が出た。

「艦長。ＣＩＣからです」

受話器を受け取った川島が、ひとこと、ふたこと喋り、受話器を置いた。

「ＣＩＣに行く」

「はっ」

艦橋の航海士が敬礼した。

川島がこちらに目くばせした。何かあると見て、森近は彼の後を追った。

「『デューイ』と米海軍の艦艇が動きだしたそうだ」

思わず川島の顔を見直す。

「それは――」

「まあ、ＣＩＣで様子を見よう」

艦橋から複雑な経路を通って、階段を下り、外界から隔絶されたＣＩＣに入室する。艦長の入室を告げる声とともに、軽い緊張が走るのが森近にも感じられた。

「かまわん。楽にしろ」

川島が足早に歩きながら頷きかけると、CICを指揮していた副長が、ヘッドセットを手渡し、レーダー画面をモニターに映した。円を描くように、この広大な海域を押さえ込もうとしている艦艇が、光点で表されている。

「十分前から、米海軍の艦艇だけが行動を開始しました」

各艦艇の行動パターンから予測される目標の位置はここです、と言いながら、副官がモニター上に赤い×印《バツ》をつける。

川島がにやりと笑う。

「ここに何がある？」

「——特に連絡はありませんが、ひょっとすると『オリンピア』あたりが何か見つけたかもしれませんね」

副長は、米国のロサンゼルス級原子力潜水艦の名前を挙げた。この作戦に、米国は三隻の潜水艦を投入している。潜水艦には潜水艦を、だ。

「もし〈クラーケン〉を発見したのなら、なぜ連絡してこないんです？」

森近の問いに、川島が肩をすくめる。

「未確認なのか、あるいは——こちらのほうが本音だと思うが——各国政府の対応がはっきりしないので、米国だけで対処したほうがすみやかに片づくと考えたかな」

たしかに、肝心な時に意思の統一が図れず、右往左往するよりは、気心の知れた艦艇だけで対処したいという気持ちもわかる。

——だが、こんな形で包囲網を崩せば、たかが潜水空母一隻とはいえ、かえって敵を利することにならないか。

「我々はどうします？」

副官が尋ねる。

「まずは『デューイ』に確認しよう」

言うが早いか、川島は通信士官に命じて、「デューイ」の艦長に無線で通信を申し込ませた。

「艦長、ニュージーランドからも、ご指名ですよ」

別の通信士官が振り向く。川島は、先にニュージーランドの艦長の無線をつながせた。

挨拶抜きで本題に飛び込む。

『見てるだろう？』

「見てるよ。『デューイ』だな」

『見つけたのかな。それにしては連絡がない』

「俺たちがどう動くか見てるんじゃないか」

『貴官はどうするつもりだ？』

「まずは、何を考えてるのかノックして丁重に質問する」

無線の向こうで含み笑いが聞こえた。

「彼らが〈クラーケン〉を見つけたなら、協力して拿捕するのにやぶさかではない」

日本政府は、〈クラーケン〉が人質を二名解放したことで、国内世論の収拾に苦慮しているようだが、〈ディープ・ライジング〉への参加を中止せよという命令はない。彼らの任務は続行中だ。

「そちらはどうする？」

『そうだな。まあ、「デューイ」の指示を待つことにするか』

川島の問いに、ニュージーランドの艦長はあいまいに言葉を濁した。

——今は動くなと本国に指示されたのかもしれない。人質の解放を優先するつもりなのか。

森近は川島と視線を交わした。

それぞれの本国の事情がどうあれ、今は米国と足並みをそろえて〈クラーケン〉を追い詰め、拿捕するのが先だ。せっかくここまで追い込んだのに、逃がしては元も子もない。

それには、うまく各国の艦長らをその気にさせて、動かしたほうがいい。

「むしろ俺たちがくっついていたほうが、いいんじゃないか。『デューイ』は、人質の命よりも、拿捕を優先しそうだぞ。拿捕ならいいが、撃沈すると困るからな」

『――その恐れはあるかな？　米国も人質を取られているのに？』

「ひとりやふたりの人質で、テロリストを相手に手加減すると思うか？　それに、相手は行き場のない連中だ。追い詰めすぎて自暴自棄になられても困る」

「艦長、『デューイ』出ました」

通信士官の呼び声に、川島は頷き返した。

「今から『デューイ』と話す。後でまた連絡する」

『了解。後で聞かせてくれ』

そんな会話がニュージーランドとの間で行われたことなど、おくびにも出さずに川島が「デューイ」艦長との無線に出る。

『確認が取れしだい、そちらに知らせようと考えていたんだ』

「そうでしたか。急な動きでしたので、追随が間に合いませんでした。他の艦にも知らせて、今から隊形を整えますか」

『いや、まだ音紋の照合ができていない。確認が取れれば知らせる』

川島の目に、かすかに苛立ちが浮かんだ。

「では、お待ちします」

通信を終え、ため息をつく。

「〈クラーケン〉が各国の人質を取っているのは、これが狙いかもしれないな」

しょせん、〈クラーケン〉拿捕に向けて急遽構成された、寄せ集めの船団だ。それぞれの本国の事情もさまざまで、意思が統一できていない。そこへもってきての人質騒動で、各国の対応や考え方が異なるのだから、艦隊運動も洗練されているとはいいがたい。

「もしそこまで読んでいたのなら、この海域で〈クラーケン〉狩りが行われることになったのも、偶然ではないんじゃないですか」

森近は、ふと気になって尋ねた。〈ディープ・ライジング〉が開始されたのは、米国の潜水艦がこの付近で謎の潜水艦と短い接触を行ったからだと聞いている。

それが偶然ではなく、意図的にこの海域に注目を集めるために、〈クラーケン〉が仕組んだものであれば――。

川島は再び、ニュージーランドの艦長と無線で会話を始める。

レーダー画面に視線を転じると、米海軍の艦艇が、目標を表す赤い×印を中心に、刻々と包囲の輪を縮めつつある。もはや、〈クラーケン〉は袋のネズミだ。

だが、腹の底に、わけもなく、もやもやとした予感が滓《おり》のように沈んでいる。

＊

〈ラースランド〉を名乗るメールには、短い本文に、アハマトのビデオレターが添付されていた。

『プライムミニスター、コジマ』

ビデオの冒頭で、はっきりとアハマトが名指ししているのは、最初から彼らが、各国政権のトップだけを交渉相手と定めているという意味だろうか。

小嶋総理に報告するため、内閣危機管理監の杉本《すぎもと》とともに首相官邸を訪れた韮山は、もう何回も聞いたアハマトの声に、再び耳を傾けた。テロリストなどという呼び方に疑問を感じるほど、穏やかで抑制のきいた、知性を感じさせる話しぶりだ。

『我々の要求を受け入れるなら、あなたの国の、ふたりの若いパイロットを、無事に解放する用意がある』

小嶋は、上着を脱いでワイシャツの袖をまくり上げ、楽な姿でビデオを注視している。G7サミットの期間中も、帰国してからも、多忙を極めているだろうが疲れは見えない。

『我々の望みは、単純なことだ。この地球上に、我々の居場所を認めてほしい。これは人間として当然の望みではないか？』

『私は罪なくして祖国に戻れぬ身となった。しばらく諸国を転々としてきたが、各地で暗殺の危険にさらされ、身を守るために、〈箱舟〉に乗りこみ漂泊することにした。ここには、私同様、本来の祖国に戻れぬ者たちが集まり、互いに支えあっている』

小嶋が何か尋ねたそうだったが、韮山はとにかく最後までビデオを観《み》るように勧めた。

『具体的な要望は三点だ。ひとつ、〈箱舟〉をひとつの独立した「移動する国家」と認め、公海の通行に支障なきよう安全を確保されたい。ふたつ、補給、メンテナンス、要員の休息を得るため、当方が指定する港湾設備に、定期的に立ち寄ることを許可されたい。三つ、〈箱舟〉の趣旨に共感し、我々が認める者が、自由に〈箱舟〉に乗り込み、〈ラースランド〉に参加することを許可されたい』

『これらの要望をそちらが受け入れない場合、人質を返せないのはもちろん、我々は最後まで戦うことになる。万が一、〈箱舟〉を捕らえるたくらみがあるなら、早々に断念されたほうがお互いのためだと忠告しておく。これは中身の伴わぬ脅しではない』

ビデオレターはそこで終わっていた。

しばし、小嶋は腕組みし、アハマトの言葉を反芻《はんすう》するように首をかしげていた。何か言いたそうな杉本をおいて、韮山は咳払いして身を乗り出した。

「――もちろん、ここでアハマトが要求しているものは、わが国だけが承認したところで、実質的には意味がないものばかりです」

「サウジは、王族のアハマトをテロリストの協力者と呼んでいましたね。もっと詳しい話を聞くことはできませんか」

「事件の発覚直後に、サウジの大使から説明は受けました」

「アハマト自身が、罪を認めていないのが気になってね。彼がテロリストなら、要求をまともに聞くつもりはないですが、念のためいろんな可能性を検討するだけはしておきたい。彼が再三にわたり主張しているように、あの潜水空母を国家と認めることができるかどうかも含めて」

「もちろん、可能性の検討はすべきですが――」

困惑を隠せず、韮山は唇を結んだ。

いわゆる国家の三要素は、「領域、国民、主権」と言われる。さらに噛みくだいて言うならば、永続的な住民、一定の領土、政府、他国との関係を取り結ぶ力、この四つを持つことだ。

――潜水空母は、領土とは言えまい。

だが、そう思うかたわら、口の達者なやつにかかれば、空母も領土になるかもしれない、とも思う。

中国やベトナム、台湾、フィリピン、マレーシアなどの間で領有権を争う事態になっている南沙《なんさ》諸島も、元はといえば、南シナ海の珊瑚礁にすぎない。中国は、その珊瑚礁を埋め立ててコンクリートの島をつくり、軍事施設を建設して既成事実にしてしまった。

わが国最南端の沖ノ鳥島は、満潮時には、ひと抱えほどの岩がふたつ波の上に突き出ているだけだが、その領有権が認められているために、わが国は広大な海域を排他的経済水域としている。だからわが国は、消波ブロックとコンクリートの護岸で、このふたつの岩を波の浸食から守っている。

もし、〈ラースランド〉が何らかの形で小さな「島」を手に入れたなら、そこに停泊した人工の潜水空母は、「国家」たりえるだろうか。

韮山は軽い疲労を覚えた。政治家は心身ともにタフなもので、韮山も六十代までは疲れなど感じたこともなかったが、近ごろは少し体力に衰えが出てきたのかもしれない。

すでに、時計の針は、夜ふけと呼ぶべき時間帯に突入している。吐息が漏れた。

「――わかりました。念のため、専門家の意見も聞いてみましょう」

「そうですね。そして、アハマトと直接、対話する方法を考えてもらえませんか。ビデオレターでは、尋ねたいことがあっても会話にならないので、もどかしい」

小嶋の言葉に、韮山は呆然とした。

「それは、先方が断るでしょう。アハマトにとって、たとえば電話でこちらと会話すると、自分の居場所を知らせることにもつながり、たいへんなリスクになります。それに、アハマトが潜水艦に乗っているなら、潜望鏡深度まで浮上しなければ、通信はできません」

小嶋が首をかしげた。

「潜水空母を浮上させなければいけないのは厄介だが、互いの位置情報や電話番号を秘匿して、通話することもできるでしょう。そのためのアプリやツールが存在するはずですよ。

向こうが安心して対話に参加できるよう、通信手段も含めて検討願えませんか」

すぐ諦めると思った小嶋が抵抗するうえ、予想外に通信手段についても知識がありそうなことに気づき、韮山は内閣危機管理監の杉本を、助けを求めるように見つめた。それは無理だと言ってもらいたかった。

「――わかりました。その件は私が担当します」

何をどう勘違いしたのか、杉本が安請け合いする。韮山が眉をひそめたのがわかったのか、ようやく杉本の表情が変わった。

――一国の総理大臣と、テロリストが直接対話するなど、前代未聞だ。

ポケットの中で、携帯電話が震えていた。

「ちょっと失礼します」

牛島防衛大臣からの電話だと気づき、通話ボタンを押す。

牛島の、ピンと張り切った弦のような、緊張に包まれた声に耳を傾ける。〈ディープ・ライジング〉に参加中の、海上自衛隊の艦艇から報告があったという。米国艦が〈クラーケン〉を発見したらしく、どうやら米国艦のみで拿捕を試みようとしているようだという。

「現場の指揮官の判断でそうしたのであれば、われわれが口を出す必要はないんじゃないかな」

言いながら、韮山は正直、ホッとしていた。敵は、たった一隻の潜水艦だ。米海軍に任せておけば、今夜中に片がつきそうだ。人質の命を軽視するわけでは決してないが、万が一のことがあっても、こちらの責任を問われることはない。

――頼んだぞ、しっかりやってくれ。

小嶋総理と杉本に通話の内容を説明しながら、韮山は祈り続けた。

＊

その音に、真っ先に反応したのは「すずつき」のソナー室だった。

『何らかの信号をとらえました。断続的な信号です』

「どこから？」

ＣＩＣに陣取り、米海軍の動きをつぶさに観察していた川島が尋ねる。

「デューイ」をはじめとする米海軍の艦艇は、当初の位置から離れ、半径数キロほどの狭い海域に、集結しつつある。森近も、レーダーが見せる光景から目を離せない。

――その中央に、〈クラーケン〉がいるはずだ。

「すずつき」は、割り当てられた位置を離れず、遠巻きに彼らの艦隊行動を見守っている。

『衛星のようです。超長波《ＶＬＦ》で、潜水艦に信号を送ったんじゃないかと』

「潜水艦？　どの潜水艦だ」

『それが――』

次の瞬間、電子的な警告音がCICに鳴り響き、レーダー画面の赤い×印から、光点が飛び出した――ように見えた。

――やっぱり、〈クラーケン〉は逃げていなかった！

とっさに森近はそう考えた。川島の読みが正しかったのだ。まだ包囲網の中にいた。

「今のは何だ」

「魚雷です！〈クラーケン〉が魚雷を発射！」

だが、光点は予想外の動きをした。海面に近づいた魚雷が、突然ふたつに分かれ、ひとつが空に向かって飛び始めたのだ。

――潜水艦から発射されるハープーンミサイルみたいなものか？

森近は目を瞠った。

ミサイルは、ただ、上へ、上へ向かっている。「デューイ」ら艦艇を狙ったわけではない。ひたすら、まっすぐ上方に飛び続けている。

川島が、何かに驚いたようにレーダーを睨んだ。

「後進一杯！　大至急この海域から、できる限り離れろ！」

「後進一杯！」

川島以下、彼らの判断と動きは速い。

急に走りだした「すずつき」の中で、手近な椅子に摑まった。

何が起きたのかわからなかった。かすかに雷鳴のような音を聞いたような気もする。だが、全速後退中の「すずつき」が、びりびりと震えるほうが、よほどうるさい。

次の瞬間、CICの照明や、レーダー画面が大きく乱れた。一瞬、砂嵐のようになったモニターは、数秒後に、元の画面に戻った。

変化はそれだけだった。レーダー画面に映る、米海軍の艦艇による包囲網は、ほぼ完成しつつある。

「『デューイ』と連絡を取れ!」

川島が通信士官に指示しながら、内線電話の受話器を取る。

「艦橋、何か見えたか?」

答えを聞きながら、川島の顔色がだんだん青ざめていく。どうやら、彼の直感が当たったらしい。

「艦長、『デューイ』出ません!」

「呼び続けろ!」

「今のは何だったんでしょう――」

副官がやはり困惑したように尋ねる。

「EMP攻撃の可能性がある」

川島がきっぱりと言った。その言葉は、森近にもなじみがある。

高高度での核爆発によって、強力な電磁パルス《ＥＭＰ》を発生させ、その影響により電子機器などを破壊する攻撃だ。

ミサイルにより、充分な高度を与えて核爆発を起こすことで、大気が薄いため爆風はほぼ発生せず、放射線による人体への影響も少なくなる。

一九六二年に、米国が太平洋上空で実験した際には、千四百キロ以上も離れたハワイで、街灯が消え、電話が不通になった。当時はともかく、社会的なインフラのすべてにおいて電子機器が使われる現代社会では、致命的な被害をもたらす可能性が高い。

「ですが、ＥＭＰ攻撃なら、当艦も影響を受けるはずでは――」

「超小型の核を使って、影響範囲を限定したのかもしれない。こちらも短い間だったが、モニターが乱れただろう」

「艦長、『デューイ』は無線に反応しません！」

「やはりな」

川島が腕組みし、レーダーを睨む。

森近も、動きの見えないレーダー画面を覗いた。まさか、本当に米海軍の艦艇が全面的な被害を受けたのだろうか。米国は、早くからＥＭＰ攻撃の脅威を研究し、対応も重ねてきたと聞いている。

「しかし、このEMP攻撃の範囲の中心には〈クラーケン〉自身がいるのだから、自殺行為ではないですか」

「〈クラーケン〉はEMPにさらされても、故障せず耐えられるよう、設計されているのかもしれん」

「この隙に逃げるつもりですか、連中は」

包囲網を張っていた艦艇の大多数が、〈クラーケン〉を追い詰めるため、小さな範囲に集結するのを待ち、EMP攻撃をしかける。電子機器に壊滅的な被害を受けた艦艇が、行動不能になるのを待って、その隙に脱出する。

——なんという奴らだ。

たった一隻でまさかの反撃をやってのけた。

『ソナー室、よく耳を澄ましておけよ。当艦はこれより、「デューイ」に接近する。〈クラーケン〉が二発めの核ミサイルを持っていないことを祈れよ』

川島の言葉に、CICに緊張が走る。彼の読みが正しければ、〈クラーケン〉は、小型とはいえ核弾頭を積んだミサイルを持っていたのだ。それが一発だけとは限らない。

「他の艦艇にも、連絡を取り続けろ。ゆっくり前進だ」

「すずつき」が、慎重に「デューイ」らの描く小さな円に近づいていこうとしている。

13

――あれを使ったのか。

衛星からの信号を受け取り、美水はしばし画面上に視線を彷徨《さまよ》わせた。

アハマトと行動をともにし、それまでの人生とはかけ離れた生活を送ることになった自分だが、まさかこんなことにまで関わるとは思わなかった。

衛星は、〈箱舟〉からミサイルが打ち上げられたことを知らせてきた。ごく小型の、通信衛星だ。静止軌道に打ち上げられ、この島を含む、赤道付近の海域をカバーしている。アハマトは二基の衛星に出資しており、ひとつは先の通信衛星、もうひとつは、準天頂軌道を8の字を描くように一周する偵察衛星だ。ほぼ一日かけて一周するが、この島の上空に長時間、留まることができる。この衛星は、島の周辺や指示された海域の上空を通過する際、写真を撮影して送信する。

パソコンの画面に表示されているのは、円陣を組んで〈箱舟〉を取り囲もうとしているらしい、各国の艦艇を上空から撮影した写真だ。これは夕方、まだ日のあるうちに撮ったものだから、今ではすっかり艦艇の位置も変わっているだろう。

（核はダメだ）

〈箱舟〉が超小型核弾頭を搭載する予定だと聞かされた時、美水は猛反対した。

（核を使うなら、俺は降りる）

（落ち着きなさい。人体に直接、被害の出ない高度で爆発させる攻撃方法があるんだ）

（それは知ってるが）

電磁パルス攻撃の原理はニュースなどで読んだことはあった。放射線による被害がない、あるいは少ないということも知ってはいるが、問題はそこではない。

美水自身が、核に関して嫌悪感を抱いているために反対しているのだと、アハマトは考えたようだが、そういうわけでもなかった。

（悪いが、そういう問題じゃない。多くの日本人が、核に対して強い恐怖や嫌悪感を持っていると説明したはずだ。どれだけ小さいものだろうが、人体に健康被害の出ない高度で爆発させようが、核は核だ。核爆弾が使われれば、〈箱舟〉が日本から支持される可能性は、これっぽっちもなくなるぞ）

その説明で、アハマトは納得したと思っていたが、そうではなかったのだろうか。

それとも、使わざるをえないほど、追い詰められたということなのか。

米国は、一九四〇年代には既にＥＭＰの存在を予想し、一九六〇年ごろには、電子機器の脆弱性《ぜいじゃくせい》も認識していたという。当然、防衛の方法についても研究を重ねてきただろう。

「そのアメリカに、ＥＭＰを使うかよ」

美水のパソコンには、米国内の協力者が転送してきた、日本政府の交渉人と称する人物からのメッセージも表示されている。人質の解放を打診する、待望のメッセージだ。

（わが国は、テロリズムを受け入れることは決してできないが、人質を無事に解放するなら、事態を平和的に解決するため、君たちと対話する用意がある）

せっかくこんな打診があったのに、ＥＭＰ攻撃をしたことが伝われば、すべてが水の泡になる。

美水は立ち上がり、窓に歩み寄った。

月が雲に隠れたらしく、海は暗い。波の音だけが、絶え間なく耳に届く。

アハマトと初めて会ったのは、五年前のリヤドだ。サウジアラビアで開催されたｅスポーツの世界大会に出場するため、米国から渡ったのだった。戸外があまりに暑くて、娯楽が少ないせいか、アラブ諸国はゲーム大国で知られている。特にサウジは、ｅスポーツにも力を注いでいた。

アハマトは大会の実行委員のひとりだった。王族で、委員と言っても名前だけ連ねていたようだが、大会には顔を出した。

美水はその大会で、第二次世界大戦当時に活躍した戦闘機で空中戦を行うゲームをプレイし、優勝したのだ。大会終了後に行われた、主催者によるパーティで、アハマトは若い参加者らの会話に耳を傾けていた。うつむき加減の穏やかな表情に見覚えがあり、なんとなく見入るうち、気がついた。

——そうか、キリストみたいなんだ。

じっと見つめていたせいか、アハマトが顔を上げてこちらを見たときには、慌てて視線を逸《そ》らした。

(戦闘機のゲームで優勝した人ですね)

よく覚えている。

(日本人ですか?)

(たしかに、日本政府が発行したパスポートを持っています)

美水の言い方に興味を抱いたように、彼は首をかしげた。自分のルーツを語るのは、美水にとって、米国に留学して以来、自分に興味を抱いてもらうための手段だった。

(というと?)

(僕は、滅びつつある民族の、最後のひとりなんです)

アハマトは、美水をまっすぐに射貫《ぬ》くように見つめた。間近で覗きこむと、彼の瞳はチョコレートのようなダーク・ブラウンだった。砂漠の乾燥した空気のせいか、まだそれほどの年齢ではなかったはずだが、目尻にはこまかい皺が寄った。

(——君もか)

ほかにも、最後のひとりがいるという口ぶりだった。

好奇心をそそられ尋ねようとすると、長い指と、ヴェールをかけたような、とらえどころのない表情でさえぎられた。

（しっかりと生き抜くことだ。君の代で、樹木が枯れてしまわないように）

静かに背を向け、滑るように歩み去る姿を見送りながら、美水は心の中で呟いていた。

――もちろん、僕は生き抜いてきた。

死にものぐるいで、なりふりかまわず、生きる手立てを探してきた。それは決して、自分の身体に流れ込んでいる北方民族の血を守るためではなく、ただもう自分の命を守り、将来を切り開くためだけに戦ってきたのだが――。

――このまま僕がいなくなれば、ひとつの民族が絶えるのか。

それまで実際にはほとんど気に留めたこともなく、自己顕示欲を満たすためのツールとして使ってきた「血」だったのに、なぜかアハマトの言葉に心を揺さぶられていた。

最大の危機を迎え、アハマトは自分を〈箱舟〉から下ろした。それは、「生き抜け」と命じた五年前のあの言葉に端を発しているのだろうか。つまり、彼は今度こそ〈箱舟〉が逃げられないと、覚悟しているのだろうか。

時計を見た。まだ午前一時すぎだ。

長い夜だった。

——落ちるなよ。

森近は、ヘリの窓から墨汁のような夜の海を見下ろし、背筋に冷たい汗が滲むのを感じた。クロウたちを助けるために来て、自分が海に落ちたのでは、洒落《しゃれ》にならない。

「すずつき」から、「デューイ」へ。

〈クラーケン〉を追い詰めつつあった米国艦艇群が、現在、通信網とレーダーに障害を起こしていることは、先ほど、ライトによるモールス信号で確認された。接近した「すずつき」から「デューイ」に、許可を得てヘリで乗り込み、状況を確認することになったので、森近も再び志願したのだ。川島艦長の副官、吉住《よしずみ》三等海佐が一緒だ。

——じっとしているのは、もう飽きた。

〈クラーケン〉の消息が不明だった。何が起きたのか、確認しなければならない。「すずつき」は、今も〈クラーケン〉を探知しようとしているが、レーダーにその姿はない。

EMP攻撃に耐性があるはずの米艦艇が、通信障害などを起こしている。離れていたとはいえ、「すずつき」とその装備にも影響があったらどうしようか。こわごわ、ヘリに乗り込んだが、今のところ特に問題はない。

一九六三年に部分的核実験禁止条約が発効したため、大気圏内での核実験は行うことができず、各国のEMP攻撃への対処は、理論の研究により実装されている。高度百キロでのEMP攻撃は、だいたい半径千百キロの範囲に影響を及ぼすと考えられている。広島市に投下された原子爆弾が高度約六百メートル、長崎市では約五百メートルで爆発したとされるのに比べると、はるかに高い。EMP攻撃の場合、ここまで高度があるために、放射線による人体への影響はないと言われるが、電磁パルスが電子機器を破壊するので、テクノロジーに頼りすぎている現代社会に、致命的な影響を与えるだろう。使い方によっては、文明社会が滅亡の危機に瀕する恐れがある。

——最初に核兵器を開発した研究者は、いずれこんな攻撃に使われることを予想しただろうか。

「デューイ」の甲板で、マーシャラーが誘導する光が見える。そこだけ蛍のように、尾を引いて輝いている。

『これより着艦します』

ヘリを包みこむローター音と震動の中、パイロットの声をヘッドホンで聞く。森近は船に着艦した経験はないが、真っ暗な海にぼんやりと白っぽく浮かぶ木の葉に、巨人が足を下ろすようなもので、さぞかし難しいだろうと思う。

ずしりと腹に響く揺れを感じさせつつ、ヘリが無事、甲板に着艦した時には、もう扉が引き開けられ、森近たちが降りるばかりになっていた。

『ここで、お待ちしています』

『頼むぞ』

吉住がパイロットに頷きかけた。

森近は、川島艦長に託された金属製のアタッシェケースの取っ手を持って、飛び降りた。通信が途絶しているので、携帯用の無線機の差し入れだ。出力は弱いが、一時的な代替手段にはなるだろう。

「艦長がお待ちしています。こちらへ」

若い水兵が、きびきびと森近らを先導する。

艦内を見るかぎり、照明は点いていた。航行に大きな問題がなければ、とりあえず無事に帰還できるだろう。

艦橋では、「デューイ」の艦長、ジョセフ・モンゴメリー中佐が双眼鏡を片手に待っていた。

「テロリスト相手に、ここまで被害を受けるとは予想外だった」

いささか自虐的に唇を歪めた中佐は、川島艦長との無線での会話から予想していたよりかなり若く、隅々まで透過するような視線で、森近らを見た。色白の頬にはそばかすが散り、そこだけ見ていれば、まるでティーンエージャーの少年のようだ。

「まさかこんなことで、『デューイ』の名前を歴史に刻むとはな」

　ぼやきぎみに言いながらも、中佐がむしろ静かに闘志を燃やしている様子なのを見て、森近は首を振り、尋ねた。

「やはり、高高度の核爆発によるＥＭＰ《ＨＥＭＰ》攻撃ですか」

「いや、数キロしか離れていなかった『すずつき』が影響を受けなかったのなら、ミサイルに搭載したＥＭＰ爆弾だろう。ＨＥＭＰなら、高度三十キロ程度だったとしても、より広範囲に影響を受けたはずだ」

　森近と吉住が顔を見合わせたのを見て、中佐が言葉を継いだ。

「電磁波を利用した攻撃手法は、いろいろ開発されている。高出力のマイクロ波照射システムをミサイルに搭載し、飛行経路の下にある地上施設の機器を使用不能にすることもできる。ＥＭＰ爆弾は、通常、航空機に積んで、対象施設の上空で落とすんだが、比較的安価に開発できるので、有力な攻撃兵器になる見込みだ」

　――核じゃなかったのか。

　そんな兵器まで保有している〈ラースランド〉に、ますます興味が湧く。

　森近は、アタッシェケースを持ち上げた。

「携帯用の無線機を持参しました。他に必要なものがあれば聞いてこいと、川島艦長から指示されています。〈ディープ・ライジング〉は続行ですか」

中佐が茶色い目をきらりと輝かせた。

「もちろんだ。艦内の電子装備の、シールドの一部が効かず、鼻面に手痛いのを一発くらったが。故障した箇所を特定し、いま修理中だ。修理が終われば、同じ手は食わない」

「〈クラーケン〉は――」

「包囲網からは出ただろうが、『オリンピア』がさらに追尾しているはずだ。なにしろ通信できないので、そう期待していると言ったほうがいいか」

米海軍の潜水艦が、このミッションに参加していることを思い出す。

「潜水艦は、EMP攻撃の影響は受けないんですか」

「深度によるが、水が電磁パルスのバリアーになるから、潜水艦の被害は限定的だろう」

森近が懸念したのは、「オリンピア」が、「デューイ」や僚艦との通信を封じられ、単独で〈クラーケン〉を撃沈しないかという点だった。そもそも〈クラーケン〉は、ミサイルを打ち上げた段階で、撃沈されていてもおかしくない。

「あの潜水艦――潜水空母か。あれは存在自体がありえないぞ。『マンセン』を攻撃したのはスウォームだ。搭載している兵器の多くが、わが国が研究・開発した最先端の兵器か、そのコピーだ。EMP爆弾もそうだ。やつらはとんでもない、盗人《ぬすっと》だな」

中佐が、森近と吉住に断言した。身体の線は細いが、祖国への情熱と、強い自信を感じさせる目をしている。

「産業スパイが技術情報を盗んだんですか」

「きっとそうだ。情報が盗まれた経緯を、ペンタゴンは知りたがるだろうな」

「では――」

「修理が完了しだい、〈クラーケン〉追跡を再開する。いささか、対応が生ぬるかった。すみやかに投降するならよし、抵抗するなら容赦しない」

「しかし、艦内の人質は――」

「後で救助に向かう。あれだけの武器や兵器を抱えたテロリストが、どこに潜んでいるかわからん事態は、なんとしても避けたい」

心配した通りになった、と森近は唇を引き結ぶ。一発のミサイルが、状況を大きく変えてしまった。

中佐が艦内電話の受話器を握った。

「あとどのくらいだ？」

修理にかかる時間を聞き、頷く。

「〇《マル》五《ゴー》〇《マル》〇《マル》完了予定だ。追跡再開の連絡を待てとカワシマに伝えてくれ」

射貫くような視線は変わらず、中佐は唇だけで微笑んだ。

「明日の昼までに片をつけるぞ。諸君」

*

日本政府の交渉人と称する人物は、あれから沈黙している。

美水は、ネットで太平洋の島嶼国家やオーストラリア、米国や日本などのニュース、声明といったものの監視を続けていた。

いちはやく動きがあったのは、米国の大統領だ。考えるより先に指が動くようで、他のどの機関の公式発表よりも早く、ツイッターで〈箱舟〉を弾劾《だんがい》した。

『合同訓練中の米海軍艦隊が、テロリストの潜水艦からEMP攻撃を受けた。わが国は断固としてテロリズムを許さない！』

ふだんから激しい言葉を呟く大統領なので、報道機関はこの発言を戸惑いながら受け止めたようだが、それでもEMP攻撃という言葉を見逃すはずはない。

『テロリストがEMP攻撃か？　大統領がメッセージ』といった速報が、ネットを中心に躍り始め、やがて米国にいる仲間から、テレビのニュースでも流れたという報告が来た。テロリストが使ったのは、EMP爆弾というタイプの兵器だと見られること、米国や英国でも開発されているが、実戦で使われたのはおそらく初めてであることなど、センセーショナルに扱われているという。

ＥＭＰ爆弾という、見慣れない言葉の説明を求め、ネットの海をしばし彷徨ったあと、美水はようやくわずかに胸を撫でおろした。

——核ではなかったんだ。

とはいえ、テロリストがこうした兵器を所持していることは、米国にも予想外だったようで、世界中を震撼《しんかん》させたことは間違いない。

米国大統領は、激しい語調で「テロリストの潜水艦は、必ず沈めてやる」とツイッターで繰り返している。

——ほら見ろ、本気にさせちゃったじゃないか。

「——様子はどうだ」

ソファで寝ていたポウが、猫のように忍び寄ってくる。忙しそうにキーを叩き、ニュースやＳＮＳの状況を調査する美水から、不穏な気配を感じとったようだ。

画面を覗きこみ、「で、どうする」と尋ねられても美水にも答えはない。

強大な米国の艦隊を相手に、たった一隻の潜水艦が暴れるだけ暴れて、〈ラースランド〉の存在を世界中に印象づけ、自分たちの話に耳を傾けさせる。そうでもしなければ、たとえちっぽけな島ひとつといえども、新しい国とその自由を認めさせるなんてことは、とうてい難しいだろうから。

——とは言っても、用意した声明を公開する前に、〈箱舟〉が撃沈されれば、ただの犬死にだ。

それを防ぐのが美水の仕事でもあるが、予定では、こんなに早く〈箱舟〉が世界と対峙《たいじ》するはずではなかった。あと三か月——いや、せめてあとひと月あれば、と臍《ほぞ》を噛む。あの時、島に向かう途中で、米軍の潜水艦に位置を知られたのは運が悪すぎた。

「〈箱舟〉の現在位置はわかるのか？　こっちから通信はできないのか？」

「ミサイルを打ち上げた時点の位置しかわからない。深く潜水しているだろうから、衛星との通信も行っていないし、こちらから連絡を取ることもできないよ」

〈箱舟〉がいた海域も、現在は深夜で、衛星が真上を通過したとしても、写真の撮影は不可能だ。だいいち、偵察衛星がその上空に戻って来るのは、明日の昼すぎだ。

「夜明けになれば、状況がわかるはずだ」

それまで〈箱舟〉がもてば、という言葉を呑み込む。

「人質解放を交渉してるやつらは、何か言ってるか？」

「いや。まだ何も言ってこない。というより、ミサイル発射以降、ずっと沈黙してやがる。向こうも夜だからかもしれないが」

「ニュースは、それぞれの国でも流れてるようだがな」

ポウはなにげなく言ったが、美水の心境は穏やかではない。こんな時に、人質の解放交渉をやっている相手が、のんびり寝ているとは思えない。必ず、ＥＭＰ爆弾の情報を得ている。

美水が恐れているのは、彼らがもはや交渉の余地はないと断じることだ。

「人質解放より、〈箱舟〉退治の優先順位を上げたかな。夜明けと同時に総攻撃かもしれないぞ」

「まだそう結論づけるのは早い——」

外のウッドデッキで、何かが落ちるような音がした。美水は口をつぐんだ。しばらく凍りつくように沈黙していたポウが、窓から外を覗き、周囲を見回した。

「——誰もいない。さっき、俺が飲んだビールのボトルが落ちたんだ」

「——そうか」

ポウが平然と窓を閉めるのを見て、詰めていた息を吐き出す。考えてみれば、こんな島で、誰が自分たちの会話を盗み聞きするのかと、自分でもおかしくなった。

「一瞬、敵がもうこの島を見つけて、乗り込んできたのかと驚いた」

ポウがぼやいている。

「まさか。いくらなんでも、それは早すぎる。まあ、現実に乗り込んでくる前に、なんとか交渉を片づけないとな」

もう一度、各国の交渉人に、催促してみようか。それとも、足元を見られないように、こちらは沈黙しているべきだろうか。

「いま俺たちが降伏を宣言すれば、〈箱舟〉を救えるかもしれないぞ」

「そうかな？ 〈箱舟〉が戦闘を続ける限り、無意味じゃないか。それに、そんなことをアハマトが望むとも思えない」

考えただけで頭痛がしてきた。

「少し寝ろ、ヨシミズ」

見かねたように、ポウが肩を叩いた。

「しばらく、俺が代わりに監視するから」

「いや、寝ている場合じゃないって」

「その睡眠不足の頭で、俺たちの命運を決するような大事なことを、考えられるのか」

ポウの容赦ない言葉にむっとしたが、気がつけば、もう三十六時間、眠っていない。さすがに、首の後ろが張ってきている。

「――わかった。それじゃ、少しだけ眠る。よけいなことはするなよ、ポウ。動きがあれば、すぐに俺を起こしてくれ」

「いいよ」

時計の針は、午前一時半を指している。夜が明けるころには、反応があるかもしれない。それまで、二、三時間、うとうとすることができれば、少しは疲れも取れるだろう。

美水は、ポウと交代してソファに腰を下ろし、横になった瞬間、意識が飛ぶように眠りに落ちていた。自分では気づかないほど、神経が張り詰め、疲弊していた。

＊

「――起きて。起きて」

囁き声の後、肩に何かが触れる感触がして、深浦は目を覚ました。

天幕の中は、ランプの魚油も燃え尽き、真っ暗だ。油くさい臭いと、何か月もここで生活している漁師たちの体臭がこもっている。

列の端に寝ている自分のすぐそばに、誰かがうずくまっている気配があった。

「クロウ」

「――誰だ？」

声を殺して尋ねると、隣に寝ている漁師のリーダー、ルカが、もぞもぞと寝返りを打った。小さな影が、身体をこわばらせて黙る。

やがて、ルカのいびきが聞こえ始めると、ようやく安心したようだ。

「手伝ってほしいの」

小さな影が、天幕の裾を払うと、月明かりが滲むように闇を払い、小柄な少女の身体つきを浮かび上がらせた。

「――あの子か。潜水艦にいた」

「サルマー」

兵士ばかりのあの船に、なぜ子どもが乗っているのかと不思議に感じていた。ボートで島に来た時には見かけなかったが、やはりついてきていたのだ。

深浦はルカを起こさないように、そっと毛布を剝いで、起き直った。

「どうしてここへ？」

静かに、と言いたげに、少女が唇に指を当てる。隣の男と鎖で結ばれた深浦の素足を見て、そちらに近づいた。金属と金属が触れ合う、ひんやりした音が、静かな天幕の中に響いた。

そのまま、ついて来いと言いたげにこちらを振り向き、天幕の外に出ていく。

「――おい」

ルカのいびきが止み、深浦は慌てて声を落とした。

「何をする気だ」

「いいから外へ」

まさかと思いながら足を動かしてみれば、足枷が外れていた。

他の捕虜らを起こさないように、息を殺して天幕から出る。風がある分、屋外のほうが涼しく、ほっと息をつく。

裸の足の裏に小石が当たる痛みを感じて、これは夢ではないのだと実感した。

ほっそりした少女が、月明かりの下に佇《たたず》み、後ろに両腕を回してこちらを見ていた。潜水艦の中では、閉じ込められていた部屋の窓越しだったり、目隠しの隙間から足元を覗き見たりするだけだったが、これでようやく本人に会えたわけだ。

「サルマー？」

こくりと頷く。聞きたいことが山のようにある。状況を知って、ここから逃げ出すことしか頭にないのだが、怖い顔で詰問すると、この子は魚のようにするりと手の中から躍り出てしまうだろう。

——この子ひとりなのか。

さりげなく周囲を見回したが、天幕の周辺にはほかに人影はない。茂みで枝がすれあう音をたしかに聞いたが、目を凝らすと暗闇に光る目が見えたので、猫とか狸《たぬき》とか、その類《たぐい》の動物だろう。

Tシャツとジーンズ姿の少女は、武器になるものも持っていそうにない。ひとりで現れて人質を解放するとは、大胆というより愚かだ。深浦は腕組みした。

「——何を手伝えって？」

この子どもを人質に取れば、逃走できる確率は少しでも上がるだろうか。ちらりとそんなことを考えないでもなかったが、自分がやらないことはわかっていた。子どもを巻き込む気はない。

「あなた、戦闘機のパイロットなんでしょう?」

いきなり尋ねられて面食らう。尋ねたサルマーが、激しくかぶりを振った。

「ううん、答えなくてもいい。パイロットだってことは知ってるし。ヨシミズたちが、すごく大切にしてたし」

大切にされたという実感はないが、虐待されたわけでもない。微妙な表情になったのがわかったのか、彼女はこちらの様子を窺うように、上目遣いに見上げた。

「お願いがあるの」

「——お願い?」

「私の言うことを聞いてくれたら、ここから逃がしてあげる」

少女が、意味ありげに言った。

14

ベッドにもぐりこんで、うとうとし始めたとたん、韮山は鳴り始めたスマートフォンに起こされた。

——なんだ、十五分しか寝てないぞ。

隣のベッドから、妻がまぶしそうにこちらを見ている。彼女も起こされたのだ。

「すまない。向こうで話すから」

スマホを握り、寝室を出て居間に下りる。息子夫婦や孫たちは別棟に引き揚げた後で、母屋《おもや》にはもう韮山夫婦しかいない。居間の明かりを点け、ソファに腰を落ち着けて、電話に応答した。防衛大臣の牛島からだった。

『夜分に恐れ入ります。大至急、官房長官のお耳に入れておかねばならないことが判明しまして』

牛島の声は、電話を通すと重厚に聞こえる。

「いつでも連絡してくれてかまわない。どうしました」

ヒトラーは、彼の睡眠を妨げることを嫌った部下が緊急事態を報告しなかったために、連合軍のノルマンディー上陸作戦を防げなかったというではないか。若い頃と違って、韮山も睡眠をとらずにがむしゃらに働くことはできなくなったが、それでも、世界の一大事に、自分の睡眠に固執するほど愚かではない。

『〈ディープ・ライジング〉に参加中の自衛艦から、〈クラーケン〉がＥＭＰ攻撃を行ったと報告がありました』

「ＥＭＰ攻撃というのは、核兵器を高い位置で爆発させるという、あれですか？」

『いえ、技術的な詳細は把握しておりませんが、核ではなさそうです。ＥＭＰ攻撃の一種に、EMP爆弾というものがあるそうで、テロリストが使ったのもそのタイプだと見られています』

ギョッとして尋ねた韮山は、牛島の説明に、少し平静を取り戻した。

しかし、覚悟はしていたが、ついにテロリストがEMP攻撃の兵器を持てるようになったのかという驚きと、来るべきものが来たという諦念とが、韮山の胸に去来した。そんなものを手軽に使われた日には、ネットワークに依存する現代社会は崩壊してしまう。

「〈ディープ・ライジング〉参加の艦艇に、被害が出たんですか」

『〈クラーケン〉に接近していた、米国の艦艇のレーダーと通信機器に被害が出た模様です。人的被害はないと言っています』

「続行できますか」

『修理完了後に、続行するとの報告です。ミッション再開は、現地時刻で明朝五時の予定です。ただ、米軍は〈クラーケン〉を撃沈する方向に傾いたようですね』

「――そうなのか」

それもやむをえない、と韮山も感じた。拿捕などと生ぬるいことを言っていられなくなったのだ。余裕がなくなったとも言える。

だが、そうなると、交渉を始めたばかりの人質解放が、暗礁に乗り上げてしまう。

「明朝五時までに、〈ラースランド〉が人質を解放し、〈クラーケン〉が浮上して降伏すればよし。でなければ、人質の命も危険にさらされる」

『降伏を再度、促しますか』

「そうだな。しかし、明朝五時に攻撃が再開されることは伝えられない。回答の期限を切れば、勘づかれる可能性が高い」

『〈ラースランド〉は、独立国家として認めてほしいと重ねて言っています。それが最重要目標のようです。人質解放と〈クラーケン〉の降伏が、交渉のテーブルにつく前提条件だと言いましょうか』

「いや、そのふたつは分けなければ。われわれは人質解放の交渉は行うが、独立国家として認めるのは国際社会だ。わが国が認めたところで、どうにかなる問題ではないですから」

並行して、アハマトの背景を調べさせている。サウジの王族は数が多く、人間関係も複雑で、調査も一筋縄ではいかない。なぜアハマトがテロリストと関係を持つに至ったのか、どういった背景で国を追われ世界中を彷徨っているのか、〈ラースランド〉の規模や参加しているメンバー、なぜこれまで各国の警察や情報機関のレポートで名前が挙がらなかったのか。謎ばかりだ。

「そもそも彼らは、他国の領海や領空を侵犯したり、人質を取ったりすべきではなかった」

他国を侵犯して、独立不可侵を求めるなど片腹痛い。だが、そうは言っても、人質を無事に取り返すためには、明朝五時の攻撃までに彼らと接触し、降伏させなければならないわけだ。いま、日本は午後十一時すぎで、時差を考えると現地は午前二時すぎ。

――時間がない。

ただ、どんな些細《ささい》な問題であっても、諦めるという言葉は韮山の辞書には存在しない。商社にいた若いころからそうだった。海外で仕事をするなら、自分の常識で相手を測るべきではない。困難に出会えば、知恵を絞る。粘って粘って、それでも無理なら、それは天命だ。

「交渉人に、ただちに〈ラースランド〉との人質解放交渉に入らせよう。われわれも交渉の模様を聞けるよう、杉本君にセッティングさせます」

内閣危機管理監の杉本は、小嶋総理に約束した通り、〈ラースランド〉との交渉全般を取り仕切っている。

政府が直接、テロリストと交渉する危険を回避するため、元外務省官僚で、中東アフリカ局に勤めて中東問題のエキスパートとされ、定年退職後の現在は、民間のシンクタンクに勤務する男性を交渉役として立てた。

つい二時間ほど前に、杉本から電話で状況報告を受けたところだ。深夜だが、交渉人にわけを話して、協力を仰ぐつもりだった。

＊

「向こうに自転車を隠してるの」

サルマーの足は速く、軽快に走っていく。素足で歩くことになじみがない深浦のほうが、砂地に足をとられて遅れた。

天幕から充分に離れると、彼女は我慢できなくなったように駆けだしたのだ。

「待ってくれ。仲間と一緒でなけりゃ俺は逃げないぞ」

彼女を呼び止めようとしたが、彼女は苛立ったように細い眉を上げて振り返り、「話はあとで」と言っただけだった。

業《ごう》を煮やし、深浦は立ち止まった。彼がついてきていないことに気づくと、サルマーもようやく走るのをやめて、振り向いた。

「どうしたの？　誰かに見つかったら、逃がしてあげられなくなるんだから」

怒った顔で、小走りに引き返してくる。

「まず説明してくれ。逃がすとはどういう意味だ？　俺は仲間とふたりで捕虜になったから、逃げる時は必ず一緒に逃げる。仲間を、ここに連れて来てしまった責任があるんだ。それに、テントのやつに聞いた話では、俺が逃げると、残った連中が見せしめに殺されるんだろう？」

　驚いたように眉を吊り上げ、彼女は激しくかぶりを振った。

「そんな馬鹿なこと、するわけない。あとで説明するから、早く来て。時間がないんだから」

　ほっそりした手が、深浦の作業服のパンツを摑んで、引っ張ろうとする。

「ダメだ。どこに行くのかもわからないのに」

「見せるものがあるの」

「カイトも連れて行ってくれ」

「ふたりも連れて行けば、誰かに見つかるかもしれない。あなたを逃がすだけでも危ないのに」

　サルマーは本気で言っているらしい。そうと見て、深浦も表情をやわらげた。

「――わかった。今は行くけど、必ずカイトのやつも逃がしてくれるな」

「後でね」

　ふたりは再び、砂地を走り始めた。

　彼女は夜目がきくらしいが、深浦は足元すら見えない。転んだら終わりだと冷や汗をかきながら、サルマーを追いかける。

　潮の香りがする。遠くで、波の音も聞こえる。捕虜のキャンプは、思った以上に海に近い場所に設営されていたようだ。

捕虜の天幕がいくつあるのか知りたかったが、どこも明かりを消しているせいで、暗闇に沈み、見えなかった。それに、少女はどうやら、海岸線に向かっている。昨日の朝、深浦たちが潜水艦からボートで到着した砂浜だ。

「あそこ」

少女が何かを指さした。小屋だ。島に到着した時に、小汚い掘建て小屋を見かけた記憶がある。

身軽に駆けていく彼女は、小屋の陰に立てかけてあった自転車を押して、深浦を待っていた。

「この小屋はなに？」

「いろいろ機材を隠してるの。万が一、空から誰かがこの島を見ても、ここに捕虜のキャンプがあると知られたくないから」

昨日の朝は、砂浜にジープの轍や大勢の足跡が入り乱れていたが、今はそれがほとんどないのは、月明かりのせいだけではないようだ。

「タイヤの跡を消したのか」

サルマーは頷き、さっさと自転車のサドルにまたがると、深浦には荷台に乗れと言った。

深浦はため息をついた。

「俺が漕《こ》ぐよ。道を指示してくれ」

彼女は素直に荷台に移った。

「二キロぐらい先。そんなに遠くないから」

自転車は少女が乗れるくらいのサイズで、深浦には小さすぎたが、小さな手がぎゅっと肩に摑まるのを感じると、やっぱりこれで正解だったと感じた。彼女はほんの子どもだ。

漕ぎだすと、舗装もされておらず、ただ車と人が踏み固めただけの砂地は、凹凸が激しく乗り心地も最悪だった。

「なあ、道々、教えてくれよ」

喋ると舌を嚙みそうだ。

「テントの他の連中に迷惑をかけないってのは、本当なんだな？　中のひとりは、別のテントにいた時に、ひとりで逃げようとしたせいで、仲間を皆殺しにされたと言っていたぞ」

「それは、逃げてはいけないと思わせるために、そう教えてるだけ。テントを分けているのも、そのためなんだから。その話に出てくる仲間っていうのは、ちゃんと生きてて、別のテントで働いてる」

「――そうなのか？」

まだ半信半疑だが、それが本当であることを祈る。今ごろ、もしもルカたちが目を覚まして、深浦が消えたことを知れば、青くなっているかもしれない。

「考えてもみてよね。オマルやヨシミズたちが、そんなことすると思う？　捕虜を見せしめに殺すようなタイプに見えた？」

彼女は当然のように言うが、深浦は答えなかった。上り坂に差しかかり、息を弾ませないために、黙ったという事情もあった。

ふいに目の前が開けた。坂の頂上にまで登りつめたのだ。ペダルを漕ぐ足が止まる。

「これは――」

目を瞠った。

全長二十キロの島。

美水はそう話していたはずだ。

それは、このささやかな高台から見ると、日本刀の鍔《つば》のような楕円《だえん》形の島だった。こうして見ると、家々の屋根が見える。貧しげで、高層の建物はひとつもなさそうだが、集落というより町と呼んだほうがよい規模で、家屋が建ち並んでいる。

子どもがキャンプを覗いていたという、ルカの話を思い出した。

何よりも深浦の目を引いたのは、楕円形の島の中央をまっすぐに貫く、銀色の道路だった。舗装されており、月明かりを受けて銀色に輝いて見えるのだ。

「まっすぐ走って」

サルマーが急がすように背中を叩く。

深浦はふたたび、ペダルに足を戻した。そこからは下り坂で、道は蛇行しながら、例の一直線の道路につながっている。

町にはほとんど明かりが点いていなかった。道路を照らす街灯もない。民家の窓は暗く、照明がない代わりに、月と星の光は燦然《さんぜん》と島に届いている。

ゆっくりと坂を走り下りながら、深浦は島の全貌から目を離せないでいた。

*

起きてくれ、とポウに身体を揺さぶられるまで、美水は頭に泥が詰まったように眠りこんでいた。夢も見ず、死んでいるのとほぼ変わりがないくらいの深い眠りだ。

「――？　どうした」

まだ自分が泥人形になっている気分で、どうにか目を開こうとする。魚油のランプしかないこの部屋の明かりですら、まぶしい。

「連絡が来た。日本の交渉人から」

驚きで、泥人形が一瞬で人間になった。

「何と言ってる？」

「直接、話せないかと。メールじゃなくて」

メールだと返信が来るまで間が空く。それが待てなくなったのだ。日本はいま、夜の十一時半ごろだろうか。まず、一般的には寝静まっていてもおかしくない。そんな深夜に、テロリストとの会話を急ぐ理由はひとつしかない。

「人質解放を急ぎたいんだな。じき攻撃が始まるんだ」

「やっぱり、夜明けに攻撃開始ってところか」

ポウもちらりと時計を見やる。

こちらの居場所を知られず、リアルタイムで会話するために、インターネットのテレビ電話を利用する準備は進めていた。匿名性を保つために通信が遅くなるので、映像抜きの音声のみで対応するつもりだ。

やり方を相手に知らせるメールを送り、ひと息つく。

衛星から、新しい信号を受信した形跡はない。あいかわらず、〈箱舟〉とは通信できないということだ。

日本の交渉人とどう話をつけるか、アハマトと相談することはできない。自分で考えるしかない。

「もしもし？」

ポウが、スマホを片手に誰かと話し始めた。目つきが厳しくなったところを見ると、キャンプで何か起きたのかもしれない。

「――キャンプで脱走者が出た」

電話を切り、眉をひそめている。

「どうやって？　夜は足枷でつないでいただろう？」

「誰かが足枷を外した。どうやったのかわからんが、小屋から鍵を盗んだやつがいるんだ。同じ天幕の捕虜が、ひとり消えたことに気づいて騒ぎだしたのでわかった。いまライラが捜している」

キャンプの人質は各国との交渉材料として大切なだけでなく、労働力としても重宝している。日中はポウをはじめ、交代で仲間が監視しているが、夜間は人手が足りない。奴隷扱いで気が引けるが、脱走を防ぐためには、足枷にでもつなぐしかない。

世界中を騒がせるテロリストだと言われているものの、実際のところは、限られた資源を使って、どうにか体裁を整えているだけだ。傭兵《ようへい》を雇えば事情は大きく変わっただろうが、資金的には余力があっても、アハマトは決して、夢見る未来をともにする人間以外を、仲間に加えようとはしなかった。

「で、逃げたのはどいつだ？」

ポウが、妙な表情をした。

「例のパイロットだ。クロウだよ」

*

サルマーが案内したのは、倉庫のような建物だった。

おそらくこの島では珍しいはずの、コンクリートとぴかぴかの金属でできている。建設されて間がないようだ。そこだけ、まるで芝浦《しばうら》埠頭あたりの倉庫街にでも迷い込んだようだと思った。

「なあ、こんなものを建てられるんだから、この島は外部と物資のやりとりをしているんだろう?」

船もない、島から出る交通手段は何もないと聞かされていたが、そんなわけがない。だいいち、あれだけ多くの民家があり、町があるのだ。

サルマーは答えず、自転車を建物の陰に隠すよう指示し、歩いていく。見張りがいるのではないかと見回したが、周囲に人の気配はない。

「向こうに入り口があるから」

正面にある巨大なスライド式の扉には見向きもせず、まっすぐ建物の裏に急いでいる。

彼女はこの場所も知り尽くしているようだ。

「この島は、いったいどういう島なんだ。住民もいるようだけど、〈ラースランド〉は、この島とどういう関係なんだ？」

　こちらを振り向いたが、やはり彼女は深浦の質問には答えなかった。

「いいかげん、答えてくれ。俺は仲間を救出しなくちゃいけないんだ。君も見ただろう、潜水艦の中で、俺の同僚のカイトを。あいつ、無事なのか？」

「もちろん無事よ。別の天幕にいて、同じように働いてた」

　その質問にだけ、きっぱりと答えた彼女は、建物の裏に回りこむと、そこにあった通用口の扉に、鍵を差し込んで開けた。

「入って」

　中にすべりこんで扉を閉めてしまうと、建物の内部は、外より遥《はる》かに闇に満たされていた。目が慣れるまで待っても、窓もない建物のようで、まったく何も見えてこない。

　サルマーは、黙って壁を手探りしていた。

「なあ、サルマー。君はどうして、俺を逃がして、ここへ連れてきたんだ？」

「だから、助けてほしいことがあるから」

「人質の俺に、君を助けられることがあるとは思えないけど」

　サルマーはしばらく黙り、困惑の滲む息づかいで、壁の手探りを続けていた。どうやら、照明のスイッチを探しているらしいが、見つからないのだ。

「――だって、このまま放っておくと、オマルが死ぬかもしれないって、ヨシミズが言ってるから」

潜水艦内で会ったアハマトの顔が浮かぶ。

「死ぬ？　どうして？」

「いろんな国の艦艇が、〈箱舟〉を取り囲んでるの。夜明けとともに総攻撃じゃないかって、ヨシミズたちが話してるのを聞いちゃった。もし脱出できなかったら、オマルや乗組員のみんなが危険でしょう？」

深浦は目を瞠った。米軍をはじめとする艦艇が、あの潜水艦の所在を探知し、攻撃しようとしているのなら、自分にとっては願ってもないことだ。

〈ラースランド〉は、オマル・アハマトがもし潜水艦とともに沈んだなら、人質をどうするつもりだろう。

「ちょっと待った――。放っておくとアハマトが死ぬかもしれないから、俺をここに連れてきて、解放するって？　君はアハマトを助けたいんだよな。それはわかるけど――」

「ううん、わかってない！」

サルマーがか細い、震える声で叫んだ。

「わかるはずがない。オマルは私のために、〈箱舟〉を造らせたの。私を逃がすために。私を生かすために。私のことなんか見捨ててしまえば、今でも国で楽な生活を送っていたはずなのに、私を逃がすと決めたばかりに、一生お尋ね者で〈箱舟〉から下りることもできない！」

　彼女の声に必死の思いを聞き取り、深浦は困惑してサルマーの頭を暗闇のなかで探した。子どもの頭を撫でて、安心させてやりたかった。だが、声で見当をつけても、なかなか彼女の身体に手が触れることはない。彼女はどうやら、少しずつ前進しているようだ。

「オマルと君は、どういう関係なんだ――」

　彼女は潜水艦に乗っていた。自由に移動し、兵士らと親しげに話していた。答えは見当がついたが、彼女の口から聞きたかった。

　カチリという音がした。サルマーの手が、ようやく照明のスイッチを探し当てたらしい。高い天井にある蛍光灯がまたたき、爆発するような光の洪水に、まぶしさのあまり深浦は瞼《まぶた》を閉じて瞳を守った。

「私はオマル・アハマトの娘なの」

　サルマーが言い放ち、軽やかに駆けだす足音が聞こえた。

　――やはり、親子か。

　生涯、あの艦から下りられないというアハマト以外に、わざわざ自分の子どもを潜水艦に乗せたい人間はいないだろう。

「サルマー？」

　深浦はまぶしさに抵抗しながら、そろそろと目を開いた。ずっと月明かりを頼りにここまで来たので、こんな明るさには耐えがたい。目を開けようとすると涙が滲み、痛みすら感じながら瞬きを繰り返し――。

そして、見た。

天井の高い、広々とした倉庫の中央に、たったひとつ大切そうに置かれているものを。

思わず、唖然として口を開き、自分の目に映るものが信じられずに何度も見直した。夢でも見ている気分だ。

「どうして、F－15がここに――？」

倉庫――いや、格納庫に保管されているのは、塗装されていないF－15に間違いなかった。深浦の驚きを見て、戦闘機の脚に触れているサルマーが、満足そうに頷いた。

「だってこれが、あなたとカイトをここへ連れてきた理由だから」

15

風の音が、スピーカーから流れている。

通信回線が貧弱なので、音声のみの通信を行うという話は、あらかじめ聞いていた。

楕円形のテーブルにスピーカーを設置し、韮山、小嶋総理、内閣危機管理監の杉本、防衛大臣の牛島の四人が、テーブルを囲んで真剣に耳を傾けている。小嶋は私服姿だ。

『そちら、聞こえますか』

交渉人の大友《おおとも》という男性が、スピーカーの向こうから落ち着いた野太い声で尋ねた。彼の自宅に専用の機材を入れ、交渉の内容を中継させる。技術者が調整すると、風のような雑音がほとんど消えた。

「韮山ですが、しっかり聞こえています」

大友は六十七歳だというが、温厚な外見に似ず、肚の据わりかたが尋常ではない。長らく外務省の中東アフリカ局に勤務し、あの複雑な中東情勢に対処してきた男だ。肝が太くなくては、やっていけまい。

『先方との通信は、暗号化した秘話通信ソフトを介して行います』

「向こうはオマル・アハマト本人ですか」

『いや、代理人だそうです。日本語で会話すると言っています』

テロリストの仲間に日本人がいるのだろうか、とこちらの面々は顔を見合わせる。

――深夜零時だ。

現地時刻では、午前三時。

テロリストとの直接対話を求めた小嶋総理も、通信内容を聞きたいと言った。深夜に突然、首相官邸にバタバタと要人が出入りすると、無用なマスコミの注意を引きかねないので、総理に韮山と杉本、それに牛島の四人のみが官邸地下の危機管理センターに参集し、交渉人による交渉の模様を傍受することにした。

とはいえ、彼らを護衛するシークレットサービスや専用車は出入りするわけで、今ごろきっと、何ごとが起きたのかと官邸の外側で憶測がかまびすしいことだろう。

『かかってきました』

大友のその言葉とともに、官邸側のマイクが切られる。こちらは聞くだけだ。

『大友です。そちらは、オマル・アハマト氏の代理人の方で間違いないですか』

『間違いありません。私は、〈ラースランド〉の広報を担当しています』

相手の声の若さに、韮山は驚いた。孫とたいして変わらないのではないか。せいぜい、二十代後半だろう。

メールで取り決めた、相手が本人かどうか確認するためのやりとりが続いた。儀式のような会話の末、問題はないと判断したようだ。大友が咳払いする。

『それで、あなたを何とお呼びしましょう』

『ヨシミズと呼んでください』

『日本の方ですか』

——日本人か。

静かな驚きが、官邸側に広がる。

『私は、アハマトの考えに賛同し、今は〈ラースランド〉人として行動をともにしています』

『日本で生まれたのですか。ネイティブの日本語を話されるようですが』

相手は答えない。

官邸側には、警察や公安当局のスタッフも詰めている。彼らは、ヨシミズという名前から、交渉相手の素性を突き止めようとすでに動きだしているだろう。

『――単刀直入にお話しします。お伝えした通り、こちらは拉致された人質二名の無事解放を要求します』

『こちらの条件も、お伝えした通りです。私たちは、〈ラースランド〉の独立を求めています。それはつまり、〈ラースランド〉に参加する人間の生存権を認めてほしいからです』

『生存権とは、具体的にどういったことを指しているのでしょう』

大友が尋ねる。

『オマル・アハマトは、祖国のサウジアラビア政府から命を狙われています。世界中どこにいても、刺客が来るんですよ。何度も命の危険にさらされました。だから彼は、〈箱舟〉を建造して海に逃げました』

ヨシミズという青年の声は、交渉にもこういった公式な会話にも慣れていない雰囲気だが、大友と同様、不思議に落ち着いている。

『アハマト氏は、国際刑事警察機構《ICPO》からテロリストとして指定されています』

『サウジにいるアハマトの敵が、そのように通報したからです。彼は別に、テロ行為になんか加担していませんでした。ただ、消滅しつつある、とある砂漠の民の娘と結婚し、子どもが生まれただけなんです』

『――それだけで、なぜテロリストだと？』

『その民が、いまアラブでテロリストとして扱われているからです』

『中東で、ひとつの民族全体がテロリストとして恐れられる例は確かにありますが――』

『ごく普通の砂漠の民ですよ』

ヨシミズという青年は、大友の言葉を遮るように声をかぶせた。

『アハマトは妻子の存在を何年も秘密にしていましたが、現国王一家から妻帯を勧められ、隠しておけなくなって告白しました。彼の妻の民族は、一夫一婦制なんです。それに、妻が重い病気になって、欧州で先進医療を受けさせたいという気持ちもあったそうでね。ですが、その告白が裏目に出て、彼らはサウジに帰れなくなった。妻が病気で亡くなった後、サウジはアハマトに、娘を捨てて国王一家に忠誠を誓うなら、彼だけ戻ってもいいと言ったそうです。もちろん、彼は断りました』

韮山は眉間に皺を寄せた。

回線の向こうで、大友はさぞ、これからどのように交渉を進めていくべきかと、困惑していることだろう。

交渉人にもいろんなタイプがいるが、大友は、淡々と穏やかに、互いの要求をすりあわせて落としどころを探るタイプのようだ。

とはいえ、人質解放のための交渉に持ち込むつもりが、こんな青くさい話を聞かされるとは、予想外だったはずだ。

『〈ラースランド〉とアハマトは、言われるような残虐非道のテロリストではありません。アハマトは、妻の親族に、彼女の葬儀のための費用を送りました。そのためにテロリストを資金面で支援したことにされたし、その後もずっと命を狙われ続けています。帰れば国家反逆罪で死刑にされるのは目に見えているし、娘を見捨てるつもりもない。そういう人なんです』

『しかし、厳しいことを言うようだが、他国の人間を拉致して人質を取ったことの言い訳にはならないですよね』

『どこの国家が私たちの話をまともに聞いてくれますか？　アハマトが捕まれば、テロリストとしてサウジに引き渡されて、死刑になるでしょう。あなたがたを交渉のテーブルにつかせただけでも、リスクを負う価値はあったと思います』

『あなたは人質解放の条件が、〈ラースランド〉の独立だと言うけれど、それは日本政府だけが認めたところでどうにもならない問題ですよ』

『わかっています。ですからまず、今われわれの〈箱舟〉を追っている艦艇群を、潜水艦も含め、すべて引き揚げさせていただきたい。それがふたりを解放する条件です』

韮山は、小嶋総理や牛島たちと顔を見合わせた。急に、現実的な着地点を見せられたようだ。ヨシミズが続ける。

『もちろんわかっていると思いますが、このまま攻撃が続けば、そちらの人質も一緒に海の底です。〈箱舟〉を救出することは、人質解放の前提なんですよ』

──厚かましい言いぐさだな。

韮山は鼻に皺を寄せた。だいたい、たった一隻の潜水艦を持っているだけで、世界中を敵に回そうというのだから、それだけでもそうとう厚かましい。ただ、このヨシミズという若者の、誰を相手にしても堂々とした態度には興味を引かれる。

韮山の孫も、二十歳そこそことは思えないほど、年齢の離れた大人に対して直截《ちょくせつ》に発言するので、近ごろの若者に特有の感覚なのだろうか。

『興味深い提案ですが、問題がふたつあります』

大友は、さらさらとペンを走らせる音とともに、言葉を継いでいる。

『ひとつは、現在そちらの潜水艦──〈箱舟〉を追っている艦艇を指揮しているのは米軍で、日本政府ではないということ。もうひとつは──ヨシミズさん自身が、いま〈箱舟〉に乗っていないでしょう？』

それは、前から指摘されていることだった。潜水艦は、浅瀬にいる時以外、外部との通信がほとんど不可能になる。交渉役は、潜水艦には乗っていないはずなのだ。

ヨシミズは、その問いには答えない。

『もしアハマト氏が今も〈箱舟〉に乗っているのなら、ヨシミズさんが彼と意思の疎通が図れるという確証がない。艦艇が引き揚げれば、本当に人質が返ってきますか？　さらに、潜水艦は姿を隠すのが本分です。米軍の潜水艦が引き揚げたと言っても、私たちにはそれが本当かどうか、知りようがない』

『――日本政府が米国と交渉して〈箱舟〉を救うなら、その後のことはこちらに任せてもらって問題ありません。そこは、こちらの言葉を信じてもらうしかない』

『確実に、人質を返してくれると言うんですか』

『そちらが約束を守れば、こちらも約束を守ります』

しばらく間が空いた。

『検討する時間をください。一時間ほどで通信を再開したいのだが、可能ですか』

『お待ちしましょう』

大友が中断を申し入れ、ヨシミズが了承して通話は終わった。官邸側のマイクのスイッチが入る。

「大友さん、ご苦労さまです」

小嶋総理がねぎらいの言葉をかけた。

〈ラースランド〉側の提案について、その可否をこちらに尋ねるのかと思いきや、大友は意外なことを言いだした。

『私見ですが、人質のふたりは、潜水艦に乗っていないいんじゃないでしょうか』

「それは――」

小嶋が戸惑いを見せ、マイクに身を乗り出す。

「それが本当なら喜ぶべきニュースですが、大友さんは、なぜそのように考えるのですか」

『ヨシミズは、必ず人質を返すと言ったでしょう。あの言葉に迷いがなかった。現在の状況で、もしも人質が潜水艦に乗っているのなら、あんなに確信が持てるはずがありません』

どう思う、と言いたげに小嶋がこちらを振り返る。韮山は腕組みして首をかしげた。

「――ありえることです。とはいえ、人質が潜水艦に乗っていないことを前提に、交渉を進めるわけにもいきませんから」

『もちろんです。〈ディープ・ライジング〉の艦艇を引き揚げさせるのは、可能なんですか』

――それは無理だ。

〈ラースランド〉の潜水艦にＥＭＰ攻撃を受けた米国側が、撤退を承諾するはずがない。

だが、韮山が即答をためらったのは、無理だと答えれば人質が戻る可能性がなくなるからだ。

大友が推理したように、人質が潜水艦にいないのだとしても、もし潜水艦が撃沈されれば、残党が人質を返すはずがない。

「〈ラースランド〉には交渉すると答え、米国に攻撃開始を遅らせてもらうのはどうですか。相手の要求は艦艇の引き揚げですから満足しないでしょうが、夜明けとともに総攻撃では、交渉に使える時間がいくらもないですから」

まずは無難な落としどころを、ひねり出す。

小嶋が時計を見て、腕組みした。

「ワシントンは午前十一時ごろですか。大統領とのホットラインを準備してほしいですね。カード大統領に、直接、状況を伝えます」

「しかし総理、米国には、こちらが〈ラースランド〉と交渉していることを教えることはできませんよ。大統領は抜け駆けを嫌うでしょう」

「アハマトについて、新情報があると伝えるのはどうですか。彼の背景についてヨシミズが語ったことが、どのていど正確かはわかりませんが、あれが本当ならアハマトという人物について私たちはみんな誤解していることになる」

――〈ラースランド〉側の言い分がたとえ真実でも、米国がサウジを非難してアハマトの肩を持つことなどありえない。

そう考えたことなどおくびにも出さず、韮山は身を乗り出した。

「どのように新情報を手に入れたことにしますか」

「『中東情報に強い筋から』ということで」

小嶋がとぼけた表情で言ったので、うっかり笑うところだった。

「——信じるかどうかはともかく、それで行きましょう。通話の準備をさせます」

小嶋が総理の座についた時には、まさかここまで純朴な男だとは思わなかった。韮山の見たところ、単純な「いい人」に政治家は務まらない。小嶋はじき交代するかもしれない。

——だが、まあいいか。

結局、世の中を動かしているのは総理ではない。自分のような海千山千の熟練者が、知恵を絞っているから世界は回るのだ。

＊

「いや、無理だって。戦闘機ってのは、スイッチを入れて、給油だけしたら飛ぶってわけじゃないんだからさ」

深浦は、格納庫におさめられた、無塗装のF‐15の脚を撫でながら、呻いた。

深夜に、アハマトの娘と名乗る少女、サルマーにここに連れてこられ、この機体を見せられた時は気分が舞い上がったが、彼女がこれから、自分にF－15を操縦させようとしていると知って、いっきに萎《な》えた。

「整備士もいない、必要なチェックもできてない、電気系統だってどうなってるか――。だいたい、これは俺が国で乗っていたF－15DJとは似て非なるものだ。いったい、どこから持ってきた？」

「サウジアラビア空軍」

サルマーが唇を尖らせ、ふてくされたように、サンダルの先で床を蹴っている。

「サウジか――」

サウジアラビアは、米国と日本につぐF－15のヘビーユーザーだが、F－15C、F－15D、F－15Sが中心で、内部の電装品などはすっかり異なり、別の機体のようになっているはずだ。

――たしかに、これに乗って逃げるってのは、魅力的だけどな。

深浦はもう一度、機首を見上げた。ほんの二週間ほど見なかっただけだが、懐かしい気分がする。

「家電だってそうだろ。長いあいだ放置すると、内部が錆びたりして故障につながるんだ。こいつだって、スイッチを入れても動かないかもしれないぞ」

ううん、とサルマーが首をぶんぶん横に振った。

「それはない。つい最近まで、ここで飛ばしてたもん」

「ここで飛ばしてた？　誰が？」

意外な言葉に眉根を寄せる。

「サウジの、元空軍パイロット。オマルに頼まれて、イーグルの飛ばし方や戦闘法、メンテナンスなんかについても教えるために、ついてきたの」

「ここにいるのか？」

「ううん。国王から、戻ってこないと家族を死刑にするって言われて、逃げちゃった」

だから、と視線に力をこめる。

「この機体は放置されてたわけじゃない。手入れもしていたし、時々この島の上空を飛んでた。整備士もちゃんといるよ。今は夜中だから寝てるだろうけど。だいいち、クロウたちが来るとわかって、数日前からしっかり点検をしてたんだから、大丈夫」

「つい最近まで飛ばしてたって、いつのことだ？」

「――二週間とちょっと」

しぶしぶ、サルマーが上目遣いに答える。

――それでか。

ようやく深浦にも得心がいった。他国の人質は、みんな漁師だったり船員だったりしているのに、自分とカイトだけがパイロットなのは、F－15の乗組員を狙ったのか。

「――そう。イーグルを使っているのは、サウジを除くと、アメリカ、イスラエル、韓国、シンガポール、それに日本なんでしょ。イスラエルの空軍機をサウジアラビア人のオマルが撃墜させたりしたら中東で戦争が起きかねないし、韓国やシンガポールは島の間をすり抜けていかないと到達できないし、アメリカの戦闘機を撃墜したら、あっという間に米海軍が押し寄せてきそう。日本なら、そうかんたんには外海に出てこられないんでしょ」

可愛い顔をして、小憎らしいことを言う少女に、深浦はため息をついた。

「誰かがそんなことを君たちに吹き込んだな。美水か？」

サルマーはふくれっ面をしただけだったが、答えは聞かなくてもわかっていた。

――あいつめ、日本人のくせに。

「ねえ、給油だってちゃんとしてあるんだよ。嘘だと思うなら、エンジンをかけてみてよ。逃げたくないの？」

もちろん、逃げたいに決まっている。

サルマーの主張が本当なら、このF－15を飛ばすために何が必要か、深浦は忙しく考え始めていた。それに、カイトを連れてこなければならない。

「こいつは、島に一機だけなのか？」

「そう。一機だけ、空軍の機体を持ち出したんだって」

「呆れたな――何のために持ち出したんだ？　戦闘機を一機だけ持ってたところで、たいした働きはできないのに」

「このイーグルそのものを、戦闘に使うわけじゃないもん。これが飛ぶところを研究して、ドローンの開発や操縦に応用しようとしてたみたい。今なら新型の機種も次々に出ているけど、動きがいいんだってヨシミズが言ってた。だから私たちには、Ｆ‐15を飛ばせるパイロットが、どうしても必要だったの」

美水らが潜水艦内から操縦していたという、例のドローンを苦々しく思い出す。

本物の戦闘機パイロットを養成するのは、戦闘機を購入するより費用がかかる。性能のいいドローンを開発して、ゲーム感覚で操縦する〈空軍〉をつくるつもりだったのか。

「そう言えば――潜水艦の、俺たちふたりが閉じ込められていた部屋の鍵が、開いたままになっていたことがあったんだ。あれはいったい、何だったんだ？」

これ幸いと脱出して、あやうく射殺されそうになった。サルマーが眉根を寄せた。

「あの後、誰が鍵をかけ忘れたのか、問題になってたけど。たぶん、ルシィのいたずらだと思う」

「ルシィ――あいつか」

美水ではないほうの、ドローンのパイロットだ。

「ルシィは、Ｆ‐15のパイロットを連れて来るのを嫌がってたから。ドローンの操縦なら自分が一番だと思っているけど、本物のパイロットにはなれなかったからね」

「あいつ、俺たちをわざと逃がして、警備に射殺させようとしたのか」

彼女が薄い肩をすくめる。

「——いちおう聞いておくけど、君は、このイーグルで俺に何をさせるつもりなんだ？これ一機で、君らの潜水艦を助けるなんてことは無理だぞ」

「そんなの、わかってる」

サルマーがまた、唇を尖らせた。

「だいいち、遠いもん。これでオーストラリアに行ってほしいの。そこであたしがみんなに説明して、攻撃を止めてもらうから」

「ちょっと待て」

——あたしがみんなに説明する？

眉間に皺が寄ってきた。彼女の話を聞いているだけで、胃に穴が開きそうだ。

「ひょっとして、君も乗っていくつもりなのか？　こいつに？」

「だって、シートがふたつあるじゃない」

「いや——戦闘機ってのは——」

サルマーが知っているような、民間用の小型旅客機やビジネスジェットとは、加速も乗り心地もわけが違う。

反論しようとしたが、急に呼吸困難を感じて、深浦は天を仰いだ。

――勘弁してくれ！

「君は連れて行かない。俺だけで行くか、カイトと一緒なら考えてみる。そもそも、滑走路はどうなってる？　ほんとに飛べるのか？」

「だめ、私を連れて行かないなら、乗せない！」

サルマーが頬を紅潮させ、F－15を背中にかばうように立ちはだかった。

「クロウが自分たちだけで逃げたいのはわかるけど、私が行って説明しないと、わかってもらえないし意味がない」

「何を説明する気なんだ？」

自分が逃げたいから、この少女を連れて行きたくないと言っているわけではない。ため息をつきたくなったが、深浦はサルマーを見下ろした。深浦の胸のあたりまでしか背丈もない、小さな女の子だ。

「〈箱舟〉は私なの」

ミルクチョコレートのような肌の色に、卵形の顔立ちをして、目はくりくりと大きく、リスのように活発に動く。この少女は、大きくなったらびっくりするような美人になりそうだ。

その勝ち気で愛らしい顔で、彼女は必死に訴えてきた。

「なぜオマルがテロリストだと言われているのか。なぜ私が生きていてはいけないと言われるのか。私の民のこと。——世界で何が起きても、みんな無関心だから。どこかで戦争が起きて、暗闇で迫撃砲におびえる子どもがいても、自分のことでさえなければ見て見ぬふりができるもん。だけど、目の前にその子どもがいたら、無視できないでしょ？　少しは話を聞いてくれるでしょ？」

——どうだろうな。

深浦は吐息とともに床に膝をつき、彼女と目の高さを合わせた。

「——あのさ。君のお父さんは、君の存在を隠して命を助けるために、潜水艦を造ったり、この島にキャンプをつくったりしたんだろ。それなら、もしも君が勝手にここを出て、外の世界の目にさらされて何かあったりしたら、お父さんが悲しむんじゃないのか」

「だって、もう終わらせないと。このまま、世界を相手に〈箱舟〉だけで挑発し続けるなんて、できるわけがないでしょ。オマルは絶対に途中で諦めないから、私がやめさせないと」

——引かないな、こいつ。

子どもだが、子どもなりのまっすぐさで、大人の理屈に立ち向かうつもりらしい。

考えてみれば、自分も他人のことを批評できるほど「できた」大人ではない。気ままに生きてきたではないか。

「とにかく、ここにカイトを残して、俺だけが脱出するわけにはいかないんだ。君がどうしても自分を連れていけというなら、カイトをここに連れてくるんだ。俺はここに残る。カイトに操縦させて、運んでもらえ」

「今さら、無理言わないで！」

サルマーが目を丸くした。

「クロウが逃げたことは、そろそろ気づかれてると思う。カイトを連れ出すなんて無理。覚悟を決めてよ。責任があるというなら、いったん逃げて、助けを呼べばいいじゃない」

彼女の言葉が正しいことはわかっていた。カイトを先に逃がしたいというのは自分のわがままだし、責任感の発露というより、単にいい格好をしたいだけなのかもしれない。自分にもう、わからない。

「――飛行服や耐Gスーツはあるか？」

「そこのロッカーに、ふたり分ある」

だが、サルマーが着られるようなサイズではないはずだ。

「いいか。戦闘機ってのは、君の予想してる以上にスピードが出るんだ。普通なら、ヘルメットに耐Gスーツを着て、酸素マスクをつけて、万が一、脱出しなくちゃいけなくなった時のために、いろんなものを持って乗り込む。だけど、今回はそれができない」

考え直すなら今だぞ、というつもりで目を覗きこんだが、彼女はしっかり頷いた。

「知ってる。サウジの空軍パイロットにも、いろいろ聞いてるから」

「それなら、少し時間をくれ。ざっと点検して、飛ぶだけなら問題なさそうかどうか、考えてみる。それから、ミサイルはついてないけど、兵器類はすべて外すからな」

「どうして？」

「未確認の戦闘機が襲撃してきたとオーストラリア軍に誤解されて、撃墜されたら困る」

シャツの袖をまくりながら、深浦は機体に近づいた。整備の基礎知識は持っている。

――他は何もできなくていい。ただ、飛べればいいんだ。

祈るような気持ちで、手近な電装品のケースの蓋を開けたが、ふだん見慣れた部品と異なるタイプの機械が、それも英語とアラビア語の交じった説明文つきで設置されているのを見て、がっかりする。

――第一次世界大戦のころの、複葉機にでも乗ってるつもりで行くか。

飛べて、方向舵《ラダー》がきいて、無線で連絡が取れればいい。耐Gスーツも、子どもの身体には無理だろうから、とりあえず自分だけ着て、スピードを出さずに安全運転で行く。

――イーグルで安全運転か。

バルカン砲の弾薬が装填されているかどうか確認しようと蓋を開けたが、そちらは空っぽだった。

「サルマー。ここから目的地までの地図を見つけてきてくれないか」

木の椅子に座り、足をぶらぶらさせていたサルマーが、ぴょんと飛び降りて駆けていった。地図を見せるということは、この島の位置もわかるということだが、彼女はもう、気にしていないらしい。

タラップを上がってコックピットを覗きこみ、深浦は再びため息をついた。

「――めっちゃ古いじゃないか」

グラスコックピット化される以前の、計器類が山ほど取り付けられたタイプだ。

――俺、本当にこれ飛ばせるかな。

訓練を含め、いろんな機種に搭乗した経験はあるが、正直、だんだん腰が引けてきた。

ただ、計器の数は多いし、アラビア語で書かれた指示も多いが、基本的な操作はあまり変わらないはずだ――飛ぶだけなら。

計器も、飛ぶのに必要なものだけなら、さほど数は多くない。

なるべく楽観的になろうと、自分を騙しながら深浦は頷いた。

コックピットに乗り込み、ジ《J》ェット・フ《F》ュエル・ス《S》ターターのハンドルを引く。

ほぼ無神論者だが、一瞬、目を閉じて何かに祈った。

ふだん、エンジン始動の際には、万が一のために整備士が消火器を持って待機している。ろくに整備もされていない機体が、スイッチを入れたとたん、炎に包まれる図を想像し、ひやりとした。

小型エンジンは順調に始動し、軽やかな音を立てている。

手順通り、指示ランプを確認しながら左右のエンジンと小型エンジンをつないでいく。そのたびに胸苦しい感覚を味わったが、部隊からはぐれた一匹狼のF－15のエンジンは、快調に動いている。

ひとまずホッとした。サルマーが格納庫にいない間に、これを確認しておきたかった。子どもを乗せた状態で出火でもすれば、いくら後悔しても足りない。

──本当にこいつで飛ぶのか、俺。

最初に見た時には、ぜったいに無理だと思ったのに、だんだん実感が湧いてきた。F－15に乗り込むのも、久しぶりだ。自衛隊機とは仕様が異なるとは言っても、コックピットに乗っただけで、胸が躍った。ここ何か月も、パイロットとしての適性について胃に穴が開きそうになるほど悩んだり、迷ったりしたのが嘘のように、操縦桿を握ると落ち着いた。

──俺は何を迷っていたんだろう。

死ぬかもしれない、日本に帰れないかもしれないという、稀有《けう》な体験を経たからだろうか。

しばらく離れてみれば、コックピットが自分の居場所だと実感する。ここしかない。他人と比較して落ち込み、厳しい指導を受けて自信を喪失するなんて、自分らしくない。グレイが言った通りだ。鞍数が足りないなら、乗って、乗って、乗りまくるしかない。技量が足りないなら、考えて、死にものぐるいで考え抜いて伸ばすのだ。それでもだめなら、その時に考える。

どうして、諦められるなんて考えたのだろう。

ようやく安心して、エンジンを切った。

「そこまでにしときな」

ふいに、女の声が降ってきた。

ぎくりとして声のしたほうを見ると、顔に十字の刺青のある兵士、ライラがこちらにライフルの銃口を向けていた。

「降りるんだ」

「――」

――また捕まるのか。

格納庫にはライラしかいない。深浦はしかたなく、コックピットから降りた。

「あんたを逃がしたのはサルマーだね？　あの子ときたら」

「おい、子どものしたことだ。あの子を責めるな」

ライラが驚いたように目をぱちくりさせた。

「呆れたお人よしだ。あの子を責めたりしないよ、ボスの娘なんだから。自分の心配をしたらどう」

「それもそうだな」

「後ろを向いて、両手を背中に回せ。手錠をかける」

深浦は、しぶしぶ後ろを向いた。ライラが猫のように静かに近づいてくる。心を決めるのに、迷う時間はなかった。

手錠をかけるために、彼女がライフルを下ろす瞬間、勝負に出るしかない。

——来るぞ！

ライラが近づくのを待ち、振り返ろうとした瞬間、後頭部に硬いものを振り下ろされた。

「——！」

思わずよろめいて膝をつくと、二度、三度と肩に打撃がきた。殴られるのを避けようとコンクリートの床に転がって逃げる。

「あんたがやりそうなことなんか、見え見えなんだよ！　おとなしくしないと、次は本当に撃つからね！」

ライフルを振り上げたライラが、目を怒らせている。深浦は頭と肩の痛みに呻きながら顔を上げた。彼女の顔は、兵士らしく厳しく引き締まっている。

「きついな。あんたの一族を全滅させたのは、俺じゃないぞ」

一瞬、ライラの表情が、空っぽになった。深浦の言葉を反射的に拒絶し、心の耳をふさいだ結果だ。彼女は一人前の戦士だった。生き残り、脱出したければ、彼女を猛烈に怒らせるしかない。それが、深浦の出した答えだった。

次の瞬間、彼女はライフルの銃口をこちらに向けて、ボルトを起こした。

「待てよ！　あんたの島に、いったい何が起きたんだ？　あんたが兵士になって、アハマトと一緒に暴れまわるのは、それが原因なのか？」

「うるさい！」

憤激で顔が赤い。左肩のすぐそばを、弾丸がかすめて床をえぐった。コンクリートの破片が飛んで、耳たぶを切った。

「あんたは怒っている。最初に見た時からずっとだ。何に怒っているんだ？」

「お前のような、身勝手な人間どもにだ！」

ライラのスイッチを入れることに成功したらしい。そろそろと足を引き、飛びかかれるように手を床につく。

「俺があんたに何かしたか？」

「あたしたちは平和に生きてた。島では木の実を採り、魚を釣って、食べるものには不自由しなかったし、南国の島だから一年を通じて暮らしやすかった。それなのに」

「あんたの顔の刺青には、何か意味があるのか？」

ライラが青ざめた。彼女の心の、柔らかい部分に銛《もり》を突き立てたようだ。ふだんなら、絶対やりたくない。

「——死ね！」

彼女が、まっすぐこちらの顔に狙いをつけた。深浦は床を蹴り、ライラの腰に肩をぶつけてタックルした。耳元で銃声が響く。ライラは床に倒れながら引き金を引いた。弾丸は天井に当たり、パラパラとコンクリート片を降らした。

銃を奪い、なるべく遠くへと床を滑らせる。ライラの膝が、腹部に入って深浦は呻いた。手錠が彼女の手を離れ、床に落ちる。

「ライラ！　何してるの！」

地図を片手に飛び込んできたサルマーが、状況を見て大声を上げる。だが、ライラの腕を摑む手を緩めるわけにはいかないし、向こうも油断する気配はない。睨みあい、摑みあいながら床を転げまわる。

突然、銃声が響いた。ぎくりとして横目でサルマーを見ると、床の隅に飛ばしたライフルをかまえ、銃口を天井に向けていた。

「ふたりとも、やめて！　やめないと撃つから！」

「おい——サルマー、危ないからよせ！」

撃たれるかもしれないと恐れたというより、サルマーの手つきの危なっかしさに驚き、深浦は思わず手を緩めた。とたんに、ライラが自分の腕を振りほどき、深浦の頰を殴った。

「やめてって言ってるでしょ！　ライラ！」

サルマーが叫ぶ。

「何を考えてるの、サルマー！　アハマトはあんたのためにやってるのに」

「だから！　私はこんなこと望んでない。みんなやオマルを犠牲にして、自分が自由になりたいなんて思ってない！」

ライラがサルマーに気を取られた隙に、深浦は彼女の腕を取り、拾い上げた手錠を片方の手首にかけた。とっさに、もう片方を格納庫の鉄パイプにかける。彼女がハッとした時には、後の祭りだった。力いっぱい手錠を引っ張っているが、びくともしない。

「鍵はどこだ？　もらっておくよ」

手錠を持っているのだから、鍵も持っているはずだ。無言で睨んでいるライラにため息をつき、サルマーを呼んでポケットの中から鍵を取り出させた。

「どうせすぐに誰か来るんだろう。それまでの我慢だ」

鍵とライフルは、格納庫の隅に置いた。

サルマーから地図を受け取る。もうあまり残された時間はない。格納庫の扉に駆け寄り、なるべく静かに開いていく。

木々の向こうに見える東の空が、光が滲むように淡く輝き始めている。もうじき、夜が明ける。

赤道に近いこの島は、夜明け前でもなまぬるい風が吹いている。

「やめなさい、サルマー！　あんた、その男と一緒に死にたいの？」

パイプにつながれたライラが、説得を試みている。少女がまっすぐライラを見返す。

「違う。みんなで生きるために行くの」

「――戻ってこられない可能性が高いぞ」

隣に立ち、きゃしゃな身体を反らして、明るみ始めた空を見つめている少女に念を押す。

彼女はこくりと小さく頷く。

「途中で事故が起きて、海に落ちるかもしれない。そうしたらもう、誰も助けられないぞ」

うん、とだけ答える。子どもなのに、あるいは子どもだからこそ、迷いがなくてやりきれない。深浦のほうが怯《おび》えている。

「どうしてそこまでして、君自身が行くんだ？　アハマトは君のために戦っているんだろう？」

サルマーが胸の前で手を組み、振り向いた。

「自分のことだから。人任せになんて、してられない。クロウだって、自分の命がかかっている時に、何もかも誰かに任せて知らん顔をしていられる？」

深浦はため息をつき、格納庫の外の様子を窺った。ここにライラが来ているというのに、島はまだ眠りにどっぷり浸《つ》かっているようで、彼らを捜すサーチライトや車のライトは見えないし、話し声など何も聞こえてこない。

時おり、早起きの鳥がひと声鳴いて、まだ夜だと気づいたように再び黙り込む。静かなものだった。

「こっちにおいで。後部座席に乗せるから」

こちらを睨んでいるライラは、あえて無視することにした。少女にタラップを登らせ、下から深浦が支えて、後部座席に座らせた。保管されていた飛行服などは、案の定、大人の男性の体格に合わせたものだったが、寒さ対策のため、普段着のTシャツとジーンズの上に、ぶかぶかの飛行服を着せた。

飛行服を着て、サバイバルキットやパラシュートとハーネスとをつなげば、万が一の緊急脱出に備えることもできる。

「ほら、シートベルトを締めて。それから、これをつけて」

彼女には大きすぎるヘルメットをかぶらせて、マスクをつけさせた。あまり高度を上げるつもりはないが、上空では酸素マスクがなければ命が危険にさらされる。

サルマーが、大きな目をこちらに向け、準備OKと言いたげに手を振った。

――カイトと一緒に逃げたかったが。

だが、こんな危険なフライトをするのは、自分ひとりでたくさんだとも思う。

――必ず、助けに戻るからな。

心の中でカイトに約束し、タラップをとりはずしてくれる整備員がいないので、機体に内蔵されたラダーに足をかけ、コックピットに乗り込んだ。中からはラダーをしまえないので、出したまま飛ぶことになる。スピードは出せないが、そもそもサルマーを乗せて、マッハで飛ぶ必要もない。

彼女が見せてくれた地図によれば、この島はソロモン諸島から八百キロほど北東に離れた海上に浮かんでいる。ここからなら、オーストラリアのケアンズ国際空港を目指すのがいいだろう。

無線の周波数は、国際緊急周波数にセットしておいた。いきなりオーストラリア空軍に、ドカンと撃ち落とされるのは避けたい。

こんなに準備不足で飛ぶのは初めてだが、敵地にあった航空機を奪って脱出するのだから、当然だ。

――飛びながら計器とスイッチを調べるか。

キャノピーを閉め、シートとハーネスをつないでいく。準備を整える間も、自分が何か忘れていないか頭の中で考え続けた。

16

東の水平線から、オレンジ色に明るみはじめている。森近は、艦橋に立ち、その様子を眺めていた。

夜明けの光には、神々しいような、心を揺さぶられる温かみがある。この現象が、科学的にはごくシンプルに、地球の自転によるものだと理解していてもだ。

――おはよう。

紫とオレンジに染め上げられた波に、そっと挨拶する。

攻撃開始が近づいている。攻撃までに少し眠るつもりだったが、寝台にもぐりこんでも、眠るどころか、目が冴えて〈ラースランド〉と〈クラーケン〉のことばかり考えていた。

艦長の川島は、森近が起きてくるより先にコンバット《C》・インフォメーション《I》・センター《C》に詰めていたが、寝ていないのだとしても、すっきりと涼しげな顔をしていた。

――じき、攻撃が始まる。

現在、日本は午前二時を過ぎたところだ。ルパンらと話したいと思っても、こんな時刻に電話をかけるのはどうかと思う。

「森近三佐」

艦橋の通信士が、艦内の電話を取りこちらを呼んだ。

「艦長から、CICに来てほしいとの伝言です」

「わかりました」

——いよいよだ。

気を引き締め、CICへの階段を下りていく。ほの暗い室内に、かすかなざわめきが満ちている。川島がこちらに気づいて、にやりと笑いかけた。

「ニュージーランドとアルゼンチンの艦艇が、故障発生でしばらく動けないそうだ」

——その手があったか。

国政選挙が近いという両国は、できれば人質を無事に解放させて、現政権の手柄にしたい。〈ラースランド〉と、ひそかに交渉している可能性も高い。とはいえ、〈ディープ・ライジング〉に参加している手前、正面切って米国に対し異を唱えるのも難しい。

その結果の、「故障発生」だろう。

「『デューイ』の修理は終わったんですか」

「ほぼ完了だ。他の艦艇も動ける」

では、米国としては、もう攻撃開始をとどめるものはない。他国の艦艇のひとつやふたつ置き去りにしたところで、痛痒《つうよう》を感じないだろう。

「彼ら、〈クラーケン〉の位置は、特定できているんでしょうか」

「潜水艦と通信できたようだ。〈クラーケン〉の位置はほぼ特定済みだ」

「では――」

「そろそろ動くだろう」

席を勧められ、森近は腰を下ろした。

「――人質のことは、残念だ」

川島がこちらの苦しい立場を敏感に読み、穏やかに言った。

「もしものことがあっても、救助艇を出す準備を進めている」

彼はそう言ってくれるが、〈クラーケン〉が撃沈された後で、人質の救助など本当に可能だろうか。

「艦長、『デューイ』から通信です」

川島が受話器を取り、言葉少なに応じて、すぐ通信を終えた。

「開始だ」

川島の表情が厳しくなった。すでに、「デューイ」から作戦を指示されているらしい。

〈クラーケン〉がEMP爆弾を他にも保有している場合に備えて、攻撃は潜水艦主体で行う。海上の艦艇群は、指揮と監視――投網よろしく、ソナーやレーダーで〈クラーケン〉の動きを封じる計画だ。

「コンタクトポイントに急ごう。吉住」

川島が副官を見た。

「はい。進行方向そのまま、速度三十」

復唱されるのを聞きながら、森近はレーダーの画面に視線を向けた。もう、後戻りはできない。

＊

ＪＦＳのハンドルを引くと、後部座席でサルマーが落ち着かなげに外を見回した。騒がしいエンジン音を聞いたことはあるだろうが、この激しい振動のなかに身を置くのは初めてだろう。

「行くぞ」

左右のエンジンを始動し、ゆっくりと出力を上げて、機体を前進させる。深呼吸すると、マスクから酸素が流れ出したのでホッとした。そのまま格納庫を出ていく。緊張しているのか、サルマーは黙ったままだ。

「なあ、時々なにか言ってくれよ。生きてるのかどうか、心配になる」

後部座席は見えないし、見えたところでヘルメットをかぶりバイザーを下ろしていては、表情や顔色を確かめることもできない。

『喋ったら舌を嚙みそう！』

早くもうんざりしたような声で、サルマーがヘッドセット越しに唸る。

「わかった、合図を決めておこう。問題ない時は操縦桿《スティック》の右側、何かまずいことが起きれば、左側を叩くんだ。できるか？」

さっそく右側に、振動が伝わってきた。前後の操縦桿は連動している。

「――よし」

この格納庫は、滑走路にも利用できるという、島の中央を貫く舗装された幹線道路に面している。敷地内は舗装されていないが、道路まで鉄板を敷き、F－15がタクシングする通路にしてある。この島でも飛んでいたというのは、嘘ではないらしい。

――エンジン音で、島の住人を叩き起こしてしまうだろうな。

静かな島だ。この騒々しい音は、どこまでも響くに違いない。そろそろと敷地を出て幹線道路の中央で、方向を転換する。

今まで真っ暗だった島のあちこちで、明かりがぽつぽつと灯っている。きっと、エンジン音に驚いて飛び起き、何ごとかと照明を点けて外を覗いているのだ。

滑走路を照らす明かりはない。だが、そろそろ空は淡い桃色と空色のグラデーションに染まり始めている。これなら充分に見える。

風は横風。好ましくはないが、強風ではない。飛べる。

スロットル・レバーをミリタリーパワー《MIL》に入れると、轟音とともに機体が速度を上げて走りだした。

その時だ。

——あれは何だ?

道路の前方に、いきなり車が飛び出してきた。まばゆいライトが、まっすぐこちらに向かっている。いかつい四輪駆動車で、一キロ以上は離れているだろう。邪魔をして、F－15を飛び立たせまいとしているのだ。

遠いが、運転席にいるのがポウで、助手席で何か叫びながら大きく手を振り回しているのが美水だと、すぐにわかった。

何を言っているのかはわからないが、「行くな」「止まれ」とでも叫んでいるのだろう。

「サルマー、本当にいいのか?」

行け、行けと言うように、何度も操縦桿の右側に振動が伝わって来た。彼女がそのつもりなら、迷いはない。

とっくにスピードは時速百キロを超えている。美水らの車まで数秒だ。

コックピットを睨む美水の顔が、はっきり見えた。彼らはブレーキを踏まず、ハンドルも切らず、弾丸のようなスピードで、まっすぐこちらに向かってくる。

——いい度胸だ。

操縦桿を引いて機首を上げると、ふわりと機体が浮き上がった。車の上空を飛び越え、地団太を踏んでいるだろう彼らのはるか高みで、旋回する。後ろにサルマーがいるので、アフターバーナーは使わない。

飛び上がっただけで、深浦の気分は一瞬にして晴れやかになった。

「行くぞ」

サルマーに別れを告げさせるつもりで、島の上空をゆっくり旋回し、自分も島の様子を目に焼きつける。それからケアンズに向けて針路を取った。

*

「信じられない！　こんなにあっさり、クロウを逃がすなんて！　サルマーまで人質に取られた！」

みるみるうちに小さくなり、消えてしまうF－15を見上げ、美水は頭を抱えて怒鳴った。

混乱も混乱、頭の中が大混乱だ。

自分たちが各国政府とのやりとりで手を取られている隙に、クロウがキャンプから脱走した。監視小屋にあった鍵を誰かが持ち出し、クロウの足枷を外したのだ。そう聞いたものの、対処が遅れた。戦闘機のエンジン音が聞こえてから、慌てて飛んできたのだ。

「逃がしたのは、サルマー自身だろう。クロウは戦闘機の存在を知らなかったし」

ポウが格納庫の様子を窺い、呟く。

「ここの鍵のありかや、機体がすぐ動かせる状態になっていることも、あの子でなけりゃわからないはずだ」

「どうしてサルマーが？　何のために？」

知るか、と言いたげにポウが肩をすくめる。

腹立たしいとか、やるせないとか、激しい感情が自分の中でぶつかりあい、荒れ狂っている。

「あれはライラだな」

ポウが呟き、格納庫からライラを救出して戻ってきた。手錠でつながれていたらしい。ライラにしては珍しい失態で、彼女の燃えるような瞳から、怒りが放射されている。美水はため息をついた。

「なあ、ライラ。怒ってもしかたがない。ありうることだったんだ。俺たちが気づくべきだった」

「サルマーも困った子だけど、あの男は許せない！　こんど捕まえたら、頭の皮を剥いでやる」

かっかと怒るライラを宥める。こんなに怒らせたところを見ると、よっぽどひどいことを彼女に言ったのかもしれない。

美水はF－15が去った空を見上げた。

「ドローンでF－15に接近して、飛行の邪魔をすれば、引き戻せるかもしれないな」

「やめておけ。万が一、それであの機が墜落したら、それこそ目も当てられん」

悔しいが、ポウの言う通りだ。こうなると自分たちにはどうしようもない。

「せっかく、米国以外の国をどうにか交渉に引きずりこんだのに！〈箱舟〉を無事に逃がすつもりだったのに！」

F－15は南西に向かっていた。

行く先はオーストラリアかもしれない。

「諦めるしかないな。サルマーには、あの子なりの考えがあるのだろう」

ポウが達観したように腕組みする。

「あの子なりの考えって？　──アハマトに何て言えばいいんだ？」

アハマトに他の選択肢がなかったことは知っているが、美水は最初から、子どもを〈箱舟〉に乗せることに反対だったし、父親から引き離して彼女だけ島に下ろすことにも反対だった。活発で可愛い少女だが、自分の立場が理解できているとはとうてい思えない。

「聞かれたんじゃないか、俺たちの会話を」

そう言われて、昨夜、窓の外で物音がしたような気がして、確かめに行ったことを思い出した。あの時、自分たちは〈箱舟〉が攻撃を受ける話をしていたのだ。

「アハマトが危ないと思って、飛び出していったのか――」

「無線は？　まだ無線は届くんじゃないか」

「――そうか、まだ連絡できる。戻ろう！」

くたびれた四輪駆動車に戻り、ポウとライラを急かして乗せる。この島には、開発中のものも含めて、何機かドローンが保管してある。無人飛行の際には必要ないが、有人訓練飛行用に無線が設置してあるのだ。美水がいた家の納屋にも、一機格納してある。

戦闘機が離陸する轟音で、いつもより早い目覚めが島に訪れたようだ。家々の窓が開き、何ごとかと外の様子を窺う島人たちの姿も見える。

――急がなくては。こうしている間もF－15は島からみるみる遠ざかっている。

＊

米国、オーストラリア、日本の艦艇が、半円上に放射状に並び、追い込み漁よろしく待ち受けるところに、水中で三隻の潜水艦が、まるで勢子《せこ》のように〈クラーケン〉を追い立てる。そういう作戦だ。

「――〈クラーケン〉め、さっさと降参しやがれ」

バージニア級原子力潜水艦「ミシシッピ」の魚雷員、ボビー・ジャクソンは、小さく罵《ののし》った。

いつでも魚雷戦闘に移れる準備をして、「ミシシッピ」は僚艦とともに〈クラーケン〉を追い詰めようとしている。

——その気になれば、何度でも撃沈できたんだ。

潜水艦同士の戦闘は、位置の探知がほぼすべてだ。〈クラーケン〉の位置は、奴がEMP爆弾を発射した時からずっと、丸見えだった。艦長が「魚雷発射」と命じさえすれば、あっという間に撃沈できたのは間違いない。

だが、問題は向こうに乗っているはずの、各国の人質だ。アメリカ人の漁師も何人か、拉致されて今も艦内にいる恐れがあるという。

——誰だって、仲間を撃ちたくないよな。

ボビーの父親と叔父たちは、シアトルで漁師をやっている。獲物は主にタラだ。かんたんに撃沈できるだけに、艦長もジレンマを感じているはずだ。

おまけに、EMP爆弾のせいで、指揮をとる「デューイ」と長い間、連絡が取れなかった。EMP攻撃の直前まで、当艦は〈クラーケン〉の位置を探れと命令を受けていたので、艦長はそれを続行しただけだ。

ボビーは、ちらりと魚雷発射のスイッチを見やる。命令一下、自分がそれを押すはずだ。

滑走路など持つ異形の、テロリストが運用している潜水艦など、たわいもなく沈められる。

——だが。

今もなお、「魚雷発射」の命令は下らない。自分もできれば発射したくない。命令があればもちろん、何も考えずにスイッチを押す。だが、一番いいのは、〈クラーケン〉が諦めて降参することだ。つまり、浮上して白旗を掲げ、いっさいの抵抗を諦めて投降することだ。

この状況を冷静に見て判断すれば、それしかないことが連中にもわかるはずだ。

上層部もみな、同じことを考えて、様子を見ているのだろう。

〈クラーケン〉は今、海上の艦艇らが待つ海域に、どんどん接近している。EMP爆弾の効果が及ぶ範囲が推定できたので、艦艇群がその範囲に入る前に、撃沈の命令が下りるだろう。

——なぜ諦めないんだ。

もう何時間も、潜水艦三隻にべったりと追尾されていることに気づいているはずだ。追うこちらより、追われる奴らのほうが、精神的にもきついのは間違いない。いつミサイルを撃たれるかわからないのだ。

「——もう諦めろよ」

額に滲む汗を、手の甲でぬぐう。父と叔父たちの顔が目に浮かぶ。

『ちょっと脅してやろう。探針一発、撃ってやれ』

ヘッドセットに、司令室の音声が入る。アクティブソナーを〈クラーケン〉に向けて撃ち、降参を促すつもりだ。

『――動きありません』

『こっちが撃てないと思って舐めてるのか』

声に滲む怒りを感じ、ボビーは首を何度も横に振った。〈クラーケン〉は速度や方向を変えず、悠然と進んでいる。

――まったく、米海軍相手に、こんな舐めた真似をする奴らがいるとは。

だが、そろそろ我慢の限界だ。これ以上、奴らの好きにさせると、海上の艦艇群がEMP攻撃を受ける可能性がある。

『諸君、本艦はこれより、〈クラーケン〉追尾より攻撃に移る。魚雷発射準備』

「魚雷発射準備オーケー」

ボビーは急いでマイクに向かった。

『魚雷発射管開け』

「魚雷発射管、開きます」

発射管を開く音は、敵もソナーで聞いているはずだ。こちらの本気が伝わってから、慌てても遅い。

『もう一度、探針』

『探針撃て』

降参しろ、降参しろ、と口の中で呟いていた。テロリストなんかどうでもいい。無辜《むこ》の漁師が気の毒でしかたがない。

アクティブソナーを撃ったのに、司令室はざわつくばかりで、魚雷発射の命令が下りない。ボビーはじりじりとして待った。

——何やってるんだ。

『——そのまま、待機』

いきなり、その指示が出て、思わず顔をしかめた。

——なんだと。

発射管を開いたまま、待てというのか。いったい司令室で何が起きているのだろう。

じっと待つ間も、こめかみから汗が流れ続ける。一秒を一分にも感じ、息苦しさを感じた。

17

思いきりスピードを上げれば、一時間ちょっとで着くかもしれない。

だが、後ろに子どもを乗せた状態で、無茶をするつもりはない。時間はかかっても、子どもの身体にかかる負担が少ないほうがいい。安全が一番だ。

――きれいだな。

見渡す限り、真っ青な海だ。背中から、オレンジ色の光が追いかけてくる。民間航空機と事故を起こしたくないし、なるべく見つからないように高度を下げて飛んでいると、濃紺とオレンジ色の波に包まれているように感じる。

島を離れて十五分経つが、F－15の飛行には特に問題もなく、まっすぐケアンズを目指している。飛び立ってからサルマーはおとなしく、後部座席にちんまりと座り、コックピットから見える景色に心を奪われているようだ。

飛行が安定すると、大きな揺れもなくなった。

――このまま、行けそうだ。

何の根拠もなく、深浦が自信を深めた時、レーダーに何かの光点が映った。予想外のスピードで、どんどん接近している。

――くそ、追手か？

「サルマー、いいか。もしかすると、ちょっと暴れるかもしれないが、心配しなくていいぞ」

サルマーが操縦桿の右側を叩いたらしく、機体の姿勢がぶれるのを感じて調整する。

『――……こえるか。聞こえるか、クロウ。こちらヨシミズだ』

ほら来た、と深浦は気を引き締めた。国際緊急周波数で、美水が呼びかけている。光点は、美水が操縦するドローンだ。いつも深浦たちとは日本語で話していたのに、英語で話しかけているのは、サルマーにも理解できるようにと考えているのだろう。

「こちらクロウ」

『戻ってこい。サルマーを危険にさらしてどうする。その子を人質に取ったつもりか』

「冗談だろう。彼女に頼まれて飛んだんだ」

美水の仏頂面が目に浮かぶ。

深浦が自力でキャンプを脱出できたはずがないのは、彼にもわかっているだろう。誰かが手を貸したはずで、それは状況から見てサルマー以外にありえない。

『とにかく戻ってこい。サルマーは何もわかってないんだから』

「嫌だね。戻らないと言えば、俺たちを撃墜するか？　アハマトの娘ごと？」

『手を焼かせるな。俺がそんなことをするはずがないだろう。お前とサルマーは、サルマー自身と、アハマトの夢を危険にさらしてるんだ。説明すればわかる。戻ってきてくれ』

「断る。島にいる間にいくらでも説明できたはずだろう。だが、お前はしなかった」

美水が黙る。今ごろ、頭を抱えて地団太を踏んでいるかもしれない。

『時間をかけて説明するはずだったんだ。いろいろ手違いが重なった』

「そうかい」

美水は島にいながら、ドローンを操縦しているのだ。島からどのくらい離れた場所まで、遠隔操作できるのだろう。興味が湧いた。

『――知っての通り、こちらにはお前の同僚を含め、大勢の人質がいる。彼らを盾にして脅させたいのか？　お前は俺を悪党にしたいのか？』

「何を言ってる。人質を取った時点で、お前らは悪党で犯罪者だ。今さら、いい子ぶるなよ」

『サルマーは聞いてるか？　俺の声が聞こえるか、サルマー』

後部座席の少女は、ヘッドセットから流れる美水の声に、身体をこわばらせて縮こまっているようだ。気の毒になって、深浦は口を挟んだ。

「彼女は聞いてない。残念だったな」

『アハマトが乗った〈箱舟〉は、米国をはじめとする各国の連合艦隊と、互角に対峙してるんだぞ。たった一隻の潜水艦でな。これからだって、きっと大丈夫だ。僕たちは今、各国政府と連絡を取り合っている。中には、人質を返すなら艦艇を引き揚げてもいいという国もある』

そんな馬鹿な、と深浦は眉をひそめた。

『本当だ。サルマー、戻ってこい。僕たちはいま、〈箱舟〉を無事に救出するために手を

「悪いが、もう彼女の意思は問題じゃない。俺がこの機を飛ばしてるんだ。切るぞ」

『切るな！　カイトがここにいることを忘れるなよ。戻ってこなければ、あいつがどうなっても知らないからな』

深浦はため息をついた。

——美水は本当に、困った男だ。

「サルマーに聞いたよ。お前、キャンプの捕虜たちに、逃げれば同じテントの仲間を射殺すると脅したそうだが、実際は引き離しただけだったそうだな。お前らがカイトに危害を加えたりするもんか。それより、あとどのくらい話せる？　本音を聞かせろ。俺たちはじき、文明社会にたどりつくだろう。サルマーは、みんなに例の潜水艦やアハマトに関して話すと言ってる。俺にはよくわからんが、彼女には勝算がありそうだ」

彼らがキャンプの捕虜を殺さないという、サルマーの言葉は正しいだろうかと、懸念が脳裏をかすめる。賭けだ。負ければカイトに危険が及ぶが、現時点で島に引き返すという選択肢は、深浦にはない。大至急オーストラリアに飛び、助けを呼ぶつもりだ。

『サルマーはわかってない。アハマトは、彼女の存在を隠すために、島や〈箱舟〉を用意してきたんだ。彼女が姿を現せば、なにもかも台無しじゃないか』

「詳しく話してみろ」

深浦が促した時、後ろからサルマーが会話に割り込んできた。

『ヨシミズは、カイトにひどいことをしたりしない。そうだよね』

『サルマー、いいから戻ってこい』

『心配しないで。ヨシミズはヨシミズの仕事をしてくれればいいから。私は、〈箱舟〉のことを世界中に訴えたいの』

『君が生きていることがわかれば、また狙われるんだぞ』

『世界中に私の存在とこれまでのことが知られれば、うかつに命を狙うことはできないでしょう？』

美水が黙り込んだ。眉間に皺を寄せて考え込む彼が、目に浮かぶようだ。

「──美水。俺が言うのも変だが、彼女には考えがある。言っても聞かないと思うぞ」

後ろから、一定の距離を開けてぴたりとついてきていたドローンが、遅れ始めた。

『──そろそろ、限界だな。このドローンではそちらについていけないようだ。僕はここで別れる。サルマー、いいか。アハマトの気持ちを無駄にするな。彼は君のために、命を懸けるつもりだ』

言葉の終わりには、電波の状態が乱れ始めていた。サルマーが沈黙しているうちに、ドローンが旋回し、F-15からどんどん離れていく。

「──行ったな」

本当にいいんだなとサルマーに念押ししかけて、深浦は首を振った。

――何を考えてるんだ、俺。

今はとにかく生還し、島へ応援を送ってカイトらを救出することだ。

「――サルマー。なるべく穏やかに飛ばすから、どうしてこんなことになったのか、俺に話してみないか。俺に話したところで、何ができるわけじゃないけど、場合によっては助けになれるかもしれないし」

物憂い様子で外を眺めていたサルマーが、ぽつりぽつりと口を開き始めた。

＊

たった一隻の潜水艦に、いくつもの大国が振り回されている。

『残念だが、これだけの脅威をみすみす放置はできねえな。俺たちも、罪もない漁師を人質に取られている。なんとか彼らを救いたいが、〈クラーケン〉が備える兵器はわが国の潜水艦並みだ。この機会に捕らえるか、撃沈するか。とにかく、ヤツらを逃がすわけにはいかん』

会議室の丸テーブルの中央に設置されたスピーカーから、カード大統領の巻き舌で嚙みつくような大声が流れている。西部劇から飛び出したようなテンガロンハットをかぶり、テレビ番組のスターから大統領になった稀有な人物だが、言葉遣いと同様に気性も荒っぽい南部の男だ。

韮山は、丸テーブルのそばに腰を下ろし、静かに腕組みして、大統領と小嶋総理をホットラインで結んだ電話会議に耳を傾けた。

「大統領。しかし、このまま〈クラーケン〉を沈めてしまうと、事件の背景が闇に葬られてしまう恐れがあります」

小嶋総理が、熱意をこめて身を乗り出す。

「テロリストが、あれだけの装備をどうやって手に入れたのでしょう。オマル・アハマトはサウジの王族で富豪だそうですが、彼の資産は法令により凍結されているとも言われています。聞くところによれば、〈クラーケン〉の兵器は、そちらで開発中の兵器のアイデアを盗用したものだそうですね。ここはぜひ、事実の解明に力を注ぐため、彼らを生かして捕らえるべきです」

『それができるなら苦労はねえよな。キョウジロウには、何かいい手があるのか』

ファーストネームを呼んだ大統領に、小嶋の眉宇《びう》が曇る。カード大統領が親しげな顔を見せるのは、たいていこちらが困惑するような無理難題を通したい時だ。ここ一年ばかりの経験から、小嶋も学習したはずだ。

「いえ、〈クラーケン〉への攻撃をしばらく待っていただきたいだけです」

『待てば、ヤツらが投降するのかね？　俺にはそうは思えないが』

「その間に、彼らに投降を呼びかけ、降伏するよう説得してはいかがでしょう。彼らもこのままでは自殺行為だとわかっているはずです」

『しかしな、キョウジロウ。不意打ちだったとはいえ、ヤツらはたった一発のＥＭＰ爆弾で艦艇を麻痺《まひ》させたんだぜ。テロリストの潜水艦が、たった一隻で、俺たちの連合艦艇を麻痺させたんだ。このまま放置すれば、ヤツらに妙な自信を持たせかねない。冗談じゃないぞ』

麻痺したのは突出して行動していた米海軍だけだったそうだが、と韮山は内心で考えたが、口や表情には出さなかった。大統領は、米国だけが〈クラーケン〉に不意打ちをくらったなんて、死んでも認めないだろう。

「しかし大統領、敵は軍人ではなく、テロリストです。追い詰められた時には、破れかぶれで立ち向かい、ひと暴れするでしょう。米国海軍の貴重な艦艇や優秀な軍人を、テロリスト相手に失うなんて、あまりにも惜しいと思いませんか」

『馬鹿にするなよ。テロリスト相手だろうが何だろうが、アメリカ軍人は、必要とあらば進んでわが身を犠牲にするぞ』

ベトナム戦争に従軍した経歴を持つカード大統領は、それが誇りであり自慢のひとつだ。小嶋総理も粘り強かった。もともと腰の低い男ではあるが、今日は大統領相手に、ますます下手に出ている。韮山はふと、小嶋が高校時代、相撲部に在籍し、土俵際で粘ることで知られていたことを思い出した。

「もちろんです、大統領。ですが、天秤《てんびん》の傾き具合を考えると、勇敢な軍人を、自暴自棄になったテロリストの餌食《えじき》にするのは、ある種の冒瀆《ぼうとく》だと感じます」

『キョウジロウ。策があるんだな？』

「オマル・アハマトの背景を調べています。中東問題に詳しい人物からの情報によれば、彼はテロリストではなく、刺客から逃れるために潜水艦を建造し、自分の娘とともに隠れたと主張しています」

『その主張は知っている。テロリストは、往々にしてそんなことをほざくものだ。まさか、ヤツらの言葉など信用してねえよな』

米国は今も昔も、サウジアラビアの善《よ》きパートナーだ。サウジが指名手配中の逃亡犯など、かばうはずがない。

「もちろん、おっしゃる意味はわかります。ですが、米国が話を聞くと言って、浮上して投降するよう促せばどうでしょう。彼らはネットの扱いに長《た》けているようですし、潜水艦の外にも、仲間がいるようです。こちらが騙そうとしているのではないことを証明するために、彼らが浮上して投降するなら、すべてをネットで世界中に中継しては？」

『そこまでヤツらに譲歩してどうする？　米海軍が、ガツンと魚雷一発撃つだけで、ヤツらは海の藻屑《もくず》と消える。それで終わりだ。めんどうな手間をかける必要はない』

「大統領、ここは世界に寛容の精神を示すことも重要でしょう。なぜなら、オマル・アハマトの娘も潜水艦に同乗しているという情報があるからです。まだ子どもだそうです。もし、このまま〈クラーケン〉を撃沈すれば、子どもが乗っていたことを理由に、〈ラースランド〉の残党が米国を非難するでしょう。それに、〈クラーケン〉には、消滅危機に瀕する民族の生き残りが、何人も乗っているとの情報もあります。彼らをともに沈めてしまえば、人道的見地からも後々反発を受ける恐れが」

『キョウジロウ。米国は常に国民と世界の安寧を守るために武力を行使し、その結果、非難され続けてきたんだ。今さら、ひとつやふたつ、非難されるネタができたところで、痛くもかゆくもねえな』

荒っぽいことを言っているわりに、カード大統領の声は、ふだんより真摯に響いた。

――テロとの闘いで、米国は何人の子どもや市民を、誤って死なせてきただろう。

韮山は大統領の声に耳を澄ました。自意識過剰で単純な荒くれ者に見えるが、もちろん彼は、自国の軍隊が、海外でテロリストを退治するために犯した罪もよく知っている。

大統領は強がりを言っているわけではない。正義のために多少のひずみには目をつぶらなければ、米国は過去の罪に耐えられない。独裁政権に苦しむ国民を救う、テロリストを抹殺する、共産主義国家から西側諸国を守る――さまざまな理由で米国は海外に軍隊を送り、その結果、世界には米国の敵がウイルスのように増殖している。

「大統領、ここで米国が寛容さを示せば、米国を敵視する人々にも、慈悲の心が伝わります」

『逆に、米国が甘くなったと思われるかもな。キョウジロウ、甘さは弱さだぜ』

「米国が、圧倒的な強さで〈クラーケン〉を撃沈できることはわかっています。これまで、人質の生命を慮《おもんぱか》るあまり、その武力を行使できなかったことも」

『ならいいが。何が言いたい？』

「『北風と太陽』です、大統領。北風でもって攻撃を続けるより、太陽の暖かさで〈クラーケン〉とアハマトの心を溶かしてください。彼らを浮上させて捕らえ、話を聞きましょう。そうすれば、〈クラーケン〉の内部も調査することができます。米国から盗んだと思われる情報をもとに、建造された潜水艦であり、兵器だというじゃありませんか。これは大規模な産業スパイを捕らえるチャンスです。沈めてしまえば、その千載一遇のチャンスも失われます」

カード大統領がしばし黙り込んだ。彼は、口では何と言おうと、アハマトの子どもだとか、人質の命には毛ほどの重みも感じていないだろう。米軍人の命ですら、誇らしげに語ってはいても、心から大事に考えているかは疑わしい。彼が心配しているのは、合衆国大統領の面子《メンツ》だ。「強い」大統領でいたいのだ。適切な理由が用意できるなら、〈クラーケン〉と対話する方向に運べるかもしれない。

『――攻撃を遅らせることで、それが可能になると言うんだな』

「攻撃を遅らせ、〈クラーケン〉に対して投降を呼びかけてください。話を聞くと。われわれは、〈ラースランド〉との対話のパイプを探ります。武器の引き金を引くのはいつでもできますが、ぎりぎり最後まで武器を使わずにこらえるのが日本流なので」

『逐一、状況を報告してもらえるか。回線をオープンにしておく』

「わかりました」

小嶋総理の言葉をしおに、電話会議は中断された。小嶋はホッとしたのか、ハンカチで額の汗を拭いている。

この様子を見れば、米国の腰巾着《こしぎんちゃく》との悪口が増えそうだが、韮山は反対に小嶋を少し見直した。

――結果的に、こちらの思い通りになったじゃないか。

肝心なのはそれだ。

深夜の一時過ぎに、カジュアルな私服姿で駆り出され、米国大統領相手に粘り腰を見せられるのなら、小嶋の本気もたいしたものだ。

「官房長官」

いつの間にか姿を消していた防衛大臣の牛島が、そっと戻ってきた。

「情報本部から、アハマトに関する報告があります。電話会議でよろしいですか」

韮山は、小嶋総理と視線を合わせ、目と目で了解を得た。だんだん、阿吽《あうん》の呼吸が板についてきたようだ。

「いいでしょう。カード大統領との電話会談は終わりました。つないでください」

トラブルは人間をチームにし、戦友にさせる——こともある。

通話の相手は、防衛省情報本部の情報官だった。

『〈ラースランド〉のヨシミズという男が語った内容について、裏付けが取れました』

「本当だったのか」

小嶋が驚いたように尋ねる。しょせんはテロリストのたわごとだと、韮山も内心では考えていた。

外交官、サウジアラビアに滞在しているか、その内情に詳しい財界人、あるいは学者、研究者、ジャーナリスト、そういった多くの人々から得た情報を総合し、美水が語ったアハマトに関する話は、九割以上の確率で正確だという結論になったという。

『アハマトの資産は凍結されましたが、その前に彼は、大部分を法人や別名義に移管していたようです。莫大な資産です』

「それを潜水艦や兵器に投資したのか」

『はい。アハマトと娘が命を狙われたという件に関しては、二年前にパリとバンコクで銃撃事件が起きたことを確認しました。いずれも、アハマトとは別の名義ですが、中年の男性と、娘と見られる少女が襲撃を受け、ボディガードが数名、重傷を負ったようです。ヨシミズの話と齟齬《そご》がありません』

──砂漠の民と結婚したために地位を追われ、娘と逃亡生活を続ける王家の一員か。

韮山ですら、ふと脳裏に物語的な情景を思い描いてしまった。

『念のため、ヨシミズという男についても調査してみました』

情報官の言葉に我に返る。

『珍しい姓です。彼が本当に日本国籍を持つ日本人で、二十代から三十代の男性という推測が正しいなら、該当者は三名しかいません。そのうちひとりがパスポートを申請し、六年前に出国したきりです。氏名は美水範人《のりと》と言います』

「パスポートの有効期間は？」

『まだ有効です。二年は残っているでしょう。美水範人という名前でネットを検索したところ、興味深いことがわかりました』

情報官の言葉に、小嶋が身を乗り出す。

──テロリストの話なんだがな。

どうも、奇妙に心を騒がす連中のようだ。

＊

「攻撃延期？」

驚きのあまり、川島艦長が目を丸くしている。森近は、「すずつき」のコンバット《C》・インフォメーション《I》・センター《C》で、今にも始まるかに思われた総攻撃を待っているところだった。

いくつか言葉を交わし、川島が無線を切る。その表情に徒労感が見えた。攻撃に備え、緊張し高揚していた気分に、いっきに冷水を浴びせられたようだ。

「――攻撃を延期するそうだ。『デューイ』が、投降の呼びかけを検討している」

ＣＩＣ内部の自衛官らも、声に出して疑問を呈することはないが、何が起きたのかと視線を交わしている。「今さら」と言葉にしないまでも、気持ちは同じだろう。

「潜水艦と、どうやって通信するんですか？」

森近は素朴な疑問を投げかける。そもそも、潜水艦は隠密行動が中心なので、外部との通信はあまり行わないと聞く。極端な話、命令を受領して港を出れば、後は帰港するまで潜りっぱなしという可能性もあるのだ。

超長波を利用して通信することは可能だが、深度によって限界があるはずだ。

「水中通話機による、音響通信だろう。〈クラーケン〉が通信に反応するかどうかはわからないが」

メガホンで相手に呼びかけるようなものだと川島は説明した。周辺に敵性の潜水艦や水上艦がいた場合には、会話の内容は丸聞こえになるが、救難の目的で国際的に単一周波数が定められている。

森近は、レーダー画面に映るいくつかの光点を見つめた。

――一時的にかもしれないが、人質の首もつながったわけだ。

「なぜ急に、延期が決まったんでしょうね」

副官の吉住三佐が腕組みする。疑問を持つのも当然だ。吉住と森近は、「デューイ」に直接乗り込み、艦長と言葉を交わしたので、よけいにそう思う。EMP攻撃を受け、必ず〈クラーケン〉を沈めると、あれほど好戦的になっていたのに。

「言葉を濁していたが、本国から指令が出たようだ。わが国と同様、人質の存在で風向きが変わったんじゃないか」

ヘッドセットに耳を傾けていた通信士官が、川島を振り返った。

「艦長、『デューイ』が〈クラーケン〉に投降を呼びかけています」

「スピーカーにつないでくれ」

通信士官が機器を操作すると、CICのスピーカーに「デューイ」の艦長、モンゴメリー中佐のきびきびした言葉が流れだした。

『——ただちに浮上し、艦橋に白旗を掲げよ。貴艦はすでに包囲されている。従わねば撃沈する』

本音では、さっさと撃沈したくてたまらないだろうと、中佐の声を聞きながら思う。「デューイ」で面会した時も、平静を装ってはいたが、好戦的な覇気に満ちていた。

「——時限を切ってないな」

吉住三佐が口に手を当て、呟いた。いつまでにという期限がないせいで、「デューイ」の脅しもいまひとつ迫力に欠ける。

今ごろ、〈ディープ・ライジング〉に参加している艦艇はみんな、固唾を呑んで彼らのやりとりに集中しているだろう。

18

ソロモン諸島とバヌアツは、固有の軍隊を保有していない。

とはいえ、他国の領空を侵犯するのは、深浦の望むところではない。海上を、なるべく高度を下げて飛ぶ。高度を下げると燃料をよけいに食うが、ケアンズまでなら、なんとかもつだろう。

「もう、三分の二くらいまで来たから。あと少しの我慢だ」

後部座席のサルマーに告げた。

彼女は、ぽつりぽつりと身の上話をした後、おとなしくシートに座っている。深浦には、何かの小説でも読んでもらっているような感覚だった。父親はサウジの王族で、母親は砂漠の民の王女のような存在と言われても、理解の斜め上すぎる。

おまけに、母親と死別してから、この年齢になるまで数年間、身分を隠して父親と世界中を旅し、その間、何度も命を狙われたという。想像を絶する人生だ。

だが、親として、アハマトが全てを懸けてこの少女を守ろうとする気持ちはわかる。

――ニューカレドニアは、フランス領だ。

フランスから部隊が駐屯している。触らぬ神に祟《たた》りなし、なるべく近づかないに限る。

「そろそろ、オーストラリア空軍に見つけてもらうか」

ある程度オーストラリアに接近したところで、レーダーに映りやすいよう高度を上げ、オーストラリア空軍が緊急発進するのを待つつもりだ。ふだんなら、深浦は緊急発進する側なのだが。

サルマーを驚かせないよう、ゆっくり高度を上げていく。レーダーに光点がふたつ映った時には、心底ほっとした。

――これで、帰れる。

カイトを置いてきてしまったことが悔やまれる。ふたり一緒なら、何の悔いもなかったのに。

ふたつの光点は、どんどん接近している。まだ、無線には何の反応もない。

「おいおい――」

ギョッとするほどの速度で、二機のスーパーホーネットが脅すようにF－15の上空をかすめて飛び、ループを開始する。

こちらはトランスポンダに識別コードを設定していないだけではない。未塗装で、たとえ目視できたとしても、国籍不明の戦闘機だ。相手方も、とまどうだろう。

――くっそ、どの周波数で呼びかけてるんだろう？

国際緊急周波数で、呼びかけてくるはずではないのか。それに、こちらは何と応じればいいかと考え始めて、呼吸が詰まった。

自分の本当の所属を正直に話せばいいのだろうか。だが、こんな場所で自衛隊だというと、よけいに怪しくないだろうか。F－15に乗った自衛隊員が、こんなところで何をしているのかと、思われて当然だ。単に、テロリストに拉致されていたが逃げてきたと言ったほうがいいだろうか。

――勘弁してくれよ！

スーパーホーネットが、今度は背後に回り、高度を下げてじりじり接近してくる。目視で兵器を確認しようとしているのだろうか。

こちらは完全に丸腰だ。しっかり見てくれれば、ミサイルのひとつも持っていないことは明白だ。丸腰の戦闘機が、たった一機で領空に向かっていると知って、相手も戸惑っていることだろう。

『あれ、何やってるの？』

サルマーが窓から外を覗き、不思議そうに呟く。

もう一機のスーパーホーネットが、こちらの隣に並んだ。こちらのコックピットを覗きこむように見ている。

『――警告する。そちらの機は許可なくオーストラリア領空に向かっている。ただちに変針せよ』

ようやく、相手の呼びかけが聞こえた。

もう迷いは捨てるしかない。手短かに、正直に、本当のことを告げるのだ。

「こちらは、日本の航空自衛隊のクロウ――深浦三等空佐だ。今まで何週間もテロリストに拉致されていたが、自力で脱出してきた。捕虜のキャンプには、他にも救助を求めている人質が、大勢いる。現地ではオーストラリア人の人質にも遭遇した。事情を説明するので、ケアンズに緊急着陸するのを認めてほしい」

『〈ラースランド〉はテロリストじゃないって、言ってるのに！　わかったんじゃなかったの？』

かぶせるように、サルマーが怒りの声を上げた。まあまあ、と深浦はサルマーを宥めた。そうでも説明しないことには、相手が納得しない。サルマーやアハマトの主張については、着陸してから嫌でもみっちりと事情聴取を受けることになる。

『——子どもが乗っているのか？』

相手が驚きの声を上げる。そりゃ驚くだろう。領空侵犯しかけている戦闘機に、ティーンエージャーの女の子が乗っていれば。

『クロウ。こちらはオーストラリア空軍のモーガン大尉だ。貴官の証言を確認する』

「日本政府に問い合わせてほしい。そちらの許可が下りるまで、指定の空域を飛ぶ。だが、燃料にさほど余裕がないので、急いでもらえると助かる」

『了解した』

モーガンと名乗った大尉は、声は若いが、しっかり者のようだった。

燃料計には、いくぶん余裕がある。後部座席でサルマーがまだ怒っているが、とにかく無事にケアンズ空港に着陸することが、今は何よりも大事だ。

＊

夜明けの淡い光が、ログハウスの窓から差し込み始めている。

四輪駆動車が停まり、ドアを開け閉めする派手な音が聞こえてくる。怒鳴りつけるような声や、誰かを車から引きずり下ろす音まで聞こえた。

美水は吐息とともに、ノートパソコンから目を上げた。

——ポウのやつ、荒れてるな。

クロウが捕虜のキャンプから脱走し、「虎の子」のF－15を奪って逃走した。おまけに、脱走を手伝い、一緒に逃げたのがサルマーとあっては、荒れて当然だ。これまでの苦労が、すべて水の泡になるかどうかの瀬戸際なのだから。

ポウは白いシャツを脱ぎ捨て、再び民族衣装姿に戻っている。彼が自分のルーツを意識し、民族の文化に興味を持つようになったのは、つい最近のことと聞いているが、それにしては板についた立派な姿だ。

「連れてきたぞ」

引きずられるように連れてこられたのは、カイトだった。

「ご苦労さん」

美水は仏頂面でポウをねぎらった。

捕虜の灰色の作業服を着せられたカイトは、連れてこられる際に抵抗したようで、口の端を切り、切れ長の目に怒りが満ちている。この怒りに自分が立ち向かわねばならないのかと思うと、げんなりした。

——どいつもこいつも、自分に難題を押しつけやがって。

自分はただのプロのゲーマーなのに。

「——さっき、ジェットエンジンの音を聞いただろう？」

アンニュイに首を振る美水の口から飛び出した言葉が意外だったのか、カイトの表情が変化した。

「——あれは夢じゃなかったのか」

「そりゃ聞こえるよな。こんな小さな島で、夜明けに戦闘機が飛んだら」

「イーグルみたいな音だったが」

「イーグルだよ」

「——米軍がここを発見したのか？」

カイトの顔に、隠しきれない喜色が浮かぶのを見つめ、美水は答えをためらった。

「残念ながら、そうじゃない。なぜここにクロウがいないのか、不思議に思わなかったのか？」

みるみる、不安と怒りが入り交じってカイトの表情を支配する。クロウとカイトのふたりは、〈箱舟〉の一室に閉じ込められていた時ですら、冷静さを失わず、仲たがいもせず、淡々と過ごしていた。捕虜として、窓もなくストレスに満ちた環境に、命の保証すらなく二週間近くも閉じ込められていれば、精神的に参ってしまってもおかしくないのに、ふたりは実に平静な状態を保っていた。それはおそらく、ふたり一緒だったからだ。

このふたりは、仲がいい。

「まさか、クロウの身に何か――」

美水は深くため息をついた。

「逃げたよ、クロウは」

カイトは、感情の極端から極端へと振り回され、戸惑っている。

「この島には一機だけイーグルがあった。それを盗んで、クロウは逃走した」

「クロウが逃げられたのなら、すぐに助けを呼んでくる。お前たちはもう終わりだ」

「まあなあ」

美水は頭を掻いた。そこに座れよ、と木製のベンチを指さすと、戸惑う表情のまま、カイトが腰を下ろした。ポウは、依然として部屋の隅からカイトを見ている。

「ポウ、手錠を外してやれよ」

「嫌だね」

つんと顎を反らしたが、美水が眉間に皺を寄せてじっと待つと、やれやれと言いたげに肩をすくめ、手錠の鍵を外しにかかった。

「言っておくが、俺は銃を持ってるし、ポウは弓の名人だ。逃げたりしないほうがいい」

「――なぜ俺をここに連れてきた？」

手首をさすりながら、カイトが尋ねる。美水は、椅子の背をカイトに向け、馬にまたがるように座って背もたれに腕を回し、顎を載せた。

「俺たちはいま、各国政府と人質解放の交渉をしているんだ。日本とも話をしているし、俺の見たところ、感触は悪くない」

「どういう交渉内容なんだ？」

興味を引かれたようにカイトがこちらを見た。

「〈箱舟〉――俺たちの潜水空母を攻撃するのをやめ、俺たちの生存権を認めるなら、人質を全員解放する」

「――どこの国も、テロリストとそんな交渉はしないだろう」

「俺たちはテロリストじゃない」

訓練中の戦闘機を撃墜されて拉致されたカイトにそう言っても、信じてはもらえないだろうが、彼は黙り込んだ。

「まあ、本来の俺たちはテロリストなんかじゃないということを、説明しているところだ。カイトが生きていることも証明したい。だから、ここに来てもらった」

「俺に話せと言ってるのか？」

カイトは驚いた様子だ。

「あんたが粘り強いことはわかったが、クロウが逃げたのなら、いまさら交渉しても無意味だろう」

「やるだけはやるさ」

美水は肩をすくめた。

そろそろ、大友という日本政府の代理人と約束した時刻になる。通信の再開だ。反対向きに座っていた椅子から立ち、デスクのノートパソコンの前に座る。大友とは、こちらの居場所を隠すために、インターネットの秘話通信ソフトを利用して話している。

呼び出すと、大友は待ち構えていたかのように、すぐに応答した。

『大友です。あなたとまた会話できて嬉しい』

日本政府の代理人がどういう人間なのか、詳しいことは知らないが、言葉を聞いていると、それこそ粘り強い人柄が窺えるようだ。

ポウにも交渉の内容が理解できるように、美水はずっと英語を使うつもりだった。大友の英語も流暢だ。

「検討されましたか」

『まず、そちらの潜水艦への攻撃を延期し、現在、米国艦が投降を呼びかけています。時間が限られていたので、延期という形になったことはご理解いただきたい』

美水は安堵の吐息が漏れるのを隠さねばならなかった。

――では、アハマトはまだ生きてるんだ。

どんなに手を尽くしても、ダメな時はある。もし、こちらが知らない間に、〈箱舟〉への攻撃が始まっていたらと思うと、気が気でなかった。

自分たちは、潜水艦とちっぽけで貧しい南の島と、知恵だけで世界を相手に生き抜こうとしている。

「投降の呼びかけに、応答はありましたか」

『いや。今のところありません。米国がしびれを切らす前に彼らが応答しないと、われわれも説得材料がありません』

応答はなくとも、アハマトはその呼びかけをちゃんと聞いているはずだ。

『――美水範人さんですね』

初めてフルネームで呼びかけられ、面食らう。だが、隠すつもりはなかった。

「そうです」

『失礼ですが、あなたのことも少し調査しました。あなたは各地で開催されるeスポーツの大会に出場し、優秀な成績を収めてきた。五年前、サウジアラビアのリヤドで開催された大会で優勝し、主催者側にいたオマル・アハマト氏と知り合ったのではありませんか』

「ずいぶん詳しく、僕のことをご存じのようですね」

美水は微笑んだ。彼らが自分たちについて詳しく知りたいと思ったのなら、いい兆候だ。

人間、無関心な相手には、よい感情を持たないものだ。

『いいえ、調査は難航しましたよ。なにしろわが国では、まだｅスポーツに対する理解がない。あなたの情報を得ようにも、国内より海外のほうが詳しいとあって、海外のｅスポーツ界が唯一の情報源でした』

だが、その程度のことなら、英語でネットを検索すれば、ある程度は情報が得られるはずだ。

『あなたは北海道で生まれたが、十代の時にお母さんが亡くなり、東京の親戚に引き取られた。戸籍には、お父さんの名前がありませんね』

美水は、反応を避けた。自分について調べたのなら、そんな話が出ることも覚悟していたが、ここではポウやカイトも会話に耳を澄ましている。父親の素性を知っていたのは、死んだ母親と祖母だけだった。今となっては、話せるのは自分だけだ。

『東京でゲームの面白さに目覚め、ｅスポーツという競技があることを知り、海外で開催される大会に参加するために、日本を飛び出した。それにしても、ずいぶん大会での成績が良かったようだ』

「――僕のｅスポーツの戦績の話、まだします？」

このクソ忙しい時に、という意味をこめて、柔和な声で美水は言った。大友の声が、笑いを含んだ。

『いいえ。正直に言って、あなたの略歴を拝見して、とても興味を持ちました。もっといろいろ伺いたいのは山々ですが、今は肝心な話をしましょう。こんな話をしたのは、私たちがあなたの話の裏付けを取ったと言いたかったからです』

「なるほど。──それで、結果はいかがでしたか」

大友が、深く息を吸い込んだ。

『──信じますよ』

「どの部分を？　僕の話をすべて信じてくれるんですか」

『オマル・アハマト氏が、なぜ母国から追われているのか、彼の亡くなった奥さんや、娘さんのことなど、確認を取りました。彼らが生命を狙われ世界中を転々としていたという点についても』

──良かった。

声にならぬ安堵で胸がいっぱいになり、美水は椅子の背に深々ともたれた。

「それなら、アハマトがテロリストではないと信じてくれたんですね」

しばらく大友の返事がなく、美水は眉をひそめて座り直した。

「──大友さん？」

『そもそも、日本はオマル・アハマト氏に対して、テロリストやテロ組織のリーダーと認定したことがなかったんです。サウジアラビアは氏をテロリストだと断じ、国際手配していますが、米国ですら、これまでは意識していなかった』

大友の声に翳《かげ》りがあり、話の行方がなんとなく読めた。

「――つまり、今回の事件が起きたために、各国が〈ラースランド〉の存在を認識したと？」

『そういうことです。厳しいことを言うようですが、我々にとってあなたがたは、訓練中の自衛隊機を攻撃して墜落させ、隊員ふたりを拉致した犯罪者です。米国など、サウジ以外の各国にとってもそうでしょう』

美水は眉をひそめた。

『〈ラースランド〉はテロ組織ではないとあなたは言うが、犯罪が起きたことは確かです。アハマト氏がその責任者なら、彼にはその責任を取る覚悟がありますか』

「――それは」

この質問を、想定しなかったわけではない。アハマトは、事件後に起きる各国の反応を想定していた。当然、自分たちが犯罪者として裁かれる可能性についても言及していた。答えも、用意している。だが、美水が口ごもったのは、答えたくなかったからだ。

『――美水さん？』

美水は静かに息を吐いた。

「――ええ。アハマトは、法に則《のっと》った裁判を受け、責任を取る覚悟があります」

誰かが責任を負わなければならないなら、それは自分だとアハマトは常に言っていた。

『それなら、あなたがたの言う〈箱舟〉を浮上させ、投降させてください。であれば、彼らの生命を助けられる可能性があります』

大友の声は穏やかで、温かみさえ感じられる。彼はそれが最善の策だと信じて、そう提言している。

ポウが、怒りをあらわにして背後から近づいてきた。

「――冗談じゃない！　黙って聞いていれば、あんたはアハマトを犯罪者扱いして、刑務所に入れるつもりだな！」

『――そちらはどなたですか』

「俺はポウだ。南米アマゾン川流域の、あんたらが名前も知らないような、先住民族の最後のひとりだ！」

大友が沈黙した。ノイズも消えたところを見ると、マイクのスイッチを切り、向こうで何か相談しているのかもしれない。

「――カイト。あんたに話をしてもらうから、準備をしてくれ」

美水は座らせていたカイトを立たせ、ノートパソコンのそばに連れてきた。彼の困惑をよそに、マイクのスイッチを入れた。

「大友さん。僕たちが、人質に危害を加えたりはしていないことを知ってもらいたい。日本の人質のひとり、カイトがここにいる」

『カイト——安田直人一等空尉ですか？』

大友が会話に戻ってきた。美水が頷くと、カイトが戸惑いながらマイクに口を近づけた。

「——安田直人です。このたびは——」

どうやら謝罪の言葉を口にしようとしたらしいカイトの、膝の裏をポウが蹴りつける。

びっくりしたように、カイトがポウを睨んだ。

「なんでそこで謝るんだよ、おまえ！」

「ポウ——」

よせ、と美水は首を横に振った。まったく、ポウの直情径行には参ったものだ。カイトがポウに何か言い返す前に、大友が興奮したように声を大きくした。

『安田さん、声を聞けて良かった——。無事ですか。どこか、怪我はありませんか。あるいは病気になってはいませんか。深浦さんとは、今もご一緒ですか』

「ありがとうございます。私は無事です。怪我、病気ともにありません。クロウ——深浦さんは」

彼がちらりとこちらを見る。どう答えたものかと迷っているようだ。

美水は彼の好きにさせるつもりだったが、ポウが再び、後ろから膝の裏を蹴った。

「だから、よけいなことを言うなって」

「ポウ！」

叱っても、ポウは「ふん」と言わんばかりにそっぽを向いている。

「潜水艦では、ずっと同じ部屋に閉じ込められていましたが、島の捕虜キャンプに連れてこられてから、一度も姿を見ていません。別々のテントに入れられていたようです。彼らからは、無事だと聞いています」

どうやらカイトは、自分自身が見聞きしたことだけ話すと決めたようだった。クロウがF‐15に乗って逃げたとは、まだ信じられないのかもしれない。

『では、ふたりとも無事なんですね――。島と言われましたね。潜水艦から島に移されたんですか』

「そうです。つい数日前に」

『驚いたな――。捕虜キャンプと言われましたが、他の捕虜と会いましたか』

「はい。私は米国人とオーストラリア人の捕虜たち六名と、同じテントにいます」

もういいだろうと判断し、美水はマイクのスイッチを切った。ポウに合図し、カイトを座らせる。

「ありがとう、カイト。上出来だった。どうして、クロウが逃げた話をしないんだ？」

「――その話は、ひょっとすると君らの罠かもしれないからな」

疑い深いやつだが、そのほうが好都合ではある。できればもうしばらく、クロウの逃走を知られたくない。

再び、マイクのスイッチを入れた。

「大友さん。カイト——安田直人さんが無事だとわかったでしょう。彼の声を聞かせたのは、私たちが決して、血も涙もないテロリストなんかではないということを、知ってもらいたかったからです。安田さんも、深浦さんも元気です」

だがこれで、捕虜が潜水艦に乗っていないことも、日本政府に知られた。

「前に言った通り、そちらが約束を果たして、アハマトの命と名誉を守ってくれるなら、こちらも捕虜を無事に返します」

『〈箱舟〉が浮上し、投降するなら、その模様をリアルタイムで世界中に中継します。つまり、アハマト氏がきちんと名誉ある扱いを受けていることを、あなたがたが、確認できるようにします』

美水は頷いた。

「——であれば、〈箱舟〉に連絡し、投降を促します」

『よろしくお願いします』

通信を終える前に、ポウがログハウスを飛び出していった。四輪駆動車が、爆音を立てて走り去るのを聞いた。

19

その動きは、突如として始まった。

「艦長、〈クラーケン〉から音響通信です。『デューイ』の呼びかけに対する返信のようです」

通信士官の声に、「すずつき」の川島艦長が腕組みして頷いた。

「内容は？」

「『貴艦の要請に応じる。準備ができしだい浮上する』」

水中通話機はメガホンで叫ぶようなもので、「デューイ」宛ての通信であっても、周辺にいる艦艇も傍受できる。

——ついに観念したのか。

森近は固唾を呑んで見守った。これだけの艦艇に包囲され、さすがの〈クラーケン〉も万策尽きたのだろうか。

「——えらくかんたんに降伏する気になったものだな。本心だろうか。油断させて、自爆テロなんてことはないだろうな」

川島が首をかしげている。彼の不審ももっともだ。たった一隻で艦艇群を翻弄した〈クラーケン〉にしては、降伏勧告に応じるのがあっさりしすぎていないか。

「潜水艦で自爆テロなんてできるんですか」

「たとえばの話だ。体当たりするとか、方法を問わなければ」

森近の素朴な質問に、川島が肩をすくめる。巨大な潜水艦が自分も撃沈する覚悟で体当たりなどすれば、こちらの被害も甚大になるだろう。

「『デューイ』から返信です。『貴艦の決定に敬意を表する。浮上予定時刻を知らせよ』」

日本政府の代理として、元外交官が〈ラースランド〉の仲間を説得したのは、「彼らが潜水艦を浮上させ、投降させるなら、アハマトの様子を中継して、無事を知らせる」という条件だったと聞いている。中継は、米軍と海上自衛隊の双方で行ってほしいと打診されたそうで、艦長の川島は、それを聞いて「デューイ」の艦長に撮影スタッフを提供すると申し出ている。既に、いつでも送り出せるよう、ボートと撮影機材などを準備したようだ。

「その後はまだ、〈クラーケン〉から返信ありません」

「どう思う、吉住？〈クラーケン〉は本気で浮上するつもりだろうか」

川島に尋ねられた副官の吉住は、わずかに首をかしげた。

「これまで沈黙を守ってきた〈クラーケン〉が、突然、浮上する意思を表明した理由がわかりません。何か背景があるのかと思われますが」

「――その件ですが」

通信士官がヘッドセットに手を当て、振り向いた。

「八分前に、衛星から発信されたと思われる信号を、当艦も傍受しました。暗号化されていて、内容は解読できておりませんが、ごく短時間の通信です。これが、〈クラーケン〉に対する通信だった可能性はあります」

「待て。〈クラーケン〉は信号を受信できるような浅深度にいたのか？」

「いえ、深度三百メートルまで潜航しているようですから、通常は受信できませんが」

「通信面においても、卓越した技術を備えている可能性がある――か」

滑走路を持ち、ドローン戦闘機を搭載していて、ＥＭＰ爆弾で艦艇を攻撃するような奴らだ。これまでの常識では測れない。

「『デューイ』が再度、浮上予定時刻を知らせよと呼びかけています。――あっ」

ふいに、通信士官が顔色を変えた。

「〈クラーケン〉上昇中です！」

別の端末の前にいるソナー員が叫ぶ。慌ただしい動きに、コンバット《C》・インフォメーション《I》・センター《C》内に緊張が走る。

川島が立ち上がり、ソナー画面を睨んだ。

「万が一に備えよう。対潜戦闘用意！」

「対潜戦闘用意！」の復唱が行われるなか、みんなの表情が鋭く研ぎ澄まされていく。万が一、本当に戦闘になれば、こちらに被害が及ぶ恐れもある。

——なぜ〈クラーケン〉は、「デューイ」の問い合わせに答えず、いきなり浮上を始めたのだろう。

こんなふうに急に浮上すれば、ミッション参加中の艦艇は当然ながら警戒する。罠かもしれないし、川島が指摘したように、自爆テロの可能性だってある。

血気盛んな「デューイ」の艦長は、自分たちがEMP爆弾を使って手玉に取られたことを忘れていないだろう。上層部に止められてさえいなければ、〈クラーケン〉を撃沈したくてしかたがないはずだ。今ごろ腕を撫《ぶ》しているだろう。

——なぜ、穏便なやりかたで浮上しないんだ。

〈ディープ・ライジング〉参加の海上艦が待ち構えるなか、円の中心付近を目標に、〈クラーケン〉が急速に浮上しつつある。

やがて、クジラが潮を噴き上げて水面から顔を覗かせるように、〈クラーケン〉がその黒々として丸みをおびた鼻面を持ち上げ、海上に飛び上がるように現れた。

——あれが〈クラーケン〉か。

CICのモニターにも、その外見が映っている。なるほど巨大ではあるが、とりたてて他の潜水艦との違いは見られない。ただ、上面を滑走路として使用するためか、艦橋の位置が、まるで米原潜オハイオ級のように前部に寄っている。

　浮上した〈クラーケン〉は、不気味な黒いクジラのように、無言で佇んでいる。ここに集結している艦艇の多くの視線が、その艦橋に注目しているはずだが、現時点では大きな動きは見られなかった。

「――艦橋に行く」

　川島がさっさと歩きだした。

「同行します」

　森近も立ち上がる。吉住がCICに残り、対処するようだ。川島は慣れた足取りで階段を駆け上がっていく。

「――あれか」

　艦橋で双眼鏡を受け取り、窓越しに、黒々と横たわる〈クラーケン〉を見た川島が、感慨深げに呟いた。

　ずいぶん長い間、振り回され、惑わされたにしては、外見はごくあたりまえの潜水艦だ。「すずつき」を含む〈ディープ・ライジング〉参加の艦艇群は、〈クラーケン〉を中心として、放射状に囲むように並んでいる。〈クラーケン〉の艦橋に白旗が掲げられ、オマル・アハマトが中から現れるのを今か今かと待っているのだ。

　だが、彼らが見守るなか、〈クラーケン〉の艦橋には、いまだ動きがない。

＊

突然、すべてが慌ただしく動き始めた。

官房長官の韮山や、防衛大臣の牛島らは、前夜からずっと、危機管理センターから退出することもできないでいた。

オーストラリア空軍が、沿岸でアンノウンに接触したのが現地時刻午前七時すぎ。アンノウンのパイロットが、テロリストに拉致されていた日本人の深浦と名乗ったため、空軍パイロットは上層部の指示を仰ぎ、空軍からオーストラリア政府へ、次いで日本大使館へと問い合わせが飛んだ。すべてが最優先で処理された結果、二十分後には韮山のもとにも緊急の報告が届けられた。

――所属不明のF－15に乗り、オーストラリアのケアンズ国際空港に着陸許可を求めている日本人パイロットと、同乗の少女について。

「深浦三佐も生きていた――！」

安田一尉に続く朗報だ。おまけに、伝言ゲームの結果を信用するなら、深浦三佐は敵地にあったF－15を奪って捕虜キャンプを脱出したのだという。

「なんとまあ、これなら、こちらが譲歩する必要もなかったんじゃないですか」

思わず韮山はそう口にしたが、小嶋総理は穏やかに首を振り、「とにかく、ふたりが無事だとわかって良かった」とだけ言った。

日本政府の確認が取れたため、F－15は空軍機に先導されケアンズ国際空港に向かったそうだ。オーストラリアも〈ディープ・ライジング〉に参加しているので、情報の伝達も速かったのだろう。

そして、ほとんど同時に、「すずつき」から〈クラーケン〉浮上の報告も上がった。

――美水が約束を守り、〈クラーケン〉に対して浮上せよと指示を送ったのか。

それなら問題はない。事態は好転している。

ここまでくれば、日本国内にいる韮山たちには、情報収集以外にできることもなく、現地からの朗報を待つしかない。

＊

眼下に、広大な畑と緑の大地に囲まれた、ケアンズ国際空港の滑走路が見えてきた。ずいぶん美しい土地だ。

「サルマー、見えたぞ！」

思わず歓声がこぼれたが、後ろの座席で、サルマーは無言で窓の外を見つめているようだ。景色を眺める余裕があるというよりは、心ここにあらずという風情だ。

「サルマー？　大丈夫か？」

ぽんぽんと操縦桿の右側を軽く叩く気配がする。

――大丈夫。

だが、島で駆けていた時の、あのはつらつとした雰囲気はない。

アハマトと仲間を救うため、無理をして島を出てきた彼女には、これからのことが重圧となってのしかかっているのに違いない。

気の毒だとは思うが、深浦にできることはない。

指定されたケアンズ国際空港の緊急周波数で、先ほどから管制官と着陸に向けての交信をしている。航空機によるテロだった場合を警戒してのことだろうか、ケアンズに向かっていた民間機は、燃料に余裕のあるものは上空で旋回しながら待機し、それ以外は近隣の代替空港に向かったようだ。

先導のオーストラリア空軍機が、滑走路に近づくと翼を振って離脱した。道々、無線で会話していたので、別れ際には『ではクロウ、幸運を祈る』と挨拶までされた。くすぐったいが、戻ってきた実感が湧く。

『こちらケアンズタワー、クロウ、ランウェイ視認できますか』

「視認できます」

『了解、着陸支障ありません《クリアード・トゥー・ランド》』

　ここまで来ればもう、深浦は水を得た魚のようなものだった。慣れないサウジアラビア空軍のF－15だろうが、初めて着陸するケアンズ国際空港だろうが、何でもこいという気分になる。

「おいサルマー、やったな。本物の戦闘機パイロットの操縦で、着陸を初体験だぞ。自慢してもいいからな！」

　少しでも気分を楽にしようと、サルマーに話しかけた。彼女はずっと、この機が飛ぶのを見上げていたはずだし、美水らが操縦するドローンの飛行も見ていたはずだ。だが、乗るのは初めてなのだった。

　サルマーがトントン、と操縦桿の右側を叩いている。了解の意味と受け取り、深浦は操縦桿を叩きかえした。

　──三百六十度オーバーヘッドアプローチといきたいけど、やめといたほうが無難だよな。

　戦闘機の着陸時に行う、独特のアプローチ方法だが、なにもケアンズの管制官らを不審がらせることはない。そんなことを考えるなんて、解放された喜びで、自分もそうとう浮かれている。このお調子者め！　と叱るルパンの声が聞こえてきそうだ。

　おとなしく滑走路に向かい、着陸のお手本のようにアプローチを決める。

F－15の機体が滑走路上で停止し、エンジンが止まると、消防車輛《しやりよう》やランドカー、パトカーがいっせいに周囲を取り巻いた。銃をかまえた警察官が、車輛で身体を隠して、こちらに狙いをつけている。

『クロウ。ゆっくりキャノピーを開けて、ふたりとも酸素マスクやヘルメットを外し、両手を上げてそのまま待機してください。警察官が、今からそちらに行きます』

無線はまだ緊急周波数につながったままだ。

「了解。いろいろありがとう。サルマー、聞こえたか。ヘルメットを外して、両手を上げろって」

後部席でごそごそと少女が動く音がする。深浦は指示された通りキャノピーを開き、ヘルメットを外した。滑走路上では、警察官らがタラップを用意し、F－15に横づけしようとしている。

両手を上げて待っていると、拳銃をかまえてタラップを上がってきた恰幅のいい中年の警察官が、深浦たちが武装していないか、ざっとあらためた。サルマーを見ると、警察官の険しい目つきも和らいだ。

「――武器は持ってるか？」

「持ってない」

「わかった。俺はいったん下りるから、コックピットを出て、下りてきてくれ。後ろの女の子は俺たちが手を貸して下ろす」

「頼む。ありがとう」

シートベルトを外し、サルマーを振り返った。思いつめたような、青白い顔色をしている。アハマトたちの話が本当なら、この子はこれから命を狙われる可能性があるし、〈箱舟〉とアハマトを守るために、世界を相手にひとりで戦うつもりなのだ。

「──サルマー。この機を降りたら、もう会えるかどうかもわからないから、いま言っておく。島から脱出させてくれて、ありがとう。君がうまくみんなを説得して、お父さんたちの命を救えるよう、祈ってる」

彼女は、生真面目《きまじめ》な優等生のように、真剣な表情でこちらを見て、かすかに頷いた。緊張で凍りついたようになっていた。

このまま降りることを、一瞬ためらった。

「──俺に、してほしいことはあるか？」

なぜ自分の口からそんな言葉が出たのかと、深浦自身も慌てた。この小さな女の子が置かれた境遇に、うっかり同情したのだろうか。

ふと、サルマーが顔を上げた。

「島の場所、覚えてる？」

深浦は瞬きをした。もちろん、覚えている。

「――あのさ、場所を言うなということなら――」

正直、それは無理だし、意味がない。このF－15にもフライトレコーダーがついているだろうから、深浦が黙っていても、記録をたどれば正確に島の位置が計算できる。

サルマーが首を横に振った。

「違う。クロウが日本に帰った後、もしも機会があったら、島に行ってみて。みんながどうなったか、気になるし――島の人たちも」

――これから自分がどうなるかもわからないのに、島の人々の心配なのか。

深浦は小さくため息をついた。

「わかった。約束はできないけど、できるだけ努力する」

こくりと頷いたサルマーは、もう何も言わなかった。深浦はシートに乗って立ち上がり、コックピットからタラップを使って外に出る。急な動きで周囲を脅かさないように、そろそろと下り、地面に足がついた瞬間、長い捕虜としての生活を経て、ようやく解放されたのだという実感に満たされた。

――帰れる。

やっと、妻や子の顔を見ることができる。いま、日本はどうなっているのだろう。まるで浦島太郎の心境だ。

「こちらへ。医師を呼んである。診察を受けてから、事情を聞く」

先ほどの警察官が、空港の地上車輛へと誘導してくれた。

「日本へは連絡してくれたか」

「連絡したはずだ」

「家族や自衛隊の人間と、早く話したい。そう伝えてほしい」

「わかった。上に話しておく」

車輛に乗り込みながら振り返ると、屈強な警察官に抱きかかえられるようにして、サルマーがタラップを下りるところだった。

地面に足がついた瞬間、彼女は何かに祈るように目を閉じ、よろめいて警察官に抱きとめられた。

「あっちの車に乗って。いろいろ話を聞きたいから」

「――記者会見は？」

警察官の顔を見上げ、尋ねている。

「それは、君の話を聞いて、記者会見を開く必要があると考えればそうするだろう」

「それじゃ間に合わない！」

サルマーの小さな叫びを耳にして、深浦は胸騒ぎを感じた。

「――おい、あの子――」

身体を抱きとめてくれていた警察官を突き放すように、サルマーが後ろに飛び退《の》いた。

その手に、警察官から奪った拳銃があった。

「動かないで!」

彼女が握った銃の筒先は、彼女自身の側頭部に向けられていた。

慌てて彼女に銃を向けた警察官らは、事態の急変に戸惑うような表情を見せている。

「動いたら、自分で自分を撃つから!」

——最初からその覚悟で、あの子はF-15を俺に操縦させて、ここまで来たんだな。

深浦はそのまま車輛に乗り込むわけにもいかず、周囲の警察官と一緒に、万が一、流れ弾が飛んできてもいいように、車を盾にしてしゃがんだ。

「サルマー、よせ!」

制止しようと叫んでも、彼女は振り向きもしない。取り囲んでいる警察官が、誤って彼女を撃たないかとひやひやした。

「今すぐ、この場で記者会見をセッティングしてください。私がここに来たのはそのためだから。私の言葉で伝えさせて! もう、誤解されたり、偏見に満ちた目で見られたりするのは嫌なんです。自分自身の言葉で話させて」

最初にコックピットを覗きこんだ警察官が、深浦の隣で「待ちなさい」と言いながら立ち上がった。どうやら、この場でもっとも階級の高い警察官だったようだ。

「君の言い分はわかった。だが、今すぐと言われても難しいのはわかるだろう。記者たちを集めるのに何時間もかかるんだ」

「そんなに待てないし、待つ必要もない」

サルマーは凛然《りんぜん》と顎を上げた。

「スマホがあればいいの。誰かが私を撮って、ネットで中継して、中継されていることを私に証明してくれれば」

「待て。そんなかんたんに——」

「私を撃つなら撃てばいいし、私が自分を撃たないと思ってるなら、そこで黙って何もせずに見ていればいい」

サルマーの声は、少女にしては甲高くなく、歌うような抑揚があり、朗々と滑走路上の広大な空間に響いた。砂漠で暮らす民の子どもだからか、潜水艦の狭い通路より、この広々とした世界と青空がよく似合う。

だが正直、深浦には、彼女の要求が通るとは思えなかった。オーストラリア政府には、彼女の言葉を受け入れて、中継の用意をするメリットがないし、義理もない。そもそも、テロリストの関係者の言葉を世界中に流すなんて言語道断だ。受け入れられるはずがない。テロリストの娘がひとり、オーストラリアまで来て自殺したとしても、何の痛痒も感じないはずだ。

最初から勝ち目のない戦いに、彼女はひとりで立ち向かっている。

「私は、オマル・アハマトのひとり娘、サルマー。私たちはテロリストじゃないし、誰かを殺したり、何かを破壊したりしたいわけでもない。ただ話を聞いてほしいだけなんです」

彼女の切々とした訴えを聞きながら、深浦は救いを求めて周囲を見渡した。緑の大地に、切り開かれた滑走路と空港施設。その反対側に、公園のようなものが見え、そこに大勢の人が集まっているのが見えた。

金網のフェンスに鈴なりになった人たちが、こちらを注視している。カメラも見える。

「――あれは何だろう？」

思わず口走ると、警察官も手のひらを庇《ひさし》にして、眩しげにそちらに目をやった。

「アドベンチャー・パークだな。展望台に人が集まってる。報道陣も来てるようだ」

しぶしぶ答える彼には悪いが、口元がほころんだ。最初にオーストラリア空軍と接触してから、三十分近く経っている。その間に、「テロリストから逃げてきた捕虜の乗ったF－15の話」が、民間にも伝わったのだ。

同時に、謎のテロリストによる拉致事件が、意外に世界中の関心を集めているらしいことに、やっと深浦も気がついた。被害者は、漁師、船員、戦闘機パイロット。オーストラリアの漁師も何人か、捕まっていた。

アハマトの目的が、世界中の注目を浴びて彼と娘の命を守ることなら、みごとに達成されようとしている。

また、アハマトやサルマーの去就がここまで注目されているのなら、警察やオーストラリア政府も、事態をサルマーの死で終わらせることは避けたいのではないか。

サルマーはきゃしゃで手足のほっそりした、遠目に見ても十代前半らしい体格をしている。そんな子どもが、警察官に追い詰められて銃で自分を撃つ映像が、もし流れたりすれば、一般の人なら動揺し、同情もするだろう。

——運の強い子だな。

感心して、深浦はサルマーを見た。だが、運は努力する者のところにしか向かわない。

「私はぜんぶ知ってるの！　父がなぜこんなことを始めたのか。何をしたかったのか」

距離があるので、声は展望台に届かない。だが、この異様な光景を、テレビや新聞の報道記者らが見て、写真やビデオに撮っているのだとすれば。

「——なあ。ああいう子どもに重い拳銃を持たせたまま立たせておくのはまずいぞ」

深浦と同じことを、警察官も考えていたらしい。しばし顎を撫でていた警察官は、やれやれと呟いて、腰の無線機に手をやった。

上司とかけあい、説得するのだ。ずいぶんな貧乏くじを引いたと、後悔しているに違いない。

＊

「いつまで俺をここに座らせておくつもりなんだ？　もう役目はすんだはずだ」

呆れたような声を聞くまで、カイトをログハウスに連れて来ていたことを忘れていた。それどころではなかったのだ。

美水が振り返ると、カイトが肩をすくめた。

「もう解放しろよ。島を出るには船か航空機が必要で、航空機はクロウが乗っていったんだろ。どうせすぐに助けが来るだろうし、逃げようがないんだから、誰も逃げないよ」

たしかに、カイトが正しい。

「好きにしてていいけど、僕の邪魔をするなよ」

「何をしてるんだ？」

「プランBの発動」

カイトが、「は？」という表情を浮かべた。美水はパソコンに向き直り、クラウドのメールサービスの下書きを使った、仲間とのやりとりを続けた。

先ほど〈箱舟〉に、通信衛星を使って短い暗号化通信を送信した。〈ラースランド〉が、あるインドの民間企業に出資し、通信衛星に間借りしていることは、まだ知られていないだろう。

――うまく、伝わっていればいいけど。

サルマーが勝手に動いたので、計画の修正を余儀なくされた。とはいえ、アハマトは、自分の娘がとてつもなく強情で、自我が強く、母親の血を引いて勇敢このうえないことをよく知っていた。

なにしろアハマトの妻は、サウジ国王一家の反感を買うこともいとわず、自分の出自を大事にし、アハマトに一夫一婦制を守らせた人だ。美水は写真でしか見たことがないが、サルマーによく似た、涼しげで勝気な表情の女性だった。

娘を熟知するアハマトが、何も手を打っていないはずはない。

「きれいな海だな」

気がつくと、カイトが隣に来て、窓から外を眺めていた。この男といいクロウといい、捕虜のくせに緊張感がない。

――まだ、浮上した〈箱舟〉からの中継は始まらない。

大友という日本政府の交渉人に連絡しようとしているが、うまくいっていなかった。米海軍と海上自衛隊が、現場から〈箱舟〉の様子を中継する約束だったのだ。

横目で見れば、カイトは窓辺で両腕を上げ、気持ちよさそうに伸びをしている。

「本物のパイロットってのは、そうなのか？」

「何が」

「捕まっても、お前らは妙に落ち着いてたな。他の連中は大騒ぎだったのに」

潜水艦の個室に閉じ込められている間も、こちらが錯覚を起こしそうになるほど、ごく普通に暮らしていた。

「べつに、落ち着いてたわけじゃない。考えてもしかたのないことは、考えなかっただけで。早く帰りたいと、ずっと思ってた」

――もうすぐ帰れるさ。

その言葉を呑み込む。F‐15がなくなり、パイロットをとどめておく必要もなくなった。

「なあ、何かチカチカしてるぞ」

カイトに指摘され、我に返った。

米国にいる仲間が、新しい下書きを書き込んでいた。オーストラリアの公共放送がという言葉に心臓が飛び出しそうになる。

貼りつけられているアドレスをクリックすると、動画サイトに飛んだ。

「――これは」

画面の中央にいる少女の姿に、絶句する。サルマーが小さな両手を握りしめて、カメラに向かっている。

『父がつくったのは、潜水艦ではありません。あれは〈箱舟〉。滅びゆく種を長らえさせるための、最後の砦《とりで》』

20

小さな画面の中で、幼い顔立ちの少女が必死で訴えている。

森近は、川島艦長らとともに、艦橋で中継を見ていた。森近にアドレスを送ってきたのは、小松基地にいる郷内群司令だった。

『おい、えらいことになってるぞ。そっちは知ってるか』

ネットはこの話でもちきりだそうで、郷内は森近の衛星電話に、直接、知らせてきたのだった。意外なことに、世界中で今、〈クラーケン〉の存在が話題に上っているという。

——クロウが捕虜のキャンプから、F－15を使ってオーストラリアに脱出した。

本当なら、こんなに嬉しい話はない。しかも、クロウを逃がしたのは、テロリストの首《しゅ》魁《かい》と言われているオマル・アハマトの娘で、F－15に同乗してオーストラリアに飛び、自分たちの主張をネットで中継させているという。

注目を浴びる事件の、渦中にいる少女だ。

ネットにとどまらず、オーストラリアのテレビ局が空港に駆けつけ、少女の会見を撮影しているそうだ。放映されるかどうかは未定のようだが、テレビのニュースでも、ちらりと彼女の様子が映されたらしい。

そんなわけで、「すずつき」内では急遽、中継を見るために、衛星電話とモニターを接続する作業が行われた。

先ほどから、「デューイ」が何度も『降伏せよ』と勧告を行っているが、いまだ〈クラーケン〉には動きがない。

『私の母は、失われつつある民族の、長《おさ》の娘でした』

少女が口にした民族の名前は、森近も聞き覚えがあった。アラブ世界で独立を主張し、アフリカ大陸北西部の国家の政府軍に対し、ゲリラ的に攻撃を加えた一派がおり、その民族全体がテロリスト指定されているはずだ。

『父の祖国サウジアラビアは、母の民族と対立する政府軍を支援しているので、結婚なんて許されなくて。ですが、父は母を選び、サウジ国王から勧められた別の女性との婚姻を断り、国外に脱出しました。それだけで、父はテロリストだと言われて、命を狙われ続けました』

「〈クラーケン〉、動きありません！」

双眼鏡で艦橋を観察している当直員が、報告する。

——向こうも、中継を見ているんじゃないか。

この少女がアハマトの娘なら、今ごろ父親はハラハラしながら映像を見守っているかもしれない。

『逃亡中に母が病気で亡くなった後、父は私を連れて完全に姿を消す方法を考えました。それが〈箱舟〉です。建造中に、父は〈箱舟〉の乗組員を、さまざまな場所から呼び集めました。それは、政治や環境の変化によって、消滅しつつある民族の、生き残りでした。彼らは、自分が民族の生き残りだと自覚している場合もあれば、していない場合もありましたけど、父の誘いや説得に応じて〈箱舟〉の仲間になったんです』

腕組みして、無言で耳を傾けていた川島艦長が、眉を撥《は》ね上げた。

「――無線で『デューイ』の艦長を呼び出してくれ」

通信士官に指示している。

『世界にはおよそ七千の言語があり、あと一世代のうちにその半分が消滅し、百年もすれば九割の言語が消えると言われています。二週間にひとつずつ、言語が消えているという報告もあります。言語は文化と密接な関係があって、言語が消えるということは、文化が消えるということ。そしてその陰には、消えてしまった民族も存在するかもしれない。政治闘争や、あるいは単なる無関心のために』

祈るように両手を組み、ありったけの言葉と情熱をかき集めて話す愛らしい少女の姿は、どこか妖精めいていた。だが、〈クラーケン〉の行為を正当化できているとは、とても言えない。

「一方的に話をせずに、誰かに質問でもさせればいいのにな」

航海長が顔をしかめている。彼の言うとおりで、これでは単に彼女が理想を語るだけで終わってしまう。

『〈箱舟〉には、本当にたくさんの人が乗っていました。アマゾン川流域の先住民族の出身で、外部からもたらされた伝染病で村人が全滅した時、たまたま宣教師と別の村を訪問していたために生き残った少年もいました。かくべつ頭のいい少年だったそうで、彼はその後、宣教師の協力で米国に渡り、MITを卒業して金融工学の道に進みました。それから、eスポーツのプロの日本人もいました。彼は、北のほうに住んでいた少数民族の、最後のひとりと言われていた男性の血を引いているんですって。最後のひとりと言われた男性は、自分に子どもがいることを知らずに亡くなって、そのことは公にされなかったの。アジアの島に隠れ住んで、文明社会とはいっさい接触を持たなかった少数民族出身の、女の人もいました。やっぱり、外部の人が取材を試みた後、伝染病が流行して、彼女以外は死んでしまったそうです。視力がとてもよくて、5・0とか、6・0とか言われています』

「オマル・アハマトの娘と名乗る少女の映像を、ご覧になっていますか」

川島が、「デューイ」の艦長と会話している。

「この映像が世界中で見られているのなら、我々はもう、〈クラーケン〉を攻撃するのは難しいでしょう」

森近には、〈クラーケン〉を攻撃するなと、川島が「デューイ」の艦長を諫《いさ》めているようにも聞こえた。

「絶滅の危機にある民族を仲間にしているのだとすれば、我々が〈クラーケン〉を撃沈すれば、一瞬で彼らを滅ぼしてしまう恐れがあります。しかも、この少女の映像が世界中で流れた直後に」

——とんでもない「保険」だな。

森近は、川島と少女の声に耳を傾けながら、少し呆れ、また内心では感心もしていた。オマル・アハマトという男が、この反応を計算に入れて仲間を集めたのなら、とんでもない男だ。

いわば少数民族を「盾」にするようなやり方には、賛否両論があるだろう。だが、少女が語るように、悲劇的に絶滅しかけている少数民族の生き残りが〈クラーケン〉の仲間なのだとすれば、彼らの行動の是非はともかくとして、まず彼らの命を救わなければと考える善意の人は現れるはずだ。

「——なるほど。既に、待機命令が下りているのですか」

川島がとぼけて頷いた。

「こちらも中継の準備を整えました。〈クラーケン〉の艦橋に動きがあれば、カメラを載せたボートを出して、接近させます」

話がついたらしく、川島が通信を終えた。こちらを見た時、彼の目にいたずらっぽい輝きが宿っていた。

「俺たちの知らないところで、〈クラーケン〉の仲間が各国と交渉しているようだ。米軍は、とっくに攻撃待機を指示されたらしい。ただのテロリストかと思っていたら、いろいろ変わった手を打ってくる奴らだな」

「彼らは本当に、もう攻撃しないつもりでしょうか」

航海長が顎に手をやりながら首をかしげた。

「さあな。だが、これだけの艦艇に包囲されて、まだ攻撃を続けるなら自殺行為だ」

『父も私たちも、みんな生き延びたかっただけだった。本当は潜水艦なんかじゃなく、小さい島を手に入れて、幸せに暮らしたかった』

映像の中で、少女がまだ語りかけている。ふいに、その幼い顔が、とまどいの色を浮かべた。何が起きたのかわからず、森近は映像を見つめた。

――誰かが、彼女に大きな声で何か言っている。

「ボリュームを上げましょう」

航海長がモニターを操作すると、声が前よりはっきり聞こえてきた。

『それなら人質なんか取る必要は、なかったじゃないか。各国を相手に戦闘をしかけたりせず、海の底でおとなしくしていれば良かっただろう。どうしてあんな、馬鹿な真似をしたんだ』

森近は目を瞠った。

「――クロウの声だ。あ、すみません。捕虜に取られた、深浦三等空佐の声です」

少女の映像は、ケアンズ国際空港の滑走路が見える芝生の上に設置された、深緑色の災害用テントの中で撮影されているようだ。時々、ジェットエンジンの音が聞こえる。カメラの向きが変わり、テントの逆サイドに立つ、クロウの姿が映された。ひげは伸びて髪はぼさぼさで、服装もホコリまみれの作業服だが、たしかに彼だ。

――なんだ、元気そうじゃないか。

森近が拍子抜けするほど、クロウは健康そのものに見えた。誰かが、『人質になっていた日本人のひとりです』と紹介している。

クロウは、少女に難癖をつけるというより、彼女の話をより具体的なものにするため、サポートしているような気がした。

『だって、潜水艦も、ずっと潜っていられるわけじゃないでしょう』

慌ただしくカメラが戻ると、少女が唇を尖らせた。どうやら、スマホか何か、簡易な機器で撮影しているようで、ブレも大きい。面白いことに、ひとりで話している時の少女は、生真面目で内向的に見えたが、クロウに反論する時には、生き生きとした活発な女の子に見える。この子は、すっかりクロウに気を許しているようだ。

『食料や、水も必要だし。乗組員に太陽の光を浴びさせて、息抜きもさせなくちゃ。だから、〈箱舟〉は海上に姿を現さないわけにはいかなくて、そうするうちに追手にも情報が伝わったの』

『答えになってないぞ』と、またクロウが混ぜ返した。

『もう、黙って聞いて。父の敵が、また〈箱舟〉を追い始めたの。だから〈箱舟〉は、生き残るために武器を持つしかなかった』

「──米国から盗んだ技術を使ったらしいけどな」

川島が面白そうに呟く。

とはいえ、これまでの〈クラーケン〉との戦闘が、実にスマートに行われたのも確かだ。これだけ大量の艦艇が投入され、何度も直接対峙したにもかかわらず、これまでの被害は哨戒機と対艦・対潜ヘリコプター一機ずつが撃墜され、駆逐艦が二隻、小破した程度だ。EMP攻撃を受けた艦艇群は、一時的に航行不能に陥ったものの、現在では復活している。

これまでの状況は、自分たちの武装が自己防衛のためのもので、積極的に攻撃するためのものではないという少女の主張を裏づけているかのようだ。

拉致された当事者のクロウが、彼女を責めるかのように口を挟むことで、夢物語のようだった彼女の言葉に、信憑性が生まれた。理由はわからないが、クロウは意識してそうしているのだろう。

——〈クラーケン〉の連中に同情したかな。

意外と涙もろく、他人に共感を寄せやすい男だ。

「艦長！　艦橋から誰か出てきました」

〈クラーケン〉を監視している当直士官が、鋭い声で川島を呼んだ。川島が窓に近づき、双眼鏡を目に当てた。

——あれがアハマトか。

森近も窓に寄り、様子を見た。

ハッチが開き、悠然と姿を現したのは、クーフィーヤと呼ばれるアラブ世界の男性用のかぶりものと、風になびく白いアラブ服を着用した男性だった。ムスリムらしい、豊かな灰色の顎ひげをたくわえている。

遠目には顔の表情などわからないが、落ち着いた態度で、周囲を見回している。白旗を掲げよと「デューイ」は促していたが、アハマトにその気はないようだ。

四方八方を敵の艦艇に囲まれた状態で、たったひとり、恐れげもなく艦橋を出て甲板に立つとは、敵ながらあっぱれな度胸だ。

約束を守り、「デューイ」から下ろされたボートが、カメラで状況を撮影しながら〈クラーケン〉に近づいていく。そのボートを、アハマトは見つめている。

「――驚いたな。ボートにモンゴメリー中佐が乗っている」

双眼鏡で様子を窺っていた川島が呟いた。「デューイ」の艦長が、自ら、アハマトに接触するつもりだろうか。

「こちらもボートを下ろそう。中継チーム、準備はいいか」

川島の指示で、舷側で待機していた中継チームから合図があり、乗り込んだボートを下ろし始めた。日米両国が状況を撮影していれば、不測の事態が発生しても公平に世界に情報を届けられるだろうと、〈ラースランド〉側から、たっての依頼があったそうだ。

「状況を見て無線で指示するが、万が一、危険を感じれば、指示を待たず撮影を中止して離脱しろ」

『了解しました』

中継チームには、「すずつき」に乗り込んでいた広報の担当者もいる。ハンディ・カメラを通信機材に接続し、リアルタイムに「すずつき」に中継する。またその映像を、「すずつき」が日本国内の指定された宛先に送信する。

ボートが〈クラーケン〉に向かって走りだすと、「デューイ」の艦長らが音に気づいたのか、振り返った。

「中継カメラ、接続しました」

艦橋にも据えつけられた小型のモニターには、カメラが捉えた〈クラーケン〉の姿が映っている。「すずつき」の艦橋から見るより、ぐっと巨大に迫りくる威容だ。ＣＩＣでは、副官の吉住らもモニターで同じものを見ているはずだった。

声が届く距離まで近づくと、「デューイ」の艦長らと挨拶する声が、中継に入った。画面には、〈クラーケン〉の甲板にいるアハマトの姿も映っている。

『〈クラーケン〉とのやりとりは、こちらに任せてもらう。撮影したものは、リアルタイムに中継しているんだな？』

『はい、「すずつき」を通じて中継します』

『わかった』

「デューイ」の艦長が頷き、アハマトに向き直った。

『さて、話の続きだ。ようやく、「謎の潜水艦」の主《あるじ》と言葉を交わすことができて嬉しい。あなたが、オマル・アハマト氏に間違いないか』

アハマトは、甲板上からわずかに艦長を見下ろすようなかたちで、穏やかに頷いた。

『こちらの条件を受け入れてくれてありがとう。私がオマル・アハマトです。いま撮影されている映像は、中継されていますか』

アハマトの声は、低く抑制がきき、音楽的ですらあった。

『たしかに中継している。単刀直入に、こちらの要求を言わせてもらう。あなたを含む全乗組員がすぐに船を下り、こちらの船に移動してもらいたい。そうすれば、あなた方をテロリストではなく、捕虜として保護すると約束する。あなた方は米国または、それぞれの国籍に応じた国で正式に事情聴取され、裁判を受けることができる。潜水艦は我々が預かり、責任を持って米国まで運航する』

中継の動画は、音声を含め、きれいに届いていた。アハマトと名乗る男性は、うつむき加減に、艦長の言葉に耳を傾けている。

『――懇切なお申し出、感謝します』

『では――』

『しばしの猶予をいただきたい。私が中継をお願いしたのは、私たちの存在と主張を、世界中の人々に見て、聞いて、知ってもらいたいからです。娘のほうが、先に始めてしまったようですが』

はにかむように、アハマトが微笑んだ。

『なぜ〈箱舟〉を建造し、海底を放浪していたのか。なぜ突然、他国の船や戦闘機に攻撃をしかけ、捕虜を得るようになったのか。それについては娘が話してくれたので、私が言わねばならないことは、もうあまり残されてはいませんね』

「デューイ」の艦長は、口を差し挟むことなく、アハマトに語らせると決めたらしい。アハマトもそれと察したのか、わずかに艦長にお辞儀をした。

『世界には、生まれた国家や、民族や、土地によって、過酷な運命を強いられる人々がいます。彼らに責任があるわけではない。自然災害や、政治的な混乱や、一発のミサイル、爆弾、迫撃砲、突然に降ってわいた何ものかによって、家族や住み慣れた家、愛する街や国を奪われる人もいます。運よく逃げ出せる人もいれば、逃げられない人もいる。私とともに〈箱舟〉に乗っていたのは、逃げ出せた人たちです。そしてその時には、自分が最後のひとりか、ごく少数派になっていた人たちです』

アハマトが長い嘆息をする。

『ご存じのとおり、私は王家の血を引く一族に生まれましたが、今では祖国のお尋ね者です。幸い、私には〈箱舟〉を造るだけの資金力があり、協力者もいた。ですが、私のような環境に置かれた人は、逃げ惑うしかないのが普通です。誰かが、手を差し伸べないかぎり』

彼はクーフィーヤの陰から覗く、知的な瞳で二隻のボートを見渡した。

『このたびの件、責任はすべて私にあります。〈箱舟〉を建造したのも、兵器を開発させたのも、それを使わせたのも、すべて私の指示によるものです。責任は私が負います。仲間の罪を問わないでください。彼らはみな、生き延びるために私の仲間になったんです。逃げ惑う人々に、手を差し伸べて救ってください。同じ惑星に生まれた、人間という同じ種に属するものとして――』

ふいに、何かの音がアハマトの注意を引いたようだった。彼が言葉を切って、空を見上げると同時に、「デューイ」の艦長や、「すずつき」の中継チームも、音の出所を探すかのように、周囲を見回している。

「――今のは何だ？」

川島も、モニターを睨んだ。

「艦長、あれを！」

当直士官が指さしたのは、今まさに〈クラーケン〉の甲板から飛び立とうとしている、戦闘機型の無人機だった。

――俺たちを攻撃したアンノウンか？

森近は、身を乗り出して無人機を見た。

彼自身は、レーダーにアンノウンが映った時点で帰途についたため、直接、機体を見る機会はなかった。だが、無線ごしに聞いた、エポック1が撃墜される音は、今でも耳に焼きついている。

銀色の無人機は軽々と飛び立ち、大きく旋回を始めた。何をするつもりなのかはわからないが、アハマトの態度を見て、これ以上の戦闘はなさそうだと考え始めていただけに、驚きが大きかった。

「――まずいな。対空戦闘用意！」

川島艦長の指令に、「対空戦闘よーい！」と復唱が返る。甲板の対空機関銃の銃座が、無人機に合わせて向きを変える。周辺にいる、各国の艦艇群も、みな同じように対空戦闘の準備を始めたようだ。

「中継チーム、離脱せよ！」

『了解、離脱します』

中継を担当していたボートが、急いで〈クラーケン〉から離れていく。

だが、彼らはまだカメラを回し続けていた。カメラは、甲板から見上げるアハマトの驚愕《きようがく》の表情も、しっかりと映していた。

無人機の接近に気づき、「デューイ」のボートも慌ててエンジンをかけ、〈クラーケン〉から離れようとしている。だが、無人機はそちらには見向きもしなかった。

まっすぐアハマトのいる甲板めがけて急降下した無人機は、直前で急上昇に切り替えた。強い風圧で、クーフィーヤとアラブ服がはためき、アハマトがよろめくのが見えた。

次の瞬間、彼の姿は甲板から消えていた。

『海に落ちたぞ！』

中継チームの叫び声が響く。いったん現場を離れようとした「デューイ」のボートは、アハマトを救出するために再び戻ろうとしていた。

無人機は上昇から旋回に移り、また戻ってこようとしている。救出作業を邪魔しているかのようだ。

「いったい、どうなってるんだ！」

川島が呆れたように吐き捨てた。あの無人機は、アハマトの仲間ではないのか。

「仲間割れでも起きたのか？」

「デューイ」の艦長は、無人機を睨みつつ、無線で何かを指示し続けていた。

「艦長、『デューイ』が――」

それまで元の位置を保っていた「デューイ」が、ゆっくりと移動していた。甲板の機銃が、無人機に狙いを定めている。

機銃が続けざまに火を噴いた時、ボートの乗組員らが急いで頭を低くするのが、中継映像にも映っていた。

撃たれた無人機は煙を上げて姿勢を崩し、きりもみしながら落下して、そのまま海面に激突した。

21

「『すずつき』からの報告です。現地時刻午前十時二十五分現在、海中に転落したオマル・アハマトを捜索中ですが、まだ見つかっておりません」

牛島防衛大臣からその報告がされた時、官邸地下の危機管理センターに集まっていた人々は、しんと静まりかえった。

アハマトが、映像の中継を条件に〈クラーケン〉の甲板に立ち、仲間が操縦していたと見られる無人機に攻撃され海中に落ちてから、もう一時間以上が経過している。

「その後、〈クラーケン〉はどうしているんですか。アハマトは彼らのリーダーでしょう」

固唾を呑んでいる室内をよそに、韮山は尋ねた。

「それが、すべての開口部を閉じたまま、沈黙しているそうです。いろんな手段で呼びかけを行っていますが、反応はないと」

——いったい、どういうことだ。

そもそも、テロリストの考えることなど理解しがたいが、自分たちの統率者を無人機で攻撃し、救出しようとするそぶりすら見せないとは。

「ひょっとして、アハマトが〈ディープ・ライジング〉の艦艇と対話しようとしたことを、裏切りだと見なしたんでしょうか」

牛島の言葉に、統合幕僚長の能村が首を振った。

「どちらかといえば、私にはアハマトがまたペテンを使って、この苦境から脱出を試みているんじゃないかと思えます」

「しかし、この状況でどうやって脱出できますか？〈クラーケン〉は海面に浮上して姿を見せているし、アハマトは海中に没したままですよ」

韮山は彼らの注意を引くために咳払いした。

「そちらは、現場に任せるしかないでしょう。我々は、今後のことを考えなくては」

安田一尉の居場所をつきとめて救出し、ふたりの自衛官を帰国させる手筈《てはず》を整え、家族や部隊に連絡しなければいけない。希望があれば、家族をオーストラリアまで同行させる。帰国後は、健康診断や精神面のケアも必要になるだろう。並行して、拉致に至った状況から、人質としての、二週間以上にわたる状況まで聴取が必要だ。

撃墜された戦闘機も、全体を回収できていない。アハマトたちが捕まれば、裁判にもなるだろう。

――まあ、それは米国が主導権を握りたがるだろうが。

「深浦三佐がいるオーストラリアに、政府専用機を送ってはどうだろう。安田一尉が捕らえられている島も近いようだし、オーストラリアで合流できるんじゃないかね」

小嶋総理は、この二日ほとんど眠っていないはずだが、疲れた様子を見せない。

「政府専用機の派遣が妥当でしょうね。深浦三佐、安田一尉、ともに結婚されています。おふたりとも、ご両親も健在です。深浦三佐はお子さんもいますが、まだ小さいので同行を希望されるかどうかはわかりません」

韮山は、彼らが拉致された後、ふたりのプロフィールを手元に置き、読み込んできた。

彼らに万が一のことがあったとき、残された家族への説明責任がある。

「韮山さん、なるべくご家族の希望に沿うようにしたいですね。基地のほうからも、ご家族のエスコート役として、誰か出してもらったらどうかな」

「ちょうど、『すずつき』にひとり、アグレッサー部隊の三佐が派遣されています。彼をオーストラリアに送るとともに、小松基地からも誰かに同行させましょう」

能村が何人か役職と名前を挙げた。そのあたりは、現場の事情を知る能村たちに任せてよさそうだ。

「安田一尉が捕らえられている島へは、誰か向かったのかな」

小嶋の問いには、外務大臣の迫《さこ》が答えようと身を乗り出した。彼は当選回数九回を数えるベテランの衆議院議員で、外務大臣に任用されるのは初めてだが、まずまず大過なく務めを果たしている。

「〈ラースランド〉が捕虜キャンプにしているのは、ミサウという太平洋の島嶼国家のひとつです。ミサウの大使は、駐フィジー大使が兼任しているので、そちらからミサウの大統領に連絡を取り、〈ラースランド〉のメンバーの逮捕と捕虜の解放を要求しています」

「ミサウが〈ラースランド〉と通じているのなら、素直にこちらの要求に応じるだろうか」

小嶋が表情を曇らせた。

人口およそ一万人の、貧しい島嶼国家だ。土地は痩せてお世辞にも広大とは呼べず、その貧困に〈ラースランド〉がつけこんだのだとも考えられる。

「そもそも、ミサウに軍隊はないんです。あるのは警察だけで、それも駐フィジー大使によれば、ほとんど事件など起きない国ですから、警察署長を含め数名程度しかいなくて、ふだんはほとんど市役所のような業務をしたり、入管業務も兼ねたりしているそうです。たとえ、ミサウが〈ラースランド〉の排除に同意したとしても、ミサウの警察だけで、武装した〈ラースランド〉のメンバーを逮捕するのは無理だという話です」

「なら、どうするんだ？」

危機管理センターの内部から、口々に呆れたような声が上がった。

確かに、途方に暮れる話ではある。だが、どんなに小さくとも、ミサウが主権を持つ国家である限り、いきなり他国が軍隊を派遣して、〈ラースランド〉撲滅に乗り出すわけにもいかない。

「太平洋諸島フォーラム諸国に事情を説明し、展開中の〈ディープ・ライジング〉から艦船を派遣することを、ミサウに認めさせようとしています」

迫大臣が、どこか心もとない表情で「米国とも連携して」と付け加えた。

「そうこうしている間に、逃げられるんじゃないか」

誰かが呆れたように呟く声が、静まりかえった危機管理センターに響く。

——アハマトという男、ここまで考えてミサウを本拠に選んだのか。

感嘆に近い気分を抱き、韮山は腕組みした。〈ラースランド〉に、消滅の危機に瀕している民族の生き残りが何人も参加しているらしいことも、前代未聞だ。それで彼らの罪が消えたり減ったりするわけでもないが、心理的な抑止力にはなりうる。現代社会において、よほどの無知な悪党ならいざ知らず、誰しも、滅びゆく民族にとどめを刺す人間にはなりたくないだろう。

そのうえ、ミサウのような島嶼国家に捕虜キャンプを置き、地上の本拠としていたらしい。アハマトは、こちらの倫理観を逆手に取って防御壁としているのだ。

特に、西側の先進国、大国と呼ばれる国々は、倫理観と進歩的な価値観に縛られている。カウボーイをもって自任するカード米大統領ですら、ミサウのような島嶼国家に、いきなり軍隊を送って蹂躙《じゅうりん》したように諸外国に受け止められるのは、本意でないだろう。〈ラースランド〉が、従来の「テロリスト」とずいぶんかけ離れた存在であることは、間違いないようだ。一般的な「テロリスト」が相手なら、対応に迷うことはない。テロ行為やテロリストの存在など認めることはできない。徹底的に戦うのみだ。だが、〈ラースランド〉のような集団はどう扱えばいいのか？

「〈ラースランド〉側の仲介役になっていた日本人——美水ですか。彼とはいま、連絡が取れるんでしょうか」

「この一時間は反応がないそうです」

——とっくに逃げたんじゃないか。

そんな空気が、危機管理センターの内部に流れた。

「失礼します」

センターに飛び込んできた、制服姿の自衛官が、急ぎ足に能村のそばに向かい、何ごとか囁いた。

「どうした?」

韮山が尋ねると、能村は呆然とした表情をこちらに向けた。

「——〈クラーケン〉が潜水を始めました!」

何を言われたのか、韮山はしばらく理解できなかった。奴らの潜水艦が、潜水を開始した。つまりそれは——逃げようとしているのか? 〈ディープ・ライジング〉の艦船に周囲を囲まれた状態で?

——バカな。

時計の針がチッチッと回る音が、韮山の耳にも届くほど、室内は静まり返っている。

*

『艦長、〈クラーケン〉のエンジンが始動しました！』

ソナー室からの報告に、「すずつき」の艦橋に緊張が走った。

アハマトが海中に落ち、姿を消してから約一時間。まだ見つかっていない。アハマトを攻撃した無人機は、そのまま〈クラーケン〉に回収された。

アハマトと対話するためボートで接近していた「デューイ」の艦長や、「すずつき」の中継チームらは、捜索と救援を行う部隊と入れ替わりに、いったん艦に引き揚げた。

その後、一時間ばかりの間に起きたのは、森近にも「奇妙」としか言いようのないことばかりだ。

無人機を収容した後、〈クラーケン〉はこちらからの通信にいっさい応答しなくなった。その姿はまるで、巨大で意思の疎通が図れないクジラのようだ。

ハッチは石のように固く閉じたままだ。そんな潜水艦を相手に、こちらはどう対応すれば良かったのだろう。無抵抗、無反応の、沈黙する巨大な石。それは、〈ディープ・ライジング〉で集まった艦艇とその乗組員らの、理解の範囲を超えていた。

敵なら、攻撃してくるものだ。ひたすら黙っている巨大な石を、どう扱えばいいのか。タイミングを逸して攻撃することもできず、このまま反応がなければ、外からハッチをこじ開けるしかない――と考え始めていた。

そこへ、今度はエンジン始動ときた。

今も、ボートやヘリコプターが、〈クラーケン〉周辺でアハマトを捜しているのに。

「エンジン始動？　やつら、何を考えてるんだ。自分たちでアハマトを見つけたのか？」

顔をしかめてひとりごちる川島のそばで、森近は〈クラーケン〉のいる、数百メートル離れた海面を見つめた。

『艦長、「デューイ」からの無線です』

通信士官が川島を呼ぶ。

「デューイ」の艦長と言葉を交わす川島の声を聞きながら、森近は海面に黒々と横たわる〈クラーケン〉を睨んだ。白旗を掲げて出てこいと指示したのに、〈クラーケン〉はどこにも白旗など掲げていない。彼らのリーダーが海中に落ちても、誰もハッチから姿を現さない。まるで、もうアハマトなどどうでもよくなったかのようだ。

あの中にクロウたちがいない――もうとっくにいなかったことは、クロウがオーストラリアに脱出した後ではっきりした。これだけ自分たちを振り回し、今度はまた何をしようというのか。

〈クラーケン〉の周囲にいたボートが、慌てて離れようとしている。何が起きたのかは、目を凝らすまでもない。周辺に白い泡が立っている。

「〈クラーケン〉が、動きだした！」

森近は声を上げた。ボートは、巻き込まれて転覆するのを恐れ、距離を取ろうとしているのだ。

——やつら、逃げる気か。

冗談だろう、と思う。この状況で逃げられるわけがない。人質が乗っていないことはバレたのだし、こちらの攻撃を止めるものは、何ひとつなくなった。

無線と報告が錯綜《さくそう》している。

『〈クラーケン〉、前進しています』

『ハッチを開けました！』

ふいに、〈クラーケン〉から飛び立つ、無人機の影が見えた。こちらから開口部は見えないが、甲板が波の下に沈む前に脱出したようだ。

「何を考えてるんだ——」

近くを旋回していた「デューイ」の艦載ヘリコプターが追っている。無人機は、ヘリコプターには不可能な動きで急上昇を行い、ループを描いて「デューイ」に向かった。

まさか、と誰もが思ったはずだ。たった一機のちっぽけな無人機で、連中はいったい何をするつもりなのか。

「デューイ」の機銃が、無人機接近に備えて角度を上げる。各艦から艦載機や艦載ヘリが次々に飛び立つ。

『〈クラーケン〉、潜水開始しました！』

「艦長、対潜戦闘用意、命じますか」

一緒に艦橋に上がってきていた副官の吉住が、川島に尋ねる。まだ無線電話で話していた川島が、「待て」と言いたげに手を振った。

「――このまま待機だ。『デューイ』がいま、潜水を中止して降伏せよと通信を行っているが、〈クラーケン〉側は無視している。応答なければ『デューイ』が全艦に攻撃指示を出す」

『無人機、「デューイ」に接近！』

森近は、ギョッとして窓の外に目を凝らした。「デューイ」に向かう無人機の窓が、陽光を反射してきらめく。

次の瞬間、無人機がミサイルを発射した。

「デューイ」の艦載機が即座に反撃し、ミサイルは空中で撃破された。艦橋で双眼鏡を片手に見守る吉住が、固唾を呑んでいる。

「やつら、ついに自棄《やけ》を起こしたのか！」

このままでは〈ラースランド〉のメンバーは、テロリストとして捕らえられ刑務所行きだ。そのくらいならここで一戦を交え、いちかばちか脱出を図るつもりなのだろうか。

「油断するな！　やつら、これまでも思いがけない手段で、こちらの裏をかいてきた。何が起きてもおかしくないぞ。〈クラーケン〉に動きはないか」

川島が卓に拳をつき、窓越しに〈クラーケン〉を睨んでいる。

「デューイ」の艦載機と無人機が、螺旋《らせん》を描くように互いの背後を狙い、空中戦を始めている。

『〈クラーケン〉、潜航続けます！』

空中戦に目を奪われていた森近は、その報告を聞いて〈クラーケン〉に視線を移した。

〈クラーケン〉が巨大なメダカのように、すいと前進しながら、どんどん海中に姿を消していく。黒々としたその巨体が、全身を海水に浸したとたん、いきなり消えた。文字通り、蒸発したように姿が見えなくなった。

「何だ、今のは――」

森近と同様、〈クラーケン〉の沈降を注視していた吉住が、肝を冷やしたような顔つきで、海面を見つめている。まるで、瞬間移動でもしたかのような消え方だった。

「ソナー室！」

川島が、受話器を握り大声を出した。

「まだ〈クラーケン〉を捕捉しているか？」

『捕捉できています！　微速前進しながら潜航中。五分後に本艦の正面方向を通過します』

「艦橋からは、急に〈クラーケン〉の姿が見えなくなった。何か変化はあったか？」

『いいえ、特には』

森近はハッとした。そう言えば、オーストラリア海軍の対潜・対艦ヘリコプターが撃墜された時、目視で海中を確認しても潜水艦など影も形もなかったと証言していたではないか。それなのに、どこからともなくミサイルが発射され、撃墜された。

「――〈クラーケン〉は、カモフラージュ機能を持っているのか」

川島が眉をひそめている。

戦闘機や艦船も、迷彩やグレーなど、空や海の色に似せて目立たなくする。だが、ここまで背景に溶け込んだカモフラージュは初めて見た。まるで、〈クラーケン〉が透明になったかのようだ。

「光学迷彩か。そんな技術が、もう完成していたのか？　しかも、潜水艦の規模で？」

「〈クラーケン〉は、まるで未来の兵器の見本市のようだな」

吉住が唸るのも無理はない。

「しかし、潜水艦の光学迷彩なんて、必要ないだろう。何のためのカモフラージュだ？」

川島の言う通り、深海で活動することが多い潜水艦に、そんな技術は必要ない。

『「デューイ」から艦長へ通信です』

「つなげ」

川島が受話器を取った。短い言葉を交わし、すぐに受話器を置いて吉住らを見回す。

「戦闘開始だ。全艦、戦闘配置！　われわれも、CICに下りる」

川島の指示で、階段を駆け下りた。森近は、艦橋を離れる前に、再び空を見上げた。無人機と艦載機は、高度を上げて戦闘しているのか、いつの間にか姿が見えなくなっている。

――ここに、自分の機があれば。

自力で対処できないというのは、もどかしいものだ。

「どうなってる？」

薄暗いCICでは、当直士官らがレーダーに向き合っている。

「海中は、ほぼ臨戦状態です。〈クラーケン〉は潜航に移り、米側の潜水艦が、その〈クラーケン〉を三方から包み込むように接近しています」

その言葉通りの状況が、画面に光点で表示されている。相手はたった一隻だが、米海軍は追跡の手を緩める気配もない。

「前進しますか？」

「いや、〈クラーケン〉に近づきすぎるな。まだEMP爆弾を持っている可能性もある」

米海軍も、追跡と攻撃をEMPに強い潜水艦に任せ、海上艦は広範囲に円を描いて〈クラーケン〉のいる海域を囲んでいる。EMP爆弾の使用は、敵に打撃を与えるだけではない。接近をためらわせる効果もあったわけだ。

「そろそろ、しびれを切らすぞ」

川島の言葉通り、ソナー員が反応した。

『米艦、魚雷発射管オープン！　発射！　魚雷発射しました！』

海中のどんな小さな音も聞き逃さないソナー要員が、水面下で行われている暗闘を、耳で聞き分けている。

固唾を呑んでレーダーを見守ると、魚雷を表す光点が点滅しながら、〈クラーケン〉に接近していった。すぐ、〈クラーケン〉側からも光点が放たれる。

「デコイか」

囮として使われる魚雷だ。敵の魚雷を騙し、針路を変えさせる。その隙に、〈クラーケン〉は急速に潜航している。斜め下四十五度に艦首を向けて、全速力でなりふりかまわず潜ろうとしている。今ごろ艦内では、乗組員が斜面と化した床をゴロゴロと転がっていそうだ。

『艦長、レーダーから、無人機が消えました。撃墜された模様！』

「よし！」

その報告に、ＣＩＣが沸く。

――まず、ひとつ。

空の敵は消えた。後は〈クラーケン〉だ。

「〈クラーケン〉、全速潜航を続けます！」

「逃げきれるわけがないだろうに」

川島が冷静に呟く。

『米艦、魚雷発射！』

潜り続ける〈クラーケン〉に、米海軍の魚雷が連続して襲いかかる。

次の瞬間だった。

ソナー員が、あっと叫んで沈黙したかと思うと、「すずつき」の正面で、噴水のように海水が勢いよく噴き上がるのが見えた。高い波が「すずつき」も襲い、上下に激しく揺れる。森近は慌てて近くの卓に摑まった。何が起きたのか、わからなかった。

「ソナー室、どうした！」

『艦長、爆発音です。ソナー員が耳を』

レーダーが捉えた〈クラーケン〉を表す光点も、閃光のような輝きを放ち、無数の光点に分かれて雲散霧消しつつある。

「魚雷か？　撃沈したのか？」

「いや、魚雷が当たる直前に〈クラーケン〉が爆発したようです」

「自爆したのか？」

「あるいは、艦体が急速潜航に耐えられず、圧壊したようにも見えますが――」

「まだ、それほどの深度には達していなかったはずだが」

「事故でしょうか」

川島と吉住が口早に意見交換するのを聞きながら、森近は眉をひそめた。

――何かおかしいぞ。

自分は海のプロではないが、だからよけいに奇妙に感じる。

あの〈クラーケン〉が事故？　自爆？

自爆するなら、なぜひとりでも多くの敵を道連れにしようとしなかったのか。あれではまるで、米国の潜水艦を巻き込むのを避けるかのように急速に潜航し、自爆した――ようではないか。

〈クラーケン〉の行動は、ペテンばかりだ。自分も含め、世界中がその動きに騙され、翻弄されてきた。人質が乗っていると見せかけて、乗っていない。核爆弾を使ったＥＭＰ攻撃かと驚かせて、ＥＭＰ爆弾だった。戦闘機同士のドッグファイトをしているものと思い込ませ、実はドローンだった。

何か月も世界中を振り回してきた〈クラーケン〉が、こんなにあっさり自爆などするだろうか。

『艦長、「デューイ」から、〈ディープ・ライジング〉参加中の全艦に一斉通信です』

「スピーカーにつないでくれ」

すぐ、「デューイ」艦長の声が流れだした。

『──十時三十七分、〈クラーケン〉艦内で爆発が発生し、艦体がふたつに折れた状態で沈降するのを確認した。原因は未確認だが、逃げきれないと悟って自爆したか、艦内でなんらかの事故が発生し、制御を失ったものと考えられる』

CICの内部に、言葉にならないどよめきと、静かな歓声が上がった。

──本当に、勝ったのか。

『これから生存者の有無を確認し、救助にあたる。アハマトの捜索も引き続き行う』

生存者と言っても、あの深度で爆発が起きたのなら、まず見込みは薄いだろう。〈ディープ・ライジング〉側の完全勝利だ。

『諸君の惜しみない協力に感謝する。引き続き、いましばらくの協力をお願いする』

通信が終わると、CICの内部に安堵の空気が漂った。まだ作戦が終了したわけではないので、どことなく遠慮がちな笑みを交わしている。

『艦長、艦橋です。今の爆発で、〈クラーケン〉の破片らしいものが、海面に浮かんできています』

「回収できるものは回収しよう。生存者がいれば救助を」

破片の材質や加工技術などを調べれば、〈クラーケン〉の性能や、建造した国や企業すらわかるかもしれない。

「驚いたが、俺たちが日本に帰れる日も、そう遠くなさそうだな」

川島がそう告げると、ＣＩＣの面々も、ようやくホッとした表情を浮かべた。

――やっと、帰れるのか。

深浦たちが行方不明になり、森近がこうして「すずつき」に同乗してから数日だが、もうずいぶんになる気がする。

〈クラーケン〉の爆発原因がはっきりしないので、百パーセント満足とは言えないが、大きな肩の荷を下ろした気分なのは確かだった。

22

サルマーが泣いたり、喚《わめ》いたりするようなら、深浦は自分が慰めるつもりだった。

彼女に頼まれるまま、島からオーストラリアまで飛んできた行きがかり上、責任を感じる。何と言っても、彼女はまだ子どもにすぎない。

だが、彼女はひたすら目を瞠り、ニュースで流れる、〈ディープ・ライジング〉に参加する艦艇からの報道に、食い入るような視線を注いでいた。

――〈クラーケン〉沈没！

――オマル・アハマトは行方不明！

――その他の乗員もいまだ見つからず！

『〈クラーケン〉とわれわれが呼んでいるテロリストの潜水艦は、初めに大きくふたつに折れ、その後、何度も爆発と分解を繰り返し、海底に沈んでいきました。われわれは、〈クラーケン〉が逃げられないと悟り、自爆したものと考えています』

〈ディープ・ライジング〉を指揮する米国人の若い艦長が、カメラを前に解説している。

潜水空母に捕らえられていた間、戦闘員以外の、空母の乗組員にはひとりも会わなかった。だが、あれだけの規模の潜水艦を動かすには、少なくとも数十名の乗組員を必要とするはずだ。彼らも、潜水空母とともに沈んだのだろうか。

潜水空母の破片はいくつか海面に浮かび、回収されたようだが、バラバラになった本体は、南太平洋の海底に沈んだらしい。引き揚げも検討しているとのことだが、時間がかかるだろう。遺体が上がるかどうかもわからない。

「――サルマー。何か食べて、少し休んだほうがいい」

夜になってもテレビの前を離れようとしない少女に声をかけたが、かんばしい反応はない。少女の監視のために同じ部屋にいる女性の警察官と、視線をあわせて「やれやれ」と深浦は首を振った。

「――しばらく、そっとしておきましょう。彼女もお父さんを亡くしてショックでしょうから」

警察官が、声を低めて言った。深浦も、頷くしかない。

空港での自殺騒ぎから、報道陣を入れての記者会見の後、彼女は警察の監視下に置かれている。

まだ空港内で、簡素なソファとテーブル、ポータブルテレビがあるだけの一室に、ほぼ軟禁状態に置かれているのだが、これからどうなるのか誰も説明してはくれない。

深浦自身は、在オーストラリア日本大使館から電話連絡があり、大使館員が来ると約束してくれた。日本からもいずれ防衛省や自衛隊の関係者が来るだろう。

〈箱舟〉に捕まってからのことは、州警察にすべて話したが、これからも同じことをいろんな人に尋ねられそうだ。深浦自身もしばらくは「忍」の一字だ。

（島に行って、捕虜キャンプに捕まっている人質を救出してほしい）

深浦が頼んだのはそれだけだった。捕虜キャンプにいた人々について、知っていることはすべて話した。同じテントに捕まっていた人質たち。〈ラースランド〉側の「テロリスト」たち。

（島の住人と接触はありましたか）

（いや。島にあれだけ多くの家があるなんて、サルマーに助けられて格納庫に連れて行かれるまで知らなかった。住人がいることすら知らなかったんだ）

乗ってきたF－15から、島の位置は把握できるとは思ったが、深浦もできる限り協力し、島の位置を地図に書き込んだり、島内で見た道路や建物、捕虜キャンプの位置関係などを図にしたりした。

(ここまでくれば、彼らは抵抗しないと思う。血を流さずに、連中が投降するよう祈ってるよ)

深浦の言葉に、警察官が怪訝そうな表情を浮かべた。

(長い間、テロリストに拉致されていたのに、憎んではいないような口ぶりですね)

(あいつらは、俺たちを殺そうと思えばいつでもできたはずだが、そうしなかった。むしろ、何度も命を助けられたしな。脅しは何度も聞かされたけど、いつも口先だけだった。なんていうか、腹立たしいことは確かだが、憎らしいとは思えないんだ)

ひょっとするとこれは、人質が犯人に対して同情や共感を抱くことがあるという、ストックホルム症候群とかいうやつかもしれない。だが、今でも深浦は、アハマトや美水らと、もう一度ゆっくり話してみたいとすら思っている。今度は、どちらも鎖につながれたり、閉じ込められたりしていない対等な状況で。アハマトがもし、生きていれば。

──あとは、カイトが無事に戻れば。

そうすれば、ようやく自分も安心できるし、アハマトたちを許してもいいと思える。

扉をノックする音が聞こえ、警察官が席を立った。扉を開け、外の誰かと小声で会話している。

「──てる」

サルマーがテレビを見つめたまま、何ごとか呟いた。

「どうした？」

「生きてる。絶対」

父親のことだ。もちろん、彼女はアハマトが死んだなんて、信じたくないのだ。

深浦はため息をついた。

「――とにかく、何か食べろって。生きているにしても、サルマーが元気でなきゃ、あっちは心配でしかたがないぞ」

サルマーが振り向いた。泣いているかと思ったが、その目は乾き、強い光を放っている。

「わかった。食べる」

頷いた顔に、落胆の色はない。彼女は、アハマトの生存を信じている。だからこそ、生き抜くつもりなのだ。

「深浦さん、ちょっと」

警察官に呼ばれ、深浦は立ち上がった。

「すぐ何か用意してもらうから、待ってろ」

サルマーに声をかけ、扉に向かう。今や、警察官は廊下に出て何か話しこんでおり、深浦もそちらに呼び出された。

「あなたの仲間が、空港に着いたそうです」

「仲間？」

「〈ディープ・ライジング〉に参加している、自衛隊の人だそうですよ」

海上自衛隊の人間かもしれないと思った。オーストラリアの警察官には、航空自衛隊と海上自衛隊の区別などつかないだろう。

「また事情を聞くかもしれないので、すぐに帰れるわけではないですが、日本大使館のスタッフと、自衛隊の人にはすぐにでも面会できます」

「そりゃありがたい。ぜひ会わせてもらいたいですね。あと、あの子に何か、食事を用意してもらえないかな。やっと食べる気になったんだ」

警察官はちらりと室内に目を走らせ、微笑んだ。四十がらみの、赤毛の女性だ。

「彼女のことは任せてください。美味《おい》しいものを食べさせて、休ませましょうね」

「ありがとう。よろしくお願いします」

「いいえ、私にも息子がいますから。あの子、どう見ても十五歳くらいじゃないですか。それにしてはしっかりしているけど、子どもは子どもですよ」

彼女の言葉を聞いて、深浦も肩の荷が下りた気になった。ここでなら、サルマーはきちんと守ってもらえそうだ。

「――彼らの話が本当なら、彼女は祖国に命を狙われていることになりますが」

警察官は、不安を露わにした深浦の言葉にも動じなかった。頷きながら、深浦を見つめた茶色の瞳には、母親の深い情愛と、警察官ならではの理知の光があった。

「大丈夫。彼女がオーストラリアに来たのは、予想外のことだったかもしれないけど、ある意味、正解だったと思う。あれだけ大々的に、祖国とアハマトの関係を彼女が語った後で、万が一、彼女の身に何か起きれば、世間も黙っていないでしょうから」

——そうであってほしいが。

他人が彼に対して思うよりは、いくぶん悲観的な深浦は、警察官の言葉に懐疑的な気分も抱きつつ、頷くしかなかった。

「サルマーに、大使館員と面会してくると言ってきます」

警察官に断り、室内に戻った。

サルマーはテレビを消し、ソファの前に立っていた。

「もう、行くんでしょう。クロウ」

少女の勘の良さに舌を巻きながら、深浦は彼女に近づいた。

「大使館からスタッフが来たので、会ってくるだけだ」

「ううん。たぶん、そのまま戻れないと思う。大丈夫、クロウはちゃんと日本に戻れるから」

不思議な勘の良さだが、彼女が何かを断言すると、たいていその通りになってきたことを思い出す。彼女にはどこか、年齢には似合わぬ巫女《みこ》のようなところがある。

父親と仲間を失ったばかりで、よるべない少女に何を言うべきか、迷いながらその前に立つ。サルマーが、子どもらしいひたむきな表情でじっと見上げる。

「約束してほしいことが、ひとつだけある」

「――いつか、島に戻る。前に言っていた、そのことだろう」

サルマーが頷いた。

「機会をつくって、必ず島に行ってみるよ。約束する」

「――うん」

サルマーに見送られて部屋を出ながら、なんとなく、これでもう彼女には会えないような気がした。

「あのね、クロウ」

扉を閉める間際、彼女が謎めいた微笑を浮かべた。

「ありがとう。あなたは立派に、役目をはたしてくれた」

――役目？

何の話かと聞こうとした時、サルマーが扉を閉めてしまった。何が言いたかったのか、聞きそびれてしまった。

＊

「どうぞ、降りてください。車が待ってますから」

オーストラリア空軍のパイロットが振り向き、親切に扉を開けてくれた。

ケアンズ空港は、すっかり闇に包まれている。森近は、パイロットに礼を言い、握手して小型機のタラップを下りた。

郷内群司令から衛星電話で連絡が入り、「すずつき」からヘリコプターを出してもらって、ソロモン諸島に向かえと言われたのは、〈クラーケン〉が爆発して沈んだ、しばらく後だった。

ソロモン諸島からは民間機でオーストラリアのブリスベンに飛び、ブリスベンからケアンズまではオーストラリア空軍が飛行機を出してくれた。

「森近さんですか」

小型機用の駐機場所から、車でターミナルに向かうと、待っていた男性から日本語で話しかけられた。森近よりひとまわり年上のようで、背の高い、痩せたソクラテスという言葉が似合いそうな中年男性だ。

「外務省の磯崎《いそざき》と申します。キャンベラの日本大使館に勤務しておりまして」

そう言えば、郷内群司令が大使館のスタッフが来ると言っていた。挨拶もそこそこに、森近はクロウの様子を尋ねた。磯崎が、あいまいな微笑を浮かべる。

「実は、私もキャンベラから先ほど到着したところで、まだお会いしていないんです。こちらの警察からは、とてもお元気そうだと聞きました」

「すぐに会えるんでしょうか」

郷内からは、とにかく会って話を聞けと言われてきた。オーストラリア警察には事情を話したようだが、詳しいことはまだ日本に伝わっていない。

いくら元気そうに見えても、クロウの健康状態も気になる。

「すぐに会えますよ。空港内の会議室を借りています」

「もうひとりの、安田の安否については、まだ何も情報はありませんか」

「残念ながら、まだですね。ただ、ミサウの大統領が、〈ディープ・ライジング〉の艦艇が島に向かうことを認めたそうなので、じき何らかの連絡があるでしょう」

警察官に案内され、磯崎と一緒に会議室に急いだ。

――この中に、クロウが。

彼が消息を絶ってから二週間以上は経つのだが、まるで昨日のことのようでもある。

会ったら、思いきり文句を言ってやろうと思っていた。丸腰のF‐15Jイーグルを駆って、アンノウンに向かっていった馬鹿野郎だ。

「失礼します」

磯崎が先に会議室に入った。

ソファに腰を下ろしていた男が、こちらを振り向く。一瞬、クロウだと森近はわからなかった。日焼けした、頬から顎にかけてのひげ面で、髪も伸び放題、灰色の作業服のようなものを着た男。

「──よう」

声を聞くと、間違いなくクロウだ。

ソファに腰を下ろしたまま、片手を上げて表情をほころばせる彼に、森近は近づいて肩を摑んだ。

「──おい──ほんとにクロウなんだな？」

「おい、チア。他に誰がいるってんだ」

「死んだと思ったんだぞ！　アンノウンに丸腰で向かっていったりしやがって。あんなことをして、生きてるほうが不思議だ」

「まあまあ。悪かったよ、こんな騒ぎになるとは思わなかった。だけどさ、もっと長いこと帰れないんじゃないかと恐れてたからな。チアの顔を見てホッとした」

見たこともない、山賊めいたひげ面だが、クロウはふだんとさして変わらぬ態度でにやりと笑った。こうなるともう、あっけにとられるしかない。

──こいつ、こんな目に遭って、まだ平気な顔をしてやがる。

ひょっとするとまだ、気が張っているせいかもしれない。

「深浦さんですね。外務省の磯崎です。たいへんな目に遭われましたが、ともあれご無事で何よりでした」

磯崎が丁寧に頭を下げると、クロウはやっと席から立ち上がって挨拶した。

「ご帰国まで、オーストラリア国内での生活や健康診断など、こちらで手配します。事情聴取のセッティングなども、お手伝いしますから何なりと言ってください」

礼とともに頭を下げかけ、クロウは何かに気がついたように、再び磯崎を見つめた。

「カイト──安田と一緒に帰国させてください。本意ではありませんでしたが、あいつを島に残してきたので」

「安田さんについては、救出の手配を進めています。何か進展がありましたら、お知らせします」

「よろしくお願いします」

磯崎がクロウに、捕虜となってからの詳細を尋ねる間、森近も隣で話を聞いた。潜水空母の中に二週間も閉じ込められ、その間に言葉を交わしたり、見かけたりした人々の話は、磯崎もメモを取りながら聞いていた。

「日本人がいたんですか──」

「ひとりだけですが、二十代後半か三十代前半の男性がいて、美水と名乗っていました。ふたりいたドローンのパイロットの、ひとりです」

二週間も閉じ込められていたにもかかわらず、クロウが〈クラーケン〉の中で会った人間の数は、おそらく十人にも満たない。それが森近には意外だった。

「中で、乗組員を見かけなかったのか」

「見かけたのは、アハマトの部下の兵士ばかりだった。彼らが潜水艦を操縦しているようには見えなかったな」

「兵士たちのことなんですが、この中に見覚えのある人はいますか」

磯崎が、タブレットをこちらに向け、動画投稿サイトの動画を見せた。たちまち、クロウが目を丸くした。

「──これはライラだ」

小麦色に日焼けしているが、顔立ちを見ればアジア系らしい女性が、丈の短い民族衣装を身にまとい、銛を抱えて立っている。顔全体に、十字の刺青が入っているが、それがなければ愛らしい顔立ちだった。

『私はインドに属する、島の生まれだ。五歳の時、村の外で宣教師に遭った。それまで、よそ者を一度も受け入れたことのない村だった。村に戻った私は高熱を出し、隔離されて母親だけが看病してくれた。幼い私は生き残ったが、母は感染して亡くなった。私は村の厄介者になって、長が戒めにこの刺青を入れた』

女性がぶっきらぼうな口調で、自分の生い立ちを説明している。

『その何年か後、島に外国のテレビの取材班が入り、村を撮影しようとした。村の人は反発し、暴力に訴えて排除しようとした。取材班は逃げたけど、村の人たちはその後みんな、私が子どもの頃にかかったのと同じ病になり、高熱を出して死んでしまった。村で私ひとりが生き残った』

『彼女の村を全滅に追いやったのは、インフルエンザだと言われている』とテロップが出て、その動画は終わった。

「この動画はいったい、何ですか?」

森近が尋ねると、磯崎が動画の再生回数を見せた。驚くべき回数、世界中で再生されたようだ。

「アハマトの仲間が、あらかじめ撮影しておいたらしい動画です。サルマーという少女の映像がニュースなどで紹介された後、この動画も投稿されました。こんな形で、絶滅の危機に瀕した民族の若者たちが、ひとりひとり、自分の生い立ちを語っているんです。〈クラーケン〉に乗っていると名乗っています。二十人はいますよ」

クロウは熱心に動画を見ている。

「これはポウだ。こっちが美水」

南米大陸の先住民らしい顔立ちと服装の若者と、アジア系の若者を、クロウが指さす。クロウが美水と呼んだ若者は、カメラの手前にいる誰かに向かって話しかけている。柔和な微笑みがそれを裏づけていた。

『――僕の母親は日本人だが、父親は樺太《からふと》に住むツングース系の少数民族のひとりだったんだ。日本には今、同じ民族の生き残りはひとりもいないとされている。ロシアには、まだ少し残っているらしいけどね』

『僕らは妙な責任を負わされて、この世に送り出されたわけだ。だってそうじゃないか？下手すると、民族の最後のひとりになるかもしれないんだよ。だからって、僕らにはどうしようもないいんだけどね。そもそも僕だって、日本人とのダブルになるわけだし』

『結婚？　そうだな。まだ考えたこともなかった。もし僕が〈箱舟〉と運命をともにするなら、この動画が、民族の存在の証《あかし》になるよね。そう思って、撮影しようと考えたんだ』

クロウは複雑な表情で動画に見入っている。

「この三人は、潜水空母に乗っていたんですか」

磯崎がクロウに尋ねた。

「ライラと美水はそうです。しかし、僕らが島のキャンプに送られる時、一緒に島に移動しました」

「ということは、潜水空母が沈んだ時には、島にいて生き残ったんですか」

「そのはずです」

二時間ばかりクロウの話を聞いた後、磯崎は夜が更けていることに気づいたようで、慌てて手帳をしまった。

「つい、話しこんですみません。今日はこのへんにして、ホテルへ移りましょう」

「空港を離れてもいいんですか」

森近には、クロウがなぜか空港を離れたくないように思えた。

「ええ、許可を取りました。オーストラリア警察の、深浦さんへの本日の事情聴取は終了したので、明日また来てほしいと言われています。ところで、日本のご家族とはもう、話されたんでしたね」

「着いてすぐ電話を借りて、無事だと伝えました」

「わかりました。ホテルから、ゆっくり電話してください。いま、ご家族やエスコート役の自衛隊の方を、こちらに送る航空機を手配しているはずですから、じき会えますよ」

磯崎は温かい笑みを浮かべ、クロウにそう伝えた。

「──アハマトが死んで、あの潜水空母も沈没したなんて、正直いまだに信じられない」

ホテルまでタクシーを呼ぶと言って、磯崎が部屋を出た時、クロウがぽつりと呟いた。

その言葉に、友達を気づかうような感情が滲んでいる気がして、森近は驚いた。

「アハマトとも話をしたのか?」

「したけど——。なあ、チア。〈箱舟〉は、どんなふうに報道されている?」

ふいに、真剣な表情を向けられ、戸惑う。

「まあ、資産家テロリストの潜水艦ってところかな。訓練中の自衛隊機を襲撃し、自衛官を拉致したんだし。海外でも、あちこちで戦闘機を撃墜したり、漁船を襲って漁師をさらったりしてる。実際、〈ディープ・ライジング〉で対峙して感じたが、新しい兵器技術を試すというか、実験をしているという印象を受けたな」

「——そうか」

どこか不満そうなクロウに、森近は面食らった。

長期間にわたり、犯人とともに過ごした人質は、ストックホルム症候群と呼ばれる状態に陥るという。犯人に同情を覚えたり、共感して犯人の仲間になったりする人間もいる。平気そうに見えても、クロウもそんな状態なのだろうか。

「——少し休んだほうがいい、クロウ。アハマトの話は、その後でゆっくり聞くから」

森近の言葉に、クロウは何度か瞬きした。

「——そうだな。そうするか」

戻ってきた磯崎が、明るい表情でスマートフォンの画面を見せた。

「いま、連絡が入りました。ミサウの捕虜キャンプに、〈ディープ・ライジング〉参加中の艦艇が救出に向かったところ、〈ラースランド〉の要員はすでに姿を消しており、捕虜となっていた方が全員ぶじに解放されたそうです」

そう言いながら見せてくれた写真には、ぼろぼろの衣類を着た漁師たちに交じり、カイトの姿もあった。森近は思わず写真を指さした。

「カイトだ。――いや、これが安田です」

「やっぱりそうですか」

磯崎の表情も一瞬で晴れやかになった。

「本当に良かった。すぐ大使館に報告してきます。少しだけお待ちください」

磯崎は再び、バタバタと立ち去った。クロウはどこか遠い場所を睨むように、虚空を見つめている。

「――姿を消したのか、あいつ」

「クロウ、どうかしたのか？　あいつって、誰だ？」

クロウの態度に、不安を覚える。何か言いかけたらしいクロウは、首を横に振った。

「――いや。俺の考えすぎだと思う。それより、カイトが救出されれば、やっと日本に帰れるな」

「そうだ。みんなお前たちが帰ってくるのを、まだかまだかと待ってるぞ」

クロウが自分の手を見つめた。

「早く帰って、仕事に戻りたいな。捕まっている間、頭の中でずっと、F-15を飛ばしてたような気がするんだ。変な話だけど、今なら前よりもっと、うまくあいつを飛ばしてやれる気がする」

自分がクロウと同じ状態に置かれても、きっと、同じことをすると思う。頭の中で、何度も何度も、うまくいかなかった機動をやり直し、再確認する。機体と一体化して、ものを考えられるようになるまで、やめられない。

「――ちぇ。ブランクのできたお前には負けないと思ったのに」

森近が意地悪を言うと、クロウがにやりと笑い返した。

「残念でした。戻ったら勝負だな」

「いい心がけだ。ルパンとグレイが、手ぐすね引いて待ってるぞ」

グレイと聞いて、「わあ!」と頭を抱えるクロウに、ようやく森近も安堵して笑った。

やっと、いつものクロウが戻ってきた。

23

政府専用機のタラップを下りてくる自衛官とその家族を、韮山は小嶋総理や官邸スタッフとともに、テレビで見守っていた。

本人たちの希望もあり、クロウこと深浦三等空佐と、カイトこと安田一等空尉は飛行服を着ている。このまま、記者会見に臨むためだ。

オーストラリアに飛んだ深浦三佐と安田一尉の妻が、緊張を隠せない表情で、それぞれの夫のそばに寄り添い歩いている。深浦三佐の子どもはあまりに幼いため、祖父母のもとに預けられたそうだ。

彼ら家族の後ろからは、政府、外務省、防衛省の関係者と、ふたりの同僚である自衛官が、少し間隔を空けて降りてくる。

——やれやれ。これでようやく、騒動も収束するか。

少なくとも最悪の結末を迎えることなく、拉致されたふたりが無事に戻ったので、韮山は胸を撫でおろしている。

「道を歩いていて、物陰から飛び出してきた野良犬に嚙まれたような事件だったな」

スタッフの誰かがぼそぼそと話すのを聞き、「うまいことを言う」と韮山は微笑んだ。たしかに〈ラースランド〉は、野良犬のようなものだ。道どころか、わが家の庭先を歩いていたら、いつの間にか侵入していた野良犬に嚙みつかれた。そう表現したくなる事件だった。

今回の一件で、僥倖《ぎょうこう》と呼べるものがひとつだけあるとするなら、「わが国の側には、なにひとつ落ち度がなかった」という事実だ。おかげで、マスメディアの論調や世論は自衛隊に同情的で、事件を解決した政権は大いにポイントを稼いだ。

「自衛官の記者会見が始まります」

総理の秘書がテレビの音量を調節する。

何も、そんなに急いで記者会見などしなくともと韮山は感じたが、本人たちがなるべく早急にと希望したそうだ。基地に戻る前に会見をすませ、あとはそっとしておいてもらいたい。そういう要望があったとも聞いた。

彼らの気持ちはよくわかる。

これだけ世間の耳目を集めた事件の中心人物となると、マスコミが放っておかない。隠れたり逃げたりすれば、よけいに注目を集め、メディアにつきまとわれる。最初に、記者会見という公式な場で発言し、その後の取材を封じてしまうつもりだ。

でなければ、基地に戻っても、復帰に支障が出るほど、記者たちにつきまとわれる恐れがある。

まるで花束のように大量のマイクを集めた長テーブルが、画面に映っていた。空港に設置された、記者会見場だ。

そこに、画面の下手《しもて》から牛島防衛大臣と、生還したふたりの自衛官が登場し、一礼して席に着いた。会見慣れした牛島はともかく、ふたりはさすがに緊張を隠せず、表情が硬い。

発見された時にはひげも剃らず、サイズの合わない衣服を身に着け、くたびれきった様子だったそうだが、オーストラリアですっかり身なりを調《ととの》え、英気を養ったと見えて、人質生活の苦労はあまり目に見えない。

『今日この場に、彼ら二名の自衛官を、ぶじ迎えることができました。まずは彼らの帰還を祝うとともに、救出に尽力された関係各位の多大なるご協力に、深く感謝を申し上げます』

牛島は、事件発生時点から今までの政府対応や、国際的な対応について時系列に解説を行い、事件の「おさらい」をした。その後は、あらかじめ質問内容を提出させた記者たちからの、あたりさわりのない質問が飛ぶ。

訓練中に撃墜され、決められた手順通り海上で救助を待っていると、小型ボートに乗った外国人らに拘束されたこと、意識のない状態で船に乗せられたため、それが潜水艦だとしばらく気づかなかったことなど、ふたりは硬い表情ながら、淡々と説明する。

まだ犯人を探索中で、捜査上の機密事項などもあるため、〈ラースランド〉の捕虜キャンプの詳細や個々のテロリストの背景、特に日本人がいたことは、誰にも話さないよう指示されているはずだ。

アハマトが〈ラースランド〉をつくったいきさつにさえ触れなければ、この件はまるで単純な冒険活劇のようだ。

『いま一番、やりたいことはなんでしょうか』

記者の質問に、ふたりがかすかに表情をほころばせる。

『ずっと、家族に会いたいと思っていましたが、幸いオーストラリアで再会することができました。いろいろと尽力してくださった皆様にお礼を申し上げます』

『私もです。いま一番やりたいのは、妻のつくるラーメンをおなかいっぱい食べることでしょうか』

安田一尉の冗談に、記者が明るく笑う。

――なかなか、いい雰囲気じゃないか。

韮山は、ふたりの受け答えに安堵した。この分なら、明日の朝刊は安心して開くことができそうだ。

『なるほど。命の危険を感じる場面も、きっとあったと思いますが、具体的なお話を伺うことはできますか』

記者のひとりが尋ねた。ためらいがちに、深浦三佐と安田一尉は互いに目を見かわして譲りあうような表情をした。

『たしかに、撃たれるかもしれないと感じた時もありました』

深浦三佐が、言葉を選びながら語りだす。

『彼らは武装しており、逃げようとしたり、反抗したりすれば撃つと脅されていました。――ただし、それはごく初期のころの話です』

おずおずと話しだした言葉が、少しずつ熱を帯び、だんだん前のめりになって語り始める。

『今では、あれは我々を脅しておとなしくさせておくための方便だったのではないかとも感じています。潜水艦の中でも、キャンプに着いてからも、撃たれてもおかしくない場面が何度もありましたが、実質的に危害を加えられることは一度もありませんでした』

記者は、彼の率直な回答に戸惑うような表情を見せている。防衛大臣の牛島は、どっしりした「牛」らしい顔つきで表情がわかりにくいが、つきあいの長い韮山には、おおいに慌てているのが見て取れた。

――今の、テロリストをかばうような発言は、いったい何だ。

韮山は、ソファの背に深く身体を沈めた。

『――現地での状況は、まだ調査を進めている段階で、この場ではお答えできないことも多々あることをご理解ください。それでは、今日のところはこのへんで』

牛島が、深浦三佐の言葉を遮るように割って入り、会見の終結を促した。

記者会見場にも戸惑うような雰囲気があったが、牛島が言うとおり、今日のところは彼らの生還を素直に祝うことにしたらしい。重ねての追及はなく、牛島をはじめ、自衛官らの退出とともに、解散となった。

「さて――人質はぶじ解放されました。だが、『政治』の出番はこれからだ」

小嶋がこちらを見て微笑む。彼が示唆していることはわかっている。韮山は頷いた。

〈ディープ・ライジング〉は機密扱いとなった。参加艦艇の乗組員が目撃したことは、口外を禁止されている。特に、〈クラーケン〉が使ったEMP爆弾や、その他の最新兵器は存在を秘匿されることになった。ひとつには、それらの兵器は米国が開発中の兵器に酷似しており、設計図などの漏洩ルートを突き止めるためだ。もうひとつは、公表することによって、米国が自国の利益を失うと訴えたためだった。

ロシアや中国が、海中に没した〈クラーケン〉を、破片なりと回収できないか、虎視《こし》眈々《たんたん》と狙っているいま、中に積んであった最新兵器の存在まで、明かしてやる必要はない。

加えて、日本独自の理由もあった。

結果的には無事に帰還したが、この戦闘で、「すずつき」を含む艦隊は、常に死と隣り合わせだった。想定外の新兵器を持ち、予想外の行動をとる〈クラーケン〉。彼らはいわゆる国家の「軍隊」ではなく、それゆえに軍隊の常識は通用しない。テロリストに理を説いても無駄だし、行動の予測もできない。

だが、国会でその言葉は通用しない。

「すずつき」の乗組員が直面した危機と、あやうく〈クラーケン〉と戦闘になるところだった一触即発の状況を知れば、国民はどう感じるだろう。テロリストとの戦闘は「戦争」ではない、と考えてくれるだろうか。

「すずつき」は、英雄にも被害者にもなるべきではない。負けることは許されないが、勝ってもいけない。何ごともなかったかのように淡々と任務を終え、誰ひとり失うことなく、誰ひとり殺すことなく、事態を収束させる。それが務めだ。

自衛隊は出動したが、「事件など何も起きなかった」というのが、わが国としては理想的だ。

とはいえ、事態を口外するなと言っても、〈ディープ・ライジング〉の参加国は多様だった。すべての国の兵士が、いつまでも、メディアに対して口をつぐんでいられるわけがない。

必ず、どこかから情報が漏れるに決まっている。

——「政治」の出番か。

世の中は「事実」で動いているわけではない。どのみち人間は、自分が見たいものしか見ようとしないし、知りたいことしか知ろうとしない。

韮山は、彼らに知らせるべき「真相」を用意するのが上手だった。丁寧にストーリーを編み、誰もが納得する「物語」にする。

たとえそのために、誰かの気持ちを犠牲にするとしても、それはしかたがないことだ。

それが韮山の仕事だ。

「そろそろ、お開きにしようか」

立ち上がり、皆をねぎらっている小嶋を見上げる。小嶋が善人でいられる理由がようやくわかった。彼は、韮山のような人間を使うのがうまいのだ。

——なんとまあ。

一瞬、小嶋を憎みそうになった。自分の手を汚さず、手を汚す者を蔑む人間への憎しみだ。だが、それが韮山の役割だった。

自分もまだまだ、修行が足りない。

＊

オーストラリアのブリスベンから、週に一度だけ、ミサウも含めた南太平洋の島嶼国家を巡回する小型飛行機が出ている。

いろいろ調べて、深浦はその交通手段にたどりついた。

人質生活からぶじ生還したものの、郷内一佐やルパンから、心身のバランスが取れて落ち着くまで、休暇を取れと命令された。傍目《はため》には落ち着いているように見えても、心は見えないんだと説得されると、F－15に早く乗りたいからという理由で、早期の復職を強弁するのも、大人げないような気がする。

しばらく休職扱いなので、時間の余裕はある。ただ、ミサウのキャンプに拉致監禁されていた自分が、ひと月もしないうちにその場所に戻りたいと言いだせば、理由を問われることは間違いなかった。

あれから、ミサウには〈ディープ・ライジング〉の艦艇が押しかけ、静かな太平洋上の小島は、しばし騒然となったそうだ。鳥のフンからできたリン鉱石でひと儲けした後は、産業らしい産業も生まれず、細々とした農業と漁業で食いつなぐという、五十年ばかり後戻りしたような生活をしていた島に、各国海軍の艦艇が大挙して押しかけ、目的を果たして去った後は、世界中のマスメディアが詰めかけて、島は再び脚光を浴びた。

今は少し落ち着いたようだが、そんななか、自分がもしミサウを訪問すれば――。

だが、深浦が焦るのには理由がある。

(退職しようと思うんです)

一緒に帰国したカイトが、ある日そんな爆弾発言をして、深浦を驚かせたのだ。

(どうして。捕虜になったのは俺たちのせいではないんだから、堂々としていればいいんだ)

(もちろんです。そういう理由ではなく――事件をきっかけに、僕の中で熱が冷めたというか)

潜水艦に閉じ込められている間、カイトは無口だった。態度に陰気なところはないが、もともと、口数は少ない男だ。最近、部隊に配属されたばかりだが、基地にいたころから、物静かな男で通っていたそうだ。

精神的に不安定な面も特に見られず、淡々として落ち着いていたので、さほど心配もしていなかったのだが――。深浦が思いもよらないようなことを、カイトはひとりで黙然と考えていたということだろうか。

(よくわからないが)

深浦は眉宇を曇らせた。

(無理に引き止めるようなことじゃないとは思ってる。だけど、少し落ち着くまで、結論を出すのは保留したらどうだろう。平気だと自分では考えていても、事件の影響を予想以上に受けているのかもしれないし)

(――いえ。そういうわけでは)

言葉を濁すカイトの困惑した表情に、ふと感じるものがあった。

――こいつ、何か隠している。

自分がサルマーとともに島を脱出した後、カイトはひとり残された。詳しく語らないが、美水がカイトを人質として利用し、日本政府と交渉したとも聞いている。

どうしようもないことだったとはいえ、自分だけ脱出したことを深浦はずっと悔いていた。場合によっては、その後悔が色濃くなりそうだ。

(俺は、サルマー――例のアハマトの娘に約束したことがあってな)

カイトには聞いてもらったほうがいいような気がして、深浦は話した。

(いつか必ず、ミサウを訪問するつもりだ)

(あの島をですか)

(そうだ。それが彼女の頼みだった)

サルマーは今も、オーストラリア政府の保護下にある。サウジアラビアの王家が、一族の娘だからと帰国を命じようとしたり、アフリカの小国が、彼女の母親は自分たちと同族だから引き取ると申し出たりしているようだが、サルマー自身がどちらも拒んでいる。

新聞報道では、彼女は名前を変え、利害関係のない第三国に行って身を潜めたいと希望しているそうだ。命を狙われたり、テロリストの娘として扱われたりするのは、まっぴらだということだろう。

――十代の女の子は、どんどん顔が変わるしな。

あと数年もすれば、化粧をする年齢になる。そうすれば、「アハマトの娘のサルマー」は消え、ただの若い美人が生まれる。そうやって、無名の一女性として社会に溶け込みたいはずだ。

(僕も、ミサウに戻りたいと考えています)

カイトがためらいながら告白した。「戻る」と彼が口にしたことも、軽い衝撃だった。

(お前はどうして?)

(特に理由はありませんが――戻るべきだと感じるので)

それは嘘だ。理由もなく行動するような男ではない。

帰国した後、深浦は医師の問診を受け、帰国直後の記者会見で、〈ラースランド〉をかばうような発言をした理由について、あれこれ尋ねられた。

彼らは、捕虜としてのストックホルム症候群かと疑っていたようだ。

だが、そうではない。

深浦はただ、正直でありたかっただけだ。潜水艦とともに海の底に沈んだ、アハマトとその仲間たちは、犯罪者ではあったが、みんなが言うような「テロリスト」ではなかった。

姿を消した美水やポウなど、島に上陸していたメンバーが何人いたのかは知らない。だが、潜水艦を動かしていた乗組員がいたはずだし、美水と同じ無人機のパイロットだったルシィも、島では見かけなかった。彼らもみんな、海の藻屑となったわけだ。

だが、彼らには何かの目的があった。

滅びゆく民族の、最後に残された種を保存する、と彼らは話していた。美水もポウもライラも、そういう意図で集められた仲間だったようだ。政府は、〈クラーケン〉が簡単に沈められないようにするため、そういう人々を集めたのだろうと見ているらしい。

——たぶん、それだけじゃない。

アハマトは、本気で〈箱舟〉をつくるつもりだったんじゃないか。

娘を救うためだけなら、完璧に身を隠してしまえばいいのだ。

地上の稀少《きしょう》な種を救う。世界中の注目を浴びて、滅びゆく民を集める。本来、それが彼の目的だったのではないか。

「——こんなに小さな島だったんですね」

窓から外を見下ろし、カイトが囁く。

ボートから見上げた時は、もう少し大きな島だと感じていたが、こうして見ると緑の少ない小さな島だ。

ブリスベンを発った小型旅客機は、島の中央を貫く道路にしか見えない滑走路に、尻もちをつくのではないかと、深浦がひやりとするような形で下りた。

世話になったオーストラリア人たちに挨拶したいと、この海外旅行は上層部にも届け出ている。ただ、ミサウを訪問することは話していない。オーストラリアに到着してから、ビザを申請し、ミサウまでの往復チケットを準備した。

「——なんだか、ホコリっぽいな。本当に、こんな島でしたっけ」

航空機から降りると、カイトはサングラスをかけ、咳込んだ。

「間違いなく、この島だよ。この道路——滑走路から、俺も飛んだんだ」

「よく飛ぶ気になりましたね、こんな滑走路から」

「うまくいけば、助けを呼べるかもしれないと思ったからな。やるしかないだろ」

島の土地が痩せて、緑が少ないのは、住民がかつて、リン鉱石を採り尽くし、海外に売ってしまったからだ。それまで、この島は作物のよくなる豊かな島だったのだ。

わずかな観光客と、オーストラリアから仕事でやってくる公務員らが、航空機の乗客だった。賑やかに話しながら、大きなスーツケースを自分たちの手で降ろしている彼らの横で、深浦たちはしばらく、凝然として佇んでいた。

「――お前が連れて行かれた小屋って、どのへんだ？」

「場所はよく覚えてないんですが、この島なら歩き回っているうちに思い出しそうですね」

「俺たちがいたキャンプもな」

荷物はスポーツバッグひとつにまとめてきた。シェアハウスのような宿があると聞いて、とりあえずメールで予約は入れてある。そこまで車で行こうと見回したが、タクシーらしい車の姿はない。見れば、乗客らは迎えの車に乗り込むか、歩いてどこかに向かっているようだ。

「俺たちも歩くか」

ふたりとも、歩くのが苦にはならない。言葉少なに足を進めるうち、F－15の格納庫も見つけた。滑走路のそばに隠してあったのだから、すぐ見つかるとは思っていた。明るい太陽のもとで見ると、格納庫とは言っても、錆だらけのトタン屋根に覆われた、巨大な小屋とでも言いたい代物だ。

「どうしてこんな島に、拠点をつくろうと思ったのかな」

「――滑走路があるのに、航空機が週に一度しか外部と往復しないじゃないですか。無人機やF－15などを飛ばして実験するのに、都合が良かったのかもしれませんね」

「ああ、そうかもしれないな」

自分が脱出した後、カイトは、美水と何か話したのではないかと感じた。

コンテナハウスもいくつか見かけたが、基本的にはほとんどが木造の家で、たまにコンクリートの建物があると思えば、景気の良かったころに建てた病院と役所だった。

短い過去の栄光が、こんな形で現在の住民を助けているわけだ。

「すみません。ここから、港にはどう行けばいいですか」

シェアハウスというよりむしろ、木賃宿と呼びたいような宿に着き、深浦は真っ先に年配の女主人に尋ねた。

ごく普通の家のような造りだ。三つある二階の部屋は、入り口に鍵がないのだが、それぞれにふたつずつ簡易ベッドが置かれている。

部屋は掃除が行き届いて清潔で、女主人のセンスなのか、古びた壁には色とりどりの布が装飾品のように掛けられていた。

荷物を置いていきたかったが、鍵のかからない部屋ではそれも心配だ。英語を話す女主人に道を聞き、バッグをかついだまま、ふたりで港まで歩いていく。そのすぐそばに、美水が根城にしていた小屋があるのだ。

「ああ、あれです」

カイトがすぐ見つけ、小走りに近づいた。ログハウス風の小屋だ。

今は誰も住んでいないらしく、窓や玄関を閉め切っている。事件から日が浅いので、警察官や軍人が見張っているかと考えていたが、そんな様子はまったくない。

――無理もないか。

この島の様子では警察官の数も知れているし、そもそもミサウに軍隊はない。果物を入れた籠を提げたり頭に載せたりして道を行く女性や、古いオートバイを乗り回している男たちも、関心はなさそうだ。

島の人々にとって、事件は終わったことなのだろう。

「もう、何もありませんね」

窓の中を覗きこんでいたカイトが、首を振って小屋の外周を回りこみはじめた。

「どこに行くんだ」

「向こうにテラスがあって。そこから浜と港が見えたんです」

先を急ぐカイトの後を追う。この小屋で、彼は人質として美水の交渉を聞いていたはずだ。

小屋を回りこんで、板張りのテラスに上がると、急に景色が開けた。

——そうか、こんな海だったな。

潜水艦からボートに下ろされ、島に来る間、深浦もこの海を眺めていた。この上を航空機で飛んだら、さぞかし気持ちがいいだろうと思ったのだ。

テラスの向こうには広々とした砂浜があり、そのさらに向こう側に、港の突堤らしきものが見えた。簡素なボートが一艘だけ、停泊している。漁船だろうか。

「行ってみませんか」

カイトが熱っぽく誘うなら、断る理由はない。テラスを下り、浜辺の白い砂を踏みしめて、港に近づいていく。

予想通りの漁船で、時おり、ぴちぴちと跳ねた魚が飛び出すほど、大量の魚を詰めたプラスチックケースを、突堤に降ろしているところだ。上半身裸で真っ黒に日焼けし、汗を流しながらケースを降ろしている漁師たちを、深浦たちは黙って見守った。三人のなかでひとりだけ、肌が日焼けで真っ赤になっている男がいた。きっと、若くてまだ船に乗り慣れていない漁師だ。タオルを首にかけ、つばの広い麦藁帽《むぎわらぼう》で陽射《ひざ》しを避けている。

男たちは、ケースをトラックに積み込むと、ボートを係留したまま、どこかに走り去ってしまった。そう言えば、ミサウではリン鉱石を採り尽くしたが、豊富な海洋資源のおかげで、どうにか島民が暮らしていけると聞いたこともある。自然の恵みだ。

「──なあ、カイト」

「はい？」

「お前、美水と何か話したのか？」

「何か──というと」

「どうしてお前が急に、退職したいと言いだしたのか、考えていたんだ」

カイトは、サングラスをかけて青い海に顔を向けたまま、ゆっくり微笑した。

「──いや。特に何も話しませんでしたよ」

それ以上、尋ねても答えが返る気がせず、深浦は黙り込んだ。


夜中に目が覚めたとき、隣のベッドにカイトの姿がなくても、深浦はさほど意外には感じなかった。

──まだ近くにいるはずだ。

カイトが部屋を出る物音で、目が覚めたのだろう。いくら休暇中の旅先でも、それほどぼんやりはしていない。

急いで服を着て、他の宿泊客を起こさないように、静かに階段を下りる。扉もほとんど開け放しているので、あちこちから寝息やいびきが聞こえてきた。

──カイトが向かったのは、浜だ。

ただの直感だが、間違いないと思う。

なぜあれほど港と浜辺にこだわったのかわからないが、あの熱っぽさはただごとではなかった。

予想通り、街灯などないミサウの夜は、真っ暗だ。月明かりを頼りに、時々、足音がしないか耳を澄ましながら先に進む。

小屋を見つけ、手探りで砂浜に下りていくと、さくさくと砂を踏みしめる、軽い足音が聞こえてきた。

——カイトだ。

どうやら間に合ったようだ。深浦が砂浜を歩きだすと、同じようにさくさくという足音がして、カイトが振り返った。

「クロウ。——どうしてここへ」

「お前がいないから、追ってきたんだ」

「いいんですよ。もう部屋に戻ってください」

「何を言ってる。ここで何をするつもりだ」

「べつに何もしやしませんよ」

「嘘をつけ！　お前はあの時、美水と何か約束したんだろう」

自分がサルマーと、ここに戻る約束をしたのと同じように。

突堤にボートが泊まっていた。昼間に見た漁船だ。

船上に佇む人影がある。

嫌な予感がした。背中を、氷のような手で撫でられる感触だ。

——カイトが連れていかれる。

「カイト！　戻ってこい」

カイトはこちらを見て、それから漁船を振り返った。

「クロウ。僕のことは心配しないでください」

「早まるな、カイト」

「早まってませんよ」

月光の下で、白いシャツとジーンズだけのカイトは、そのへんの学生のようだ。

「ねえ、クロウ。あの潜水艦にいる間、艦長や航海士や機関長のような、船を動かす乗組員に、ただのひとりも会いませんでしたよね。おかしいと思いませんでしたか」

よほど訓練が行き届き、艦内の居場所もすみ分けされているのだろうと思っていた。あるいは、自分たちに見分けがつかないだけで、船乗りたちも兵士に交じっていたのかもしれない。

「これは仮定の話ですが」

カイトがにやりとする。

「一般的な意味での、船を動かす乗組員なんて、ひとりも乗ってなかったんだとしたら？」

「――なんだと！」

彼が何を言おうとしているのか、一瞬、理解できなかった。乗組員がひとりも乗っていない潜水艦だと。それは、無人機のようなものだと言いたいのか。たしかに、無人の潜航艇のようなものは、開発されつつあるが、〈箱舟〉規模の潜水艦で、無人で動かせるものがあるなんて、聞いたこともない。

だが、無人機の発着が可能な潜水空母が、この現代に存在することも、聞いたことがなかったではないか。

「あの潜水艦は、乗組員がいなくても動かすことができたのか？」

深浦の脳裏で、自分たちが〈箱舟〉に監禁されてから、〈箱舟〉が自爆して沈没するまでのできごとが、めまぐるしく流れた。

「〈箱舟〉が沈んだ時、あの艦には誰も乗っていなかったのか？」

アハマトが艦の外に出て、無人機の攻撃を受け、海に落ちた後は、あの潜水艦には誰もいなかった――のだとしたら。

「あの沈没は、〈箱舟〉の消滅を目撃させるための――」

「彼らは通信衛星も指揮下に置いているんですよ。〈箱舟〉は、深海にいる間は、あらかじめ記憶した自動運転プログラムに沿って動くか、艦内の誰かがゲーム感覚で制御し、浅い海に浮かんでいる間は、衛星を通じて外部から制御することができるんです」

「アハマトはどうしたんだ」

「――さあ」

カイトは去ろうとしていた。漁船に近づき、誰かの手を借りて、突堤から船に乗り移る。

「――カイト！　お前、家族はどうするつもりだ！」

「妻とは別れることになりました。僕が拉致されていた期間、自分はとても自衛官の妻にはなれないと思ったらしく、実家に戻ると言っています」

「だからって、自棄を起こすな。お前はどこに行こうとしているんだ」

「どこでもない島です」

カイトが微笑んでいる。

「クロウ。あなたは誰にも喋りませんよね。ミサウで目が覚めたら、僕は姿を消していた。そう報告してください。みんなによろしく」

そのとき、カイトの隣にいる、暗くて顔が見えない男の正体に気がついた。

「美水！　カイトを連れていくな！」

昼間、漁船を見かけたときに、ひとりだけ色白で、日焼けで真っ赤になっていた男がいた。遠目には顔は見えなかったが、漁師の仕事を始めたばかりの若者だろうと考えていた。

そうじゃない。あの男は、〈ラースランド〉から島に来たのだ。島の様子を偵察するために。

「お前は誰にも何も話さない。クロウ」

美水の、澄明な声が響く。

「サルマーの頼みを聞いて、F－15を飛ばすくらいの、お人よしだからな」

「あの脱出行も、最初からの計画だったのか？」

「違うね。本当はもっと、危険なことをせずに、アハマトの存在をこの世から消滅させるつもりだったんだ。だけど、サルマーが、アハマトを失う不安に負けて、勝手に動いた。だからこちらも、プランBを選択するしかなかった。アハマトひとりを危険にさらすことになるが、危険に背中を向けるボスじゃないんでね」

混乱する。

〈ラースランド〉とアハマトは、サルマーという少女を生かし、消滅間近な民族の末裔《まつえい》を救うために、〈箱舟〉を開発したのだと言っていたが、そうではなかったのか。アハマトの死を演出するためだったというのか。

「だからまあ、一石三鳥のプランBなんだよ」

「今、どこにいるんだ！」

「んなこと、言うわけないだろ」

美水が鼻で笑う。

「この世界のどこか、だ」

「お前たちは、何をするつもりなんだ？」

「もう何もしないよ。データは取れたから。もう充分だ」

「何のデータだって？　兵器か？　兵器のデータを取っていたのか？」

「単純だなあ。もちろん兵器のデータや潜水空母のデータも取ったけど。〈ディープ・ライジング〉作戦だっけ？　あれのおかげで、ダークウェブでデータの購入希望者が殺到しているから、アハマトの資産は、増えることはあっても減ることはなさそうだ」

「兵器でなければ何のデータだ？」

「この世界は、最終的には人間で決まる」

美水は、船端に摑まりながら声を大きくした。船のエンジンがいつの間にかかけられていて、大声を上げないと届かないのだ。

「国を動かしている、著名な政治家だけじゃない。国民の性格や、ものごとに対する反応のしかたでも決まる。だから僕らは各国を攻撃し、彼らの出方を観察した。〈ラースランド〉の中だけじゃない、いろんな場所からね」

太平洋を取り巻くさまざまな国の漁師を拉致し、空軍や海軍に攻撃をしかけた。あれがすべて、それぞれの国の反応を見るための実験だったというのか。

験だ。

「もちろん、今後十年、僕らが生き抜くため」

十年、と深浦は鸚鵡返しにした。それはまた、ずいぶんコストパフォーマンスの悪い実験だ。

「ひょっとすると、五年──いや、二年かもしれない。世の中の動きはめまぐるしくて、いま取得したデータが、二年先にも生きるかどうか、誰にもわからないから。政治家は次々に代替わりするし、人間の気分も変わる」

「そんなあいまいなことのために、俺たちを拉致したのか?」

「あいまいじゃない。僕らは世界一の小国だからね。味方が必要なんだ」

世界一の小国という言葉に、絶句する。

彼らはいまだ、〈ラースランド〉をひとつの国家として作り上げていくつもりなのか。

「無理だと思うだろう、クロウ。だけど、人間は変わる。世界も、ものの考え方も、法律も、すべてが変わる。今はできないことでも、いつかはできるかもしれない。だから僕らは、そのために世界のどこかに隠れ、時機を待つ」

「カイトを巻き込むな。カイトには、国で仕事があるんだぞ」

美水が、横にいるカイトを見た。カイトが、ゆっくりと首を振る。

「──〈ラースランド〉でも、得難い経験ができそうですから。それに、無人の潜水空母一隻で、あんなことができると知れば、彼らの技術力にも興味が湧きます」

「まあ、金があるってのは幸せなことでね。おかげさまで、技術は向こうからすり寄ってくる」

笑いながら船から飛び降りた美水が、クリートからもやいを解いて、船に投げ入れた。

身軽に船に戻る。

「じゃあな、クロウ。いつかまた会おうな」

「美水！」

船が静かに走りだす。駆けていって、カイトを取り戻そうかと思ったが、無駄だと諦めた。カイト自身が望んでいないのだ。

ただ、漁船が遠ざかり、小さくなっていくのを見送るしかない。

――あれは？

月の光を受け、海面が光の波のように輝いている。漁船が遠ざかっていく方向に、黒々とした、巨大なクジラが浮かんでいる。

――沈んだはずではなかったのか？

混乱し、砂浜を前進する。靴のつま先に波がかかり、ようやく気づいて足を止める。

艦橋に人影が見える。ひらひらと、かぶりものと白い衣服が風にはためくのを気にする様子もなく、わずかにうつむき加減に佇んでいる。美水たちを待っているのだ。

「――アハマト！」

離れていても、間違いないと感じた。あの立ち姿だ。彼にしかできない、穏やかな思索と、すべてに耳を傾けるような態度が、立ち姿に表れているのだ。

潜水艦から落ち、救助するため捜しても、見つからなかったのだ。死んだものと考えられていた。

――だが。

「生きていたんだな」

あのアラブ服の下なら、アクアラングくらい、隠せたかもしれない。

それでも、長時間にわたり、救助隊の目から隠れ続け、〈箱舟〉の爆発と沈没にも巻き込まれず、逃げ切ることができたはずがない。

海中に落ちた後、〈ディープ・ライジング〉の艦艇の目が〈クラーケン〉に向いている間に、別の船にでも乗ったはずだ。

それに、あの潜水艦は、〈箱舟〉にそっくりではないか――。

ふと思い出した。

未確認の潜水艦を目撃した米軍の哨戒機は、ソナーで確認した時には幅が通常の倍くらいの巨大な潜水艦だと感じたが、いざ浮上した艦を見れば、二百メートル近くあるが、ごく普通の艦体だったと証言したそうだ。

——一隻ではなかったんじゃないか。

「すずつき」に乗り込んでいたチアは、〈箱舟〉が水に没した直後、見えなくなったと言っていた。光学迷彩を使い、姿を隠すことができるのだと。

ソナーで確認すれば倍のサイズ、視認できたのはオハイオ級、全長百七十メートル超。

つまり、二隻がぴったりと寄り添っていたのなら——。

「〈箱舟〉の双子——か」

解放されたオーストラリア人の漁師たちは、潜水艦に乗っていたと話したそうだ。だが、考えてみれば、深浦は彼らを潜水艦の中で見かけなかったし、島のキャンプでも見なかった。

——もう一隻の〈箱舟〉に乗っていたのなら、つじつまが合う。

ハッチを開け、ひとりずつ、潜水艦の中に下りていく。深浦はその様子をじっと見守った。下りる前に、しばらくこちらに顔を向けている男がひとりいた。

——カイトだ。

深浦は、満潮に近づき、海水が靴の中に入ってくるのもかまわず、ざぶざぶと海に足を踏み入れた。

やがて、カイトが思いきったように、ハッチの中に姿を消した。ハッチが閉められた後、大量の白い泡を吐き出しながら、海中に没していく潜水艦を、深浦はただ、悪い夢でも見ているような気分で、見守るしかなかった。

〈参考文献〉

『戦闘機パイロットの世界』渡邉吉之著　パンダ・パブリッシング
『航空部隊の戦う技術　空を制する者が戦場を制する』かのよしのり著　SBクリエイティブ
『ドッグファイトの科学　知られざる空中戦闘機動の秘密』赤塚　聡著　SBクリエイティブ
『戦闘機と空中戦（ドッグファイト）の100年史　WWIから近未来まで　ファイター・クロニクル』関賢太郎著　潮書房光人社
『パイロットと航空管制官のための航空管制用語解説』財団法人　航空交通管制協会
『潜水艦のメカニズム完全ガイド』佐野　正著　秀和システム
『伊号潜水艦　深海に展開された見えざる戦闘の実相』荒木浅吉ほか著　潮書房光人社
『ユートピアの崩壊　ナウル共和国　世界一裕福な島国が最貧国に転落するまで』リュック・フォリエ著、林　昌宏訳　新泉社

〈謝辞〉

本作品の執筆にあたり、航空自衛隊小松基地飛行教導群、航空自衛隊幹部学校、航空自衛隊航空幕僚監部広報室の皆様に、多大な取材ご協力を頂きました。改めて御礼を申し上げます。

解説

千街《せんがい》晶之《あきゆき》
（ミステリ評論家）

いきなり唐突なことを言うようだが、今の国際社会で国家というものを一から立ち上げようと思えば、どうすればいいのだろうか。
もちろん、勝手に国家を作ったと言い張るだけなら誰にでも可能である。実際、各国の政府や主要国際機関から承認されていないミクロネーション（自称国家）は世界中に数多く存在している。それらの中で最も知られているのは、北海の南端にある元イギリス海軍の海上要塞の廃墟を「領土」であると主張するシーランド公国だろう。この自称国家は爵位《しゃくい》を販売しているので、公爵だの伯爵だのを手軽に名乗りたい向きにはお薦めである（私の知人にもいるくらいなので、シーランド公国の爵位を買った日本人もそれなりに多いと推測される）。また、西インド諸島にあるレドンダ王国は、安楽椅子探偵プリンス・ザレスキーの生みの親である作家M・P・シールの父親によって「建国」され、シール本人も第二代国王フェリペを称していた。

　そうしたミクロネーションは別として、一九三三年に締結されたモンテビデオ条約の第一条では、国家の資格要件として「永続的住民」「明確な領域」「政府」「他国と関係を取り結ぶ能力」が挙げられている。しかし、この四つに加え、既存の国家が新しく成立した国家に対して国際法上の主体性を認める「国家承認」を要件とする考え方もあり、その場合は事態が少々面倒になる。新しく生まれた国家に対し、既存の国家Aは存在を認めるが別の国家Bは認めない……などといったケースは数多く存在するからだ。

　例えば、ISIL（イスラム国）は独立国家を称したものの、他のどの国家からも承認されなかった。最近では、ウクライナ東部の親ロシア派勢力がロシアの後ろ楯のもと「独立」を一方的に宣言したドネツク人民共和国、ルガンスク人民共和国、クリミア共和国といった例がある。イスラエルの占領下におかれているが一九八八年に独立を宣言したパレスチナ、独立国家として承認している国家は少ないものの独自の外交網を有する台湾（中華民国）など、国際社会の悩みの種にして紛争の火種でもある例も見られる。

　フィクションの世界で国家の独立を描いたものとしては、フランシス・フォード・コッポラ監督の映画『地獄の黙示録』（一九七九年）で、カーツ大佐がカンボジアのジャングルの奥に築いた王国が思い浮かぶ。日本では、かわぐちかいじの漫画『沈黙の艦隊』（一九八九〜一九九六年）の、原子力潜水艦「やまと」を拠点とする「戦闘国家やまと」が最も有名だろう。

そのような作品の系列に連なるのが、福田和代《ふくだかずよ》の『侵略者《アグレッサー》』である。この小説は《小説宝石》二〇一八年八月号から二〇一九年七月号まで連載され、加筆の上、二〇二〇年五月に光文社から単行本として刊行された。

航空自衛隊飛行教導群（通称・アグレッサー）が鹿島灘の沖合で訓練を行っている最中、正体不明の航空機が二機出現し、自衛隊のＦ－４ＥＪ改ファントム一機と、Ｆ－15Ｊイーグル一機が撃墜されるという前代未聞《ぜんだいみもん》の事件が発生した。Ｆ－15Ｊに搭乗していた深浦紬三等空佐と安田直人一等空尉は緊急脱出したが、五人の外国人が乗ったボートに引き上げられたかと思うと注射を打たれ、意識を取り戻すと小さな部屋に監禁されており、「君たちは我々の捕虜になった。おとなしくしていれば、危害は加えない」と告げられる。監禁者の中には、日本語を話す美水と称する男もいた。一方、深浦の同僚の森近徹三等空佐は、正体不明の空母〈クラーケン〉が太平洋を徘徊しており、日本の裏側のアルゼンチンでも似たような事件が起きている……というアメリカからの情報により、アメリカ海軍・アルゼンチン海軍・海上自衛隊の合同による〈クラーケン〉探索艦隊に派遣される。どうやら、深浦と安田はその〈クラーケン〉の中で拘束されているらしいのだが……。

ハイジャックから幕を開ける航空謀略サスペンス『ヴィズ・ゼロ』（二〇〇七年）でデビューした著者は骨太な冒険小説の書き手として知られるが、その中には自衛隊が登場する一連の作品が存在している。『迎撃せよ』（二〇一一年）、『潜航せよ』（二〇一三年）、『生還せよ』（二〇一六年）と続く「安濃将文《あのうまさふみ》」シリーズは、航空自衛隊の安濃将文一等空尉（シリーズ開始時の階級）が、映画「ダイ・ハード」シリーズの主人公ジョン・マクレーン刑事さながら、毎回スケールの大きな事変に巻き込まれる物語となっている。一方、『碧空《あおぞら》のカノン　航空自衛隊航空中央音楽隊ノート』（二〇一三年）に始まる「航空自衛隊航空中央音楽隊ノート」シリーズは、航空自衛隊航空中央音楽隊でアルトサックスを担当する鳴瀬佳音《なるせかのん》が主人公の「日常の謎」系ミステリであり、同じ自衛隊が舞台でも「安濃将文」シリーズとはかなり趣《おもむき》が異なる。他に、神家正成《かみやまさなり》・山本賀代《やまもとかよ》との競作『まもれ最前線！　陸海空自衛隊アンソロジー』（二〇一三年）の企画者でもある。

　本書は、自衛隊を巻き込んだ巨大な国際的謀略を扱っている点で「安濃将文」シリーズに近い。著者は本書刊行時のエッセイ「空自パイロットのツートップ」（《小説宝石》二〇二〇年六月号掲載）で、「アグレッサーという言葉は、子どものころ新谷かおるの漫画『ファントム無頼』を読んで覚えました」と述べており、長年「いつか書きたい」と考えていたという。構成の面では、囚《とら》われの身の深浦たち、彼らの探索にあたる森近、外遊中の小嶋総理の留守を預かる官房長官の韮山、〈クラーケン〉側の一員の美水など、複数の人物の視点を切り替えることで臨場感を演出しているのが本書の特色と言える。

　さて、一連の計画の中心人物は、サウジアラビア王家の血を引く富豪で、数年前にテロリストへの資金提供の嫌疑で逮捕される直前に姿を消したオマル・アハマトだった。彼は、海面温度の上昇などで地球に破滅が迫っていると主張し、「今こそ私たちには、〈箱舟〉が必要だ」「私は、〈ラースランド〉の独立と、あらゆる状況における他者からの不可侵を要求する」と国際社会に宣告する。

ここで物語は、深浦たちが囚われの身から自由になれるかというスリルとともに、オマル・アハマトによる〈ラースランド〉独立計画は果たして可能なのかという興味をも帯びることになる。日本人を含む各国の人間が人質にされているとはいえ、血の気の多いアメリカ大統領（どう読んでも、本書執筆当時のドナルド・トランプ大統領がモデルだ）がそんな事情など斟酌《しんしゃく》するとは思えず、強硬姿勢に出るのは必至である。だからこそ、小嶋総理や韮山官房長官を中心とする政治パートがこの小説に必要となる。事態を軟着陸させ、人質を無事に生還させるべく交渉するのは彼らの役目であり、いわば地に足のついた部分の担当である。

本書の根幹となるアイディア自体は途轍《とてつ》もない大風呂敷の極みと言えるだろうが、兵器の情報も含めたディテールのリアリティによって、国家を成立させて国際社会に認めさせられるかどうかという交渉の過程を、まるで間近で見ているような臨場感と緊迫感で演出しているのが秀逸《しゅういつ》な点である。〈ラースランド〉独立を図る者たちはオマル・アハマトをはじめ理性的な人物として描かれており、軍事力にものを言わせようとするアメリカ大統領との対比によって、登場人物も読者もいつしか彼らに同情的になってゆくようになっている。果たして、世界を相手にした彼らの大博打《おおばくち》は成功するのか——という興味で一気に読ませる本書は、優れた冒険小説であると同時に、現在の国際情勢において国家の独立はいかにすれば可能なのかという一種の思考実験でもある。

二〇二〇年五月　光文社刊

光文社文庫

侵略者《アグレッサー》

著者　福《ふく》田《だ》和《かず》代《よ》

2023年6月20日　初版1刷発行

発行者　三宅貴久
印刷　新藤慶昌堂
製本　榎本製本

発行所　株式会社　光文社
〒112-8011　東京都文京区音羽1-16-6
電話　(03)5395-8147　編集部
　　　8116　書籍販売部
　　　8125　業務部

ISBN978-4-334-79543-6　Printed in Japan

組版　萩原印刷

光文社文庫最新刊

竈稲荷《へっつい》の猫	佐伯泰英
魔界京都放浪記	西村京太郎
白い兎が逃げる　新装版	有栖川有栖
侵略者《アグレッサー》	福田和代
平家谷殺人事件　浅見光彦シリーズ番外	和久井清水
はい、総務部クリニック課です。　この凸凹な日常で	藤山素心《もとみ》
木枯らしの　決定版　吉原裏同心(29)	佐伯泰英

光文社文庫最新刊

夢を釣る　決定版　吉原裏同心(30)	佐伯泰英
山よ奔《はし》れ	矢野　隆
傾城《けいせい》　徳川家康	大塚卓嗣
光る猫　はたご雪月花(五)	有馬美季子
江戸のいぶき　藤原緋沙子傑作選	藤原緋沙子　菊池仁・編
殺しは人助け　新・木戸番影始末(六)	喜安幸夫